Konflikte, Krisen und Kommunikationschancen in der Mediengesellschaft

Konflikte, Krisen und Kommunikationschancen in der Mediengesellschaft

Casestudies aus der PR-Praxis

herausgegeben von
Günter Bentele und Lothar Rolke

Serie Öffentlichkeitsarbeit/Public Relations und Kommunikationsmanagament

Band 7

VISTAS

Die Deutsche Bibliothek – CIP-Einheitsaufnahme

Konflikte, Krisen und Kommunikationschancen in der Mediengesellschaft : casestudies aus der PR-Praxis / hrsg. von Günter Bentele und Lothar Rolke. - Berlin : VISTAS, 1998
(Serie Öffentlichkeitsarbeit, Public Relations und Kommunikationsmanagement ; Bd. 7)
ISBN 3-89158-224-2

Herausgeber der Serie
Öffentlichkeitsarbeit/Public Relations
und Kommunikationsmanagement
Prof. Dr. Günter Bentele
Universität Leipzig
Institut für Kommunikations- und Medienwissenschaft
Augustusplatz 9
D-04109 Leipzig
Tel.: 0341/97 35 730
Fax: 0341/97 35 748

Serie ÖA/PR – Band 7
herausgegeben von Günter Bentele und Lothar Rolke

VISTAS Verlag GmbH.Berlin
Gutshof Schloß Garz
D-16845 Garz bei Berlin
Tel.: 03 39 28/ 710 52
Fax: 03 39 28/ 710 54
e-mail: medienverlag @ vistas.de
internet: www.vistas.de

ISSN 1430-2403
ISBN 3-89158-224-2

Umschlaggestaltung: kontur · Berlin
Satz: Michael Huber · Mainz
Druck: WB-Druck · Rieden am Forggensee

Inhalt

EINFÜHRUNG

Wenn zwei immer nur das gleiche denken, das gleiche sagen und das gleiche tun, dann ist einer überflüssig. Journalismus und Public Relations haben viel gemeinsam – mehr vielleicht, als manche Medienvertretern oder Medientheoretikern lieb ist. Aber beide erfüllen doch höchst unterschiedliche Funktionen. Das sollte gerade dann nicht vergessen werden, wenn die Zusammenarbeit so routiniert klappt. Denn beide Teilsysteme können in der öffentlichen Kommunikation extrem gegeneinander agieren – mehr als in solchen Fällen den PR-Managern lieb sein dürfte, weil sie bei den dadurch hervorgerufenen publizistischen Krisen erfahrungsgemäß zunächst einmal große Schwierigkeiten haben, mit ihren Botschaften durchdringen.

Für dieses wechselhafte Zusammenspiel zwischen Journalismus und Public Relations sind vielfach Metaphern gebraucht worden: Es war u.a. die Rede von einem „symbiotischen Verhältnis", von „siamesischen Zwillingen". In der Kommunikationswissenschaft ist das Verhältnis mehrfach unter dem Aspekt untersucht worden, welchen Einfluß die PR auf den Journalismus hat (Determinationshypothese) und neuerdings ist ein Ansatz entwickelt worden, der von einem „Intereffikationsverhältnis" zwischen Journalismus und Public Relations ausgeht, d.h. einem Verhältnis des gegenseitigen Einflusses, der gegenseitigen Orientierung und Abhängigkeit und somit der gegenseitigen „Ermöglichung".[1] Wenn vom Zusammenspiel von journalistischen Akteuren und PR-Akteuren die Rede ist, so vernimmt man immer häufiger auch den Begriff der „antagonistischen Kooperation". Was einigermaßen harmlos klingt, beschreibt tatsächlich eine extreme Handlungsbreite: Heute noch fast symbiotisches Zusammenwirken, morgen schon bitterer Streit um Wahrheit, Klarheit und vor allem die Gunst der Öffentlichkeit. Was das heißen kann, mußte erst vor kurzem die A-Klasse von Mercedes-Benz erfahren. Vor der Einführung genoß sie höchste

---

[1] Vgl. zur Determinationshypothese ursprünglich Baerns, Barbara (1991): Öffentlichkeitsarbeit oder Journalismus? Zum Einfluß im Mediensystem. Köln: Verlag Wissenschaft und Politik [1. Aufl. 1985], zum Intereffikationsansatz vgl. Bentele, Günter /Tobias Liebert/Stefan Seeling (1997), „Von der Determination zur Intereffikation. Ein integriertes Modell zum Verhältnis von Public Relations und Journalismus." In: Bentele, Günter/Michael Haller (Hrsg.) (1997): Aktuelle Entstehung von Öffentlichkeit. Akteure, Strukturen, Veränderungen. Konstanz: UVK, S. 225-250.

positive Aufmerksamkeit, wurde mit viel Lob und Zustimmung bedacht. Kurz nach der Einführung kann der publizistische Absturz. Nicht nur Meldungen, Berichte und Interviews, sondern bis in Kommentare und Cartoons hinein war der Baby-Benz nach dem sogenannten „Elch-Test" plötzlich das Thema in allen Medien – nicht selten sogar auf der Titelseite. Für den Stuttgarter Automobilbauer war das ein Fall, der per definitionem nicht vorgesehen war. Insofern lagen hierfür auch keine Krisenpläne vor, wie an den widersprüchlichen Reaktionen erkennbar wurde.

Tief und langlebig kann die Kooperation zwischen Journalismus und PR-Managern sein. Man kennt sich. Bereitwillig akzeptieren Journalisten die Themen, die von PR-Managern auf die öffentliche Agenda gesetzt werden. Außerdem wird das gut aufbereitete, der Medienlogik folgende Pressematerial häufig auch ganz oder teilweise übernommen. Die Beziehungen haben sich eingespielt und scheinen verläßlich, geradezu berechenbar zu sein. Besonders die Journalisten aus den Ressorts Wirtschaft, Reisen und Auto, Motor, Sport sehen sich nicht selten den Verdacht ausgesetzt, sie würden allzusehr die routinehafte Nähe zu den Abteilungen Öffentlichkeitsarbeit suchen.

Doch plötzlich wird aus der Zusammenarbeit – je nach Persönlichkeit – ein kühler oder hitziger Antagonismus. Nicht selten reagieren diejenigen, die noch gestern so gut mit „ihren" Journalisten zusammengearbeitet haben, beleidigt und mit Medienschelte. Sicherlich, Medien sind vor irrtümlich falscher Berichterstattung nicht gefeit, wie u.a. der Fall Brent Spar deutlich gemacht hat. Doch das spielt in akuten publizistischen Konflikten kaum eine Rolle. Um aktueller, kritischer und leserorientierter Berichterstattung willen, sind Journalisten gezwungen sich auf die Suche nach Fehlern, Schwächen und Mißständen begeben. Investigativ arbeitende Medien sind schwer zu bremsen, aber ganz leicht auf ihrem möglicherweise auch falschen Weg zu bestärken. Gerade deshalb ist in Situationen antagonistischen Interesses höchste kommunikative Professionalität gefordert. Und gerade hier werden die meisten Fehler gemacht. Erstaunlich ist dabei die immer wieder zu beobachtende Naivität.

Wer vor Gericht Recht bekommen will, wird sich auch nicht darauf verlassen, daß er ja sowieso Recht habe, und insofern der Richter nur das zu bestätigen habe, sondern er wird sich des juristischen Sachverstandes bedienen, um im Rechtsverfahren Fehler zu vermeiden und Rechtsansprüche auch wirklich durchzusetzen. Am Hofe der Öffentlichkeit gilt im Umgang mit Journalisten das gleiche: Wer verstanden und publizistisch durchdringen will, muß der Medienlogik folgen. Das Vertrauen auf die Kraft einer wie auch immer gearteten selbstevidenten Wahrheit reicht nicht. Im Gegenteil: Professionalität darf nicht erst beginnen, wenn für Unternehmen der kommunikative Ausnahmezustand eingetreten ist. Denn der ist für die Medien ein Normalzustand unter vielen. Professionalität beginnt mit der Medienkompatibilität als Basis aller erfolgreicher Öffentlichkeitsarbeit und „der informationellen Folgenabschätzung“ (*Rolke*) des eigenen Tuns – auch wenn Erfolg eben nicht heißt, Medien beliebig instrumentalisieren zu können. Warum nicht? Wie gesagt, weil einer überflüssig wäre, wenn es keine funktionalen Differenzen zwischen Journalismus und Public Relations gäbe.

PR-Manager sind gut beraten, sich mit dieser Differenz immer wieder genauer zu befassen. In ihrer Ignoranz bzw. dem naiven Umgang mit ihr liegen die wirklichen Ursachen vieler Mißverständnisse, Fehler und Fehleinschätzungen. Interessanterweise ist diese Differenz gestaltbar, was dann sichtbar wird, wenn sie besonders deutlich hervortritt: in kritischen Situationen also, die latent zwar immer vorhanden sind, aber sich nur in Ausnahmefällen zu echten publizistischen Krisen auswachsen. Wie unter einem Vergrößerungsglas wird in solchen kritischen Fällen dann mit einmal erkennbar, wo die Gestaltungschancen der Öffentlichkeitsarbeit ungenutzt geblieben ist – hinterher versteht sich.

Die vorliegenden Fallstudien beschäftigen sich mit dieser funktionalen Differenz und wie sie sich im Selbstverständnis der Akteure, in der Entwicklung von Ereignissen und im Echo der Medien zeigt. Alle Autoren bearbeiten unterschiedliche Themen und alle Autoren nutzen verschiedene methodische Ansätze:

- Dirk Furchert konzentriert sich auf den Normalfall antagonistischer Kooperation zwischen Journalismus und Public Relations. Am Beispiel der Öffentlichkeitsarbeit von Großstädten zeigt er, wo die latenten Konflikte zur Presse liegen und wie sie gemanagt werden können Dabei kann er beispielsweise nachweisen, daß nicht nur die Medien selbst eine unterschiedlich hohe Konfliktorientierung aufweisen (die Boulevardpresse eben anders als die lokalen Tageszeitungen), sondern Themen von sich aus in verschiedener Stärke für kritische Berichterstattung prädestiniert sind: Bauvorhaben mehr als Sportereignisse. Ganz offenkundig differiert die Medienaufmerksamkeit je nach Issue sehr deutlich, was der wissen muß, der für die Pressepolitik einer Institution verantwortlich ist. Methodisch basiert Furcherts Beitrag auf einer *Befragung* der Verantwortlichen in den kommunalen Presse- und Informationsämtern.

- Die Kommunikationspolitik der deutschen Bank anläßlich des Falles Schneider stellt Monika Haller in den Mittelpunkt ihrer Untersuchung. Dabei kann sie anhand der rekonstruierten Ereignisgeschichte zeigen, wie in naiver Verkennung der differierenden Funktionserfüllung der Medien Fehler gemacht werden, die die publizistische Kritik nachhaltig verstärkten. Nicht so sehr die sachlichen Fehler, sondern der Umgang mit ihnen ist verantwortlich für das, was von den Medien aufgenommen und dann berichtet wird. Methodisch handelt es sich bei dieser Analyse um eine *kommentierende Ereignisrekonstruktion* auf Basis der ausgewerteten Medienberichterstattung.
- Mit den Kommunikationsfehlern bei Daimler Benz nach dem Elchtest der A-Klasse beschäftigt sich Lambert Müller. Auch er rekonstruierte Schritt für Schritt anhand der Berichterstattung der Leitmedien den Ereignisablauf. Auf diese Weise kann er zeigen, wann welcher Fehler gemacht wurde. Zugleich arbeitet er heraus, wo die kommunikativen Ansatzpunkte nach überstandener akuter Krise liegen. Denn auch wenn das Medieninteresse wieder zurückgegangen ist, bleibt zunächst einmal eine Glaubwürdigkeitslücke zurück, die das Image des Unternehmens belastet.
- Welche Folgen der Flughafenbrand in Düsseldorf für die PVC-Industrie hatte, zeigt Michael Huber. Mit Hilfe einer systematischen *Medienresonanzanalyse*, die auf der Auswertung von 868 Artikeln basiert, arbeitet er heraus, mit welcher Nachhaltigkeit sich ein bestimmtes Meinungsbild in den Medien behaupten konnte und mit welcher zeitlicher Verzögerung es der PVC-Industrie überhaupt erst gelang, publizistisch Gehör zu finden. Von entscheidender Bedeutung war in diesen publizistischen Konflikten die Rolle eines Dritten: der von Greenpeace bzw. den Grünen. Ganz generell ist es aus PR-Sicht von großer Bedeutung, daß in vielen publizistischen Konflikten – offen oder versteckt – die PR eines dritten oppositionellen Akteurs von entscheidender Bedeutung sein kann. Unabhängig nämlich von der Wahrheitsfrage, so macht Hubers Medienresonanzanalyse deutlich, konnten sich Greenpeace und Grüne-Politiker aufgrund ihrer eigenen PR-Arbeit mit ihrer Ereignisinterpretation in den Medien durchsetzen.

Jenseits aller Fragen nach Wahrheit und gesicherten Fakten zeigen alle Fallbeispiele, daß die publizistischen Niederlagen durch Fehler in der eigenen Öffentlichkeitsarbeit mit verstärkt wurden. Oder anders formuliert, zumindest im nachhinein wird erkennbar, daß Handlungsmöglichkeiten der attackierten Akteure nicht ausgeschöpft wurden. Mag es Naivität oder Skrupelhaftigkeit gewesen sein, mag es Arroganz oder Unwissenheit sein, persönliche Versäumnisse oder strukturelle Defizite in der Organisation – für alle, die sich mit Krisenkommunikation befassen, erweisen sich *Fehleranalysen* als äußerst hilfreich, weil sie Chancen zur Prophylaxe im Krisenmanagement bieten.

Unternehmen sind nie davor gefeit, kritische Aufmerksamkeit auf sich zu ziehen. Durch ihre Exporniertheit[2] erhalten sie zwar die Chance, sich in der Öffentlichkeit imagebildend zu profilieren. Zugleich aber sind sie dafür prädestiniert, zum Gegenstand kritischer Berichterstattung zu werden. Für eine solche, durch Mißtrauen motivierte Recherche, reicht der Anfangsverdacht aus. Wenn der sich für die Medien als ergiebig erweist, also „eine Story" erwarten läßt, konzentrieren die Redaktionen darauf ihre frei verfügbaren Ressourcen. Sie sind das Drohpotential, um von Öffentlichkeitsarbeitern möglichst seriös bedient zu werden.

Längst sind die Medien schon aufgrund ihrer eigenen Ressourcenknappheit in 50 bis 70 Prozent aller Berichterstattung auf eine Unterstützung von Public Relations angewiesen. Aber rund 30 Prozent selbst-recherchierter Berichterstattung sind der Garant, um trotz aller gut funktionierender Kooperationen im Bedarfsfall die antagonistischen Zähne zeigen zu können.

Dieses „pattern of predictable imbalance"[3] ist Grant für den paradoxen Tatbestand, daß Medien trotz der hohen Einflußnahme durch Public Relations unabhängig agieren können. PR-Manager bzw. die Verantwortlichen für Öffentlichkeitsarbeit haben dies als unumstößliche Tatsache akzeptiert. Weil sie wissen, daß sie als Profis eben nur dann gebraucht werden, wenn es Medien mit Biß gibt. Eingedenk der funktionalen Differenz als axiomatischer Tatbestand sind die tatsächlichen Handlungsoptionen in der antagonistischen Kooperation zwischen Journalismus und

---

[2] Vgl. Börner, Christoph J. (1996): Öffentlichkeitsarbeit als Management gesellschaftlicher Exporniertheit. In: Zeitschrift für Betriebswirtschaft 4/1996.

[3] Koch, Richard (1997): The 80/20 Principle. The Secret of Achieving More with. London 1997.

Public Relations allerdings immer wieder neu auszuloten[4]. Um Handlungsoptionen zu erkennen, empfiehlt sich der analytische Blick auf publizistische Großereignisse, die über Wochen für Schlagzeilen gesorgt haben, und auf die sogenannte Normalsituation, die bei ruhiger Betrachtung ebenfalls zu überraschenden Erkenntnissen führt.

Medien beobachten ständig die Gesellschaft und veröffentlichen täglich die Ergebnisse ihrer Beobachtungen – aufbereitet nach einer eignen Darstellungslogik. Medien bildet eben nicht einfach Wirklichkeit ab, wie ein weitverbreiteter Mythos Glauben machen will, sondern schafft anlaßbezogen jenes Wirklichkeitsbild, das der Massengesellschaft als Verständigungsbasis dient. Zweitrangig bleiben dabei: die Interessen Dritter, die Folgen der Veröffentlichungen und Wahrheitsbegriffe, wie sie aus den Wissenschaften bekannt sind.

Das mag im Einzelfall schmerzen: Gerade dann, wenn der Fehltritt eines Unternehmenssprechers mehr Aufmerksamkeit auf sich zieht, als die Gesamtleistung für das Unternehmen. Oder wenn durch Berichterstattung Vorurteile über Personen, Werkstoffe oder Organisationen so sehr verstärkt werden, daß spätere Korrekturen keine Chance haben durchzudringen.

Das Bild einer Organisation oder die Vorstellung vom Ablauf und den Folgen eines Ereignisses wird von dem bestimmt, was berichtet wird. Und nicht von dem, was tatsächlich ist oder passiert. Insofern kann die Antwort auf informelle Fehlentwicklungen vermutlich nur eines heißen: mehr professionelle und gezielte Öffentlichkeitsarbeit. Sie verhilft sicherlich nicht zur Verhinderung von Berichterstattung, wohl aber zu größerer Angemessenheit. Mit Blick auf die USA läßt sich die Vermutung stützen, daß es in Deutschland nach wie vor ein Nachholbedarf an Public Relations gibt. Während dort das Verhältnis von Journalisten und PR-Leuten etwa 120.000 zu 130.000 beträgt, besteht in Deutschland eines von 40.000 zu 20.000.

Journalisten beobachten die Gesellschaft, PR-Manager beobachten die Beobachter und versuchen deren Aufmerksamkeit zu beeinflussen. Beide beobachten sich fortwährend gegenseitig und können feststellen, daß es überraschend viele gemeinsame Interessen gibt, aber auch funktionsbedingte Antagonismen. Die Grenze muß täglich neu ausgehandelt werden. Hierbei hilft Professionalität auf beiden Seiten.

[4] Rolke, Lothar (1998): Journalisten und PR-Manager – unentbehrliche Partner wider Willen. In: Public Relations Forum 2/98

In diesem Sinne wünschen die Herausgeber den Lesern eine gewinnbringende Lektüre. Sie bedanken sich bei Michael Huber, der für das Layout, die Erstellung der Grafiken und für die Betreuung der Drucklegung verantwortlich war.

Mainz und Leipzig, im Januar 1998

Die Herausgeber

Dirk Furchert

PRESSEAMTSLEITER ALS DIPLOMATEN?

Eine empirische Studie zum Konfliktmanagement in der Presse- und Öffentlichkeitsarbeit deutscher Großstädte

„Die geistigen Proletarier müssen täglich lange Spalten füllen über tausend Dinge, über Politik, Recht, Ökonomie, Wissenschaft, über alle Fächer der Gesetzgebung, über diplomatische und geschichtliche Verhältnisse aller Völker. Ob man das hinreichend, ob man das geringste davon versteht oder nicht - die Sache muß behandelt, die Zeitung muß gefüllt sein. Alle Unwissenheit, alle Unbekanntschaft mit den Dingen, alles, alles muß möglichst versteckt werden unter der abgefeimten routinierten Phrase.“

1. Der Problemansatz

Mancher Verwaltungsangesteller würde wohl diesem Ausspruch von Ferdinand *Lasalle* gern sofort zustimmen, wenn die Zeitung „wieder einmal schlecht berichtet, weil sie keine Ahnung hat“. Doch einfach über Verfall und Qualitätsverlust journalistischer Berichterstattung zu schimpfen, wie dies hin und wieder modern ist - so einfach liegen die Dinge sicher nicht.

Es war Ziel der im folgenden, in wichtigen Teilen vorgestellten Arbeit[1], die Ursachen dafür zu erhellen, weshalb bestimmte Botschaften von den Medien falsch, verzerrt oder gar nicht transportiert werden. Es ging dabei darum, bei jenen in der kommunalen Verwaltung, die täglich damit umgehen (müssen), dafür Verständnis zu wecken und Instrumente zu erläutern, welche diese unerwünschten Folgen vermeiden helfen können.

---

[1] Die Arbeit wurde von Prof. Dr. Bentele, Universität Leipzig, betreut und an anderer Stelle vollständig publiziert, vgl. Furchert (1996).

Auf der Grundlage des Demokratieprinzips des Grundgesetzes ist Presse- und Öffentlichkeitsarbeit für die Kommunen eine Pflicht. Für nahezu jeden städtischen Pressesprecher, so Frank *Böckelmann* (1991), ist die *angemessene* Darstellung von Sachverhalten bzw. von Entscheidungen in den Medien Kriterium des Erfolges. Gut 80 Prozent von ihnen finden es wichtig, die Bevölkerung über eine vordringliche Sachproblematik *aufzuklären.* Jeder zweite Pressesprecher hält eine *gute Presse* für das Top-Management und Erfolge bei der Problemeinsicht von Bürgern und gesellschaftlich relevanter Gruppen für wesentlich.

Doch die Praxis sieht meist kompliziert aus: Zu beobachten ist, daß kommunale Verwaltungsarbeit allein mit klassischen Mitteln der Presse- und Öffentlichkeitsarbeit nur unzureichend vermittelt werden kann; ja daß es mitunter sogar trotz intensivster Bemühungen nicht gelingt, das Bild des „Bürokratie-Unternehmens" Stadtverwaltung in den Köpfen seiner „Kunden" der Bürger, zu verbessern.

Dafür gibt es vielfältige Ursachen. So können die Beziehungen zwischen Verwaltung und Teilöffentlichkeiten von mehr oder weniger tiefem Mißtrauen geprägt sein, oder es entsteht der Eindruck, die Bürger müßten das Gefühl haben, daß „über ihre Köpfe hinweg vom grünen Tisch" aus entschieden wird. Ein weiteres Problem ist die sich immer weiter verschlechternde finanzielle Ausstattung der Kommunen - bei wachsendem Leistungsdruck. Im Gemeinwesen Stadt spüren die Bürger jedoch sprichwörtlich hautnah, wohin es führt, wenn sich diese Schere immer weiter öffnet: etwa wenn Gebühren und Theaterpreise erhöht werden müssen, eine Straße nicht gebaut oder eine Schule nicht saniert werden kann, Zuschüsse für Vereine gestrichen werden müssen. In dieser Situation entstehen mannigfaltige Konflikte zwischen Presse und Verwaltung, zwischen (Teil)Öffentlichkeit(en) und Verwaltung, zwischen Rat und Verwaltung, aber auch innerhalb der Verwaltung selbst.

Der größte Teil der vorhandenen Publikationen zur kommunalen Öffentlichkeitsarbeit besteht aus mehr oder weniger stichwortartig gegliederten Handreichungen für Mitarbeiter der Verwaltungen im allgemeinen und Presseverantwortliche im besonderen. Dabei geht es meist um Ideensammlungen, Checklisten, praktische Hinweise, Konzepte etc. Diese Darstellungen zielen auf Normativen der Presse- und Öffentlichkeitsarbeit. Die oben angerissenen Probleme kommen dabei jedoch leider kaum zur Sprache. Nur wenige Darstellungen, wie die des früheren Leiters des

Presse- und Informationsamtes der Stadt Nürnberg, Walter *Schatz*, bringen Schwierigkeiten im Umgang städtischer Bürokratie mit Journalisten und Lösungsansätze dafür zum Ausdruck.

Auf der anderen Seite gibt es zwar Literatur über Konflikttheorie und praktische Lösungsansätze, die sich allerdings auf Spannungen innerhalb (wirtschaftlicher) Unternehmen, auf Verhandlungen im (meist internationalen) politischen Geschäft oder auf die persönliche Ebene beziehen.

Mit dieser Arbeit wurde gewissermaßen Neuland betreten, indem versucht wurde, diese beiden Elemente miteinander zu verbinden. Dabei werden im ersten Teil, ausgehend von den Besonderheiten der Öffentlichkeitsarbeit in den Kommunen, Elemente des Massenkommunikationsprozesses, aber auch der Interaktion auf Konfliktpotentiale hin untersucht. Es wurden Konflikte und deren Ursachen analysiert und typisiert und Wege der Konfliktlösung und -vermeidung in der städtischen Presse- und Öffentlichkeitsarbeit aufgezeigt. Der zweite Teil dieser Arbeit analysierte die Ergebnisse einer Umfrage unter Pressesprechern von Kommunen im Hinblick auf Elemente des Konfliktmanagements. Im dritten Teil wurde anhand einiger Beispiele aus der Stadt Halle gezeigt, wie sich Themen und Konflikte entwickeln können und welche praktischen Lösungsansätze PR in diesen Situationen bieten kann.

Für die wissenschaftliche Praxis scheint insbesondere ein Blick auf die Ergebnisse der Umfrage unter Pressesprechern deutscher Großstädte gemachte Umfrage im Hinblick auf das Konfliktmanagement angebracht.

2. Ziel der Befragung und methodische Anmerkungen

Folgende Fragen waren für die Studie von Interesse: In welcher Größenordnung betreffen Rollenkonflikte Pressesprecher? Wie groß ist die Wahrscheinlichkeit, daß zwischen Pressestelle und Medien Beziehungskonflikte auftreten? Welchen Medien gegenüber treten sie in verstärkter, welchen gegenüber in abgeschwächter Form auf? Wie sind die Beziehungen zu Journalisten, die sozusagen die „Geschäftsgrundlage" für Verhandlungen darstellen, allgemein? Haben Boulevardzeitungen generell darauf Einfluß? In welchem Grad bestimmen die Pressestellen nach eigener Ansicht die Berichterstattung in der lokalen Presse? Sind Konflikte von bestimmten Medien abhängig, häufen sie sich bei bestimmten Medien? Wie erlebt die

Verwaltung negative Berichterstattung durch die Presse? In welcher Form tritt sie auf? Zu welchen Mitteln greift die Verwaltung, um ihre Position deutlich zu machen?

Um eine vergleichbare Grundgesamtheit zu bilden, beschränkte sich der Autor auf Städte in der Bundesrepublik Deutschland mit 100.000 bis 450.000 Einwohnern. Diese Grenzen orientierten sich an der Größe und damit verbundenen kommunalen Strukturen: von einer Großstadt wird ab 100.000 Einwohnern gesprochen; Städte mit mehr als 450.000 Einwohnern weisen andere infrastrukturelle und teilweise auch verwaltungstechnische Strukturen auf als Städte unter dieser Größe. Dennoch wurde die Grenze bei 450.000 Einwohnern gezogen, da mit Dresden und Leipzig nur zwei Städte in den fraglichen Bereich gekommen wären, die jedoch nicht zuletzt wegen ihrer herausgehobenen Stellung innerhalb der neuen Bundesländer eher mit Städten mit einer Einwohnerzahl von mehr als 500.000 Einwohnern vergleichbar sind. Da die Grundgesamtheit relativ niedrig war, wurde eine Vollerhebung durchgeführt. Bei der Anschriftenerhebung war ein vom Deutschen Städtetag (DST) herausgegebenes Verzeichnis der Pressestellen der Kommunen sehr hilfreich. Es enthielt in der Regel Postleitzahl, Ortsnamen, Einwohnerzahl der Kommune und die Namen der für die Pressearbeit Verantwortlichen. Straßennamen oder Postfachnummer waren in dieser Liste nicht enthalten.

3. Die schriftliche Befragung

3.1 Entwicklung des Fragebogens

Bei der Ausarbeitung des Fragebogens für das Forschungsprojekt „Konfliktmanagement in der Presse- und Öffentlichkeitsarbeit von Kommunen„ verfolgte der Verfasser zwei Ziele: Erstens sollten dem Zweck der Umfrage dienende Fragestellungen aus bereits erfolgten Befragungen mit möglichst wenig Änderungen übernommen werden, um Trendentwicklungen erkennen zu können. Hierfür schien die von Frank *Böckelmann (1991)* im Jahre 1989 durchgeführte Befragung von Pressestellen der öffentlichen Hand geeignet, da sie Komplexe berührte, die auch in dieser Erhebung von Interesse waren. *Böckelmann* bezog seine Befragung auf Pressestellen der gesamten öffentlichen Hand, also auf Institutionen unterschiedlichster Ebenen und Aufgaben. Die Gesamtstichprobe umfaßte 1.175 Institutionen mit einer Teilvoll- und einer Teilstichprobenerhebung. Gebietskörperschaften waren an der Ergebnisermittlung zu 28,2 Prozent beteiligt, Großstädte zu fünf Prozent. Großstädte sind dabei in den Tabellen nicht gesondert ausgewiesen, sondern zusammen mit Landkreisen und kleineren Städten als Gebietskörperschaften zusammengefaßt. Insofern sind die Ergebnisse der beiden Umfragen nur partiell vergleichbar. Ein Vergleich kann also im Prinzip nur Trends über den Zeitunterschied von fünf Jahren aufzeigen.

Zweitens sollte ein Instrumentarium entwickelt werden, das die spezifischen Problemfelder kommunaler Pressearbeit erfaßt. Um die problemgerechte Formulierung der Fragen und der vermuteten Kategorien angehen zu können, brachte der Verfasser neben seinen Erfahrungen als ehemals festangestellter Redakteur einer überregionalen Zeitung und einer Nachrichtenagentur sowie als Pressesprecher der Stadt Halle die Auswertung von Fachliteratur auf dem Gebiet der kommunalen Öffentlichkeitsarbeit und des Konfliktmanagements ein. Nach der Durchsicht von Experten und Probeläufen im eigenen Verantwortungsbereich wurde der fertige Fragebogen fertiggestellt, der sich in acht Erhebungsbereiche aufgliederte:

Tabelle 1: Erhebungsbereiche der Umfrage

Rücklauferhebung	Frage 1
Zuordnung, Aufgaben und Kompetenzen	Fragen 2 bis 4, 9
Bewertung der Medienresonanz	Fragen 5 bis 8
Selbstverständnis und Rollenkonflikt	Fragen 10 bis 12
Beziehung zu Journalisten	Fragen 13 bis 15
Wahrnehmung journ. Berichterstattung	Fragen 16, 17 und 19
Reaktion auf journ. Berichterstattung	Frage 18
Konfliktfelder in der Öffentlichkeitsarbeit	Frage 20

3.2 Verlauf der Befragung

Ende Oktober/Anfang November 1995 wurde der Fragebogen an 67 kommunale Verwaltungen versandt. Nach einer erneuten Verlängerung der Frist und einer Mahnung konnte eine für schriftliche Umfragen in der allgemeinen Umfrageforschung als gut bewerteter Rücklauf von zwei Dritteln der Befragten erzielt werden. Die meisten Rücksendungen erfolgten ohne größeren Kommentar. Allerdings bekundeten einige der Befragten ihre Anerkennung für den Aufbau des Fragebogens und dessen Problemnähe. Dies fand auch darin seinen Ausdruck, daß nur wenige Anmerkungen bei den offenen Frageteilen gemacht wurden. Das Interesse der meisten Befragten war beeindruckend und – zumindest was den Rücklauf anbelangte – unerwartet groß. Etwa jeder Zehnte äußerte ausdrücklich den Wunsch, über das Ergebnis der Befragung informiert zu werden.

Acht und damit 18 Prozent aller Antworten kamen aus den neuen Bundesländern, während mit 36 (82 Prozent) die übergroße Mehrheit aus Kommunen der alten Bundesländer kam. Aufgrund der geringen Fallzahl konnten differenzierte Aussagen zu Untergruppen nicht gemacht werden. Der ursprünglich in der Konzeptionsphase gefaßte Gedanke, alte und neue Bundesländer zu vergleichen, konnte damit auch nicht realisiert werden.

4. Wichtige Ergebnisse der Umfrage

4.1 Zuordnung, Kapazitäten und Aufgaben kommunaler Pressestellen

Öffentlichkeitsarbeit muß, um ihre Funktionen und Aufgaben lösen zu können, gleichberechtigt neben anderen Führungsaufgaben unmittelbar der obersten Leitung unterstellt sein. Public Relations ist keine Hilfsinstrumentarium, sondern erfüllt Managementfunktionen. Führende PR-Praktiker der Wirtschaft, zumeist großer Unternehmen, halten es für angemessen, daß der Leiter der Öffentlichkeitsarbeit selbst der obersten Führung (z. B. als Vorstandsmitglied) angehört, wie Öffentlichkeitsarbeit und zentrale Führungsaufgaben häufig nicht nur zusammentreffen, sondern einander beeinflussen. Besonders bei schwierigen Problemen, welche die Organisation zu lösen hat, aber auch bei kritischen Fragen, mit denen die Journalisten an die Institution herantreten, sowie in Krisenzeiten zeigt sich stets sehr rasch, daß die Verantwortung für die Informationspolitik nicht von den Führungsaufgaben der Gesamtpolitik zu trennen ist. (*Böckelmann, Nahr*, 1979; *Reineke, Eisele*, 1994).

Neben der unmittelbaren Unterstellung unter die oberste Führungsebene sind nach einhelliger Expertenmeinung zwei weitere Punkte für funktionierende PR von entscheidender Bedeutung: Die Pressestelle muß als eigenständig handlungsfähige Organisationseinheit (Referat, Abteilung, Amt) fast ausschließlich mit Informationsaufgaben betraut sein. Sie sollte nicht zu einer Organisationseinheit mit vorwiegend anderen Aufgaben gehören. Schließlich muß der Leiter der Pressestelle im inneren Verhältnis der Organisation einen guten Stand haben. Er fungiert nicht nur als „Berater" des Leiters und ist von ihm persönlich abhängig; er ist vielmehr einem Referenten, Abteilungs- oder Amtsleiter gleichgestellt und nimmt damit eine eigene, relativ hohe Position innerhalb der Verwaltung ein.

Die kommunalen Verwaltungen haben systembedingt gute Voraussetzungen, daß ihre Meinung gefragt ist. Journalisten greifen in der „Auskunftslandschaft" (*Grimme*, 1991) auf „Öffentlichkeitsapparate" bürokratischer Organisationen gern zurück, um ihren Wissensdurst zu stillen, sofern diese auch funktionieren. Eine gut arbeitende Clearingstelle zwischen Verwaltung einerseits und der Öffentlichkeit und der sie vertretenden Medien andererseits besitzt also hohe Priorität.

Unter diesen Gesichtspunkten wurden die Fragen 2, 3, 4 und 9 gestellt. Frage 2 zielte auf die Stellung der Pressestelle innerhalb der kommunalen Verwaltung ab. Die Umfrage ergab hierzu folgendes Bild: In den meisten Fällen wurden relativ hohe Anbindung an Führungsfunktionen und eigenständige Stellung signalisiert: 16mal als Amtsleiter, 3mal als Leiter Außensteuerung o. ä., 3mal als Abteilungsleiter, 1mal als Sachgebietsleiter, 13mal als Pressereferent, 13mal als Pressesprecher; 2mal als persönlicher Referent des Oberbürgermeisters. Damit ist auch die Position des Verantwortlichen für die Pressearbeit innerhalb der Verwaltung gut umschrieben. In den meisten Fällen nimmt er in der Hierarchie der Organisation eine verhältnismäßig hohe und damit der Bedeutung angemessene Stellung ein. Die (genannten) Besoldungs- bzw. Vergütungsgruppen bewegen sich zwischen BAT III und B 3.

Die Leistungsfähigkeit einer kommunalen Pressestelle ist in entscheidender Weise von ihrer quantitativen und qualitativen Ausstattung mit Personal abhängig. Darauf richtete sich Frage 3. Die Befragten bezifferten die Zahl ihrer Mitarbeiter von eins bis 34. Angegebene halbe Stellen wurden dabei als ganze gezählt. Assistenz- und Schreibkräfte sind wohl mitgerechnet. Die Antworten konzentrieren sich im Bereich von drei bis fünf und bei acht Mitarbeitern. Im Durchschnitt (ohne die als „Ausreißer" gewertete Antwort von 34 Mitarbeitern zu berücksichtigen) sind in den Pressestellen der befragten Städte im Schnitt 6,3 Mitarbeiter beschäftigt. Dabei ist allerdings zu berücksichtigen, daß die Angaben der einzelnen Kommunen nicht schablonenhaft vergleichbar sind, da von den Pressestellen zum Teil auch sachfremde Aufgaben (z. B. Ratsangelegenheiten, Repräsentations- und Protokollaufgaben, Referentenfunktion für Verwaltungschef etc. mit übernommen werden.

Neben den personellen Kapazitäten ist auch die Ausstattung mit finanziellen Mitteln eine entscheidende Größe für die PR-Arbeit. Dies war Inhalt der Frage 4. Angesichts der gewaltigen Summen, die nicht nur von der Wirtschaft für Kommunikationsmaßnahmen (z. B. Automobilbranche allein im 1. Halbjahr 1995 1,3 Milliarden DM) aufgebracht, sondern auch zunehmend in das kommunale und regionale Standortmarketing investiert werden (z. B. Land Berlin 12 Mio. DM, Land Tirol 11 Mio. DM) wird die Bedeutung der Bereitstellung von ausreichend finanziellen Mitteln für die städtische Pressearbeit als Teil des kommunalen PR-Gesamtkonzeptes deutlich.

In den Kommunen werden die Mittel für Presse- und Öffentlichkeitsarbeit in den Haushaltsplänen festgelegt. Dabei verfügen außer der Pressestelle meist auch noch Fach-, aber auch Querschnittsämter über eigene Etats oder aber zumindest in anderen Haushaltsposten untergebrachte Mittel für Öffentlichkeitsarbeit. Doch gerade die Ausstattung der Pressestelle mit finanziellen Mitteln ist sehr wichtig. Sie soll PR-Aufgaben für die gesamte Verwaltung, z. T. auch für den Rat übernehmen und Teile des kommunalen Gesamtmarketingkonzeptes umsetzen und zusätzlich dabei städtischen Bereichen zur Seite stehen, die finanziell nicht üppig ausgestattet sind. Den Ergebnissen der Umfrage zufolge verfügt fast die Hälfte der Befragungsteilnehmer über weniger als 100.000 DM. Eine kommunale Pressestelle gab an, über gar keine Mittel zu verfügen und verwies auf die Einzeletats der Fachämter. Gut jede vierte Pressestelle hat Mittel in Höhe von 100.000 bis 250.000 DM für Presse- und Öffentlichkeitsarbeit, und immerhin jede achte hat zwischen einer Viertelmillion und einer halben Million Mark für PR-Zwecke zur Verfügung. Wenige Befragte gaben an, über noch größere Summen verfügen zu können.

Vergleiche der Kommunen sind hier – wie im Falle des Personals auch – äußerst schwierig, da sich die Spanne der Aufgabenzuweisungen von „reiner“ Pressearbeit über sämtliche oder ausgewählte Maßnahmen der Öffentlichkeitsarbeit, amtliche Bekanntmachungen, Bürgerinformation, Publicityaktivitäten, Fremdenverkehrs-, Protokoll- und Repräsentationsfragen, Ratsangelegenheiten bis hin zur Bürgerberatung erstrecken kann.

Schwierig ist auch ein Vergleich mit den Ergebnissen der Studio von *Böckelmann* (1991). Bei ihm hatten fast 70 Prozent der Gebietskörperschaften angegeben, über einen gesonderten Etat für Presse- und Öffentlichkeitsarbeit zu verfügen. 30 Prozent gaben an, die Pressearbeit mit Mitteln aus einen anderen Etatposten zu bestreiten. Fast die Hälfte gab an, daß der Fonds bis zu 100.000 DM betrage, nur bei 15 Prozent lag er darüber.

Auf ein Aufgabenelement der Pressestellen richtete sich Frage 9. Wenn Interviews, Pressegespräche oder -konferenzen und Gespräche mit Journalisten vereinbart werden, liegt es nahe, daß die Pressestelle diese vorbereitet. Sie kennt in der Regel durch den direkten Kontakt mit den Medienvertretern die Probleme, welche die Journalisten bewegen, und sie sollte es verstehen, die von Fachtermini geprägte Sprache der Verwaltung in eine für Öffentlichkeit und Journalisten verständliche Sprache zu übersetzen und dabei Problemkomplexität im Interesse der Verständlichkeit zu reduzieren. In diesem Sinne sollte sie intern darüber informieren, welche Fragen zu erwarten sind und eine übersichtliche Aufstellung von Stichworten als gedankliche Stütze und Argumentationshilfe zur Verfügung stellen. Pressestellen, die so arbeiten, müßten nicht nur sachliche Kompetenz haben, also auf der Höhe des aktuellen Verwaltungsgeschehens sein, und mit den Anliegen der Journalisten vertraut sein; sie müßten auch die Diktion, also die Sprech- und Argumentationsweise des Verwaltungschefs kennen.

16 der befragten Pressestellen erstellen regelmäßig einen solchen Sprechzettel, weitere 16 häufig. Neun Pressestellen gaben an, einen Sprechzettel selten zu erstellen, und in drei Pressestellen wird nie derartiges Material erarbeitet.

Die Zusammenarbeit zwischen städtischer Verwaltungsspitze - die Frage schloß sowohl den Leiter als auch das Top-Management der Verwaltung ausdrücklich mit ein – und Pressestelle ist also in drei Viertel der Fälle vertrauensvoll. Dies bestätigt das Ergebnis einer von *Böckelmann* ähnlich gestellten Frage. Dabei gaben mehr als 70 Prozent an, regelmäßig oder häufig einen solchen Sprechzettel zu erarbeiten.

4.2 Bewertung der Medienresonanz

In den Fragen 5 bis 8 hat der Verfasser die Verantwortlichen für die Pressearbeit gebeten, Erfolg und Einfluß auf die Vertreter der Medien zu bewerten.

Frage 5 lautete: „Wie würden Sie die Verwendung Ihrer Pressemitteilungen – einmal ganz allgemein gefragt – durch die Presse beurteilen?“. Auf einer Skala von eins bis fünf, wobei eins „schlecht“ und fünf „ausgesprochen gut“ bedeutet, beurteilten acht Befragte die Verwendung ihrer Mitteilungen als ausgesprochen gut. Der weitaus größte Teil (31 Befragte) hielt die Verwendung der Presseinformationen durch die Medien immerhin für gut. Nur fünf Befragte meinten, Rezeption und Weitergabe der von ihnen gesandten Botschaften entspreche nur teilweise oder nahezu nicht ihren Erwartungen.

Neun von zehn kommunalen Pressestellen sind also mit der Resonanz der Medien auf die Pressemitteilungen und der anderen öffentlichen Erklärungen überwiegend zufrieden.

Pressearbeit der Kommunen und aktuelle Berichterstattung der Medien sind demnach offenbar verhältnismäßig gut aufeinander eingespielt. Dieses Ergebnis ist trotz der Fülle der Konfliktpotentiale in der Kommune erwartungsgemäß und entspricht auch dem von *Böckelmann* gezeichneten Bild. In seiner Umfrage hatten sich sogar 97,2 Prozent der Gebietskörperschaften dementsprechend geäußert.

In einer Anschlußfrage wollte *Böckelmann* wissen, ob der Inhalt der Presseerklärungen angemessen wiedergegeben wird. Diese Frage haben in seiner Umfrage fast alle Pressestellen der Gebietskörperschaften (97,2 %) bejaht. *Böckelmann* schloß daraus, daß Tagespresse und Rundfunk die Pressetexte der Institutionen offensichtlich in sehr hohem Maße regelmäßig und originalgetreu wiedergeben. Dabei könnten vor allem Pressestellen, die ihren Kontaktmedien kontinuierlich Material anbieten, noch häufiger mit einer vollständigen bzw. angemessenen Wiedergabe von Standpunkten rechnen als solche mit zurückhaltender Pressearbeit.

Der Verfasser dieses Aufsatzes unterzog diese Darstellung einer intensiveren Prüfung, indem er drei mögliche Verwendungen der Informationen der städtischen Pressemitteilungen zur Auswahl stellte: erstens die Übernahme mit geringen Veränderungen (also die fast originalgetreue Verwendung im Blatt, Indiz für Terminjournalismus), zweitens die Anregung für eigene Beiträge (also einen Ausgangspunkt für Recherchejournalismus) und drittens die Hinzufügung zu anderen Beiträgen (Mischung aus beiden Varianten). Erwartungsgemäß gab mit neun von zehn Befragten die übergroße Mehrheit die überwiegende Übernahme der Pressemitteilungen mit geringen Veränderungen an.

Tabelle 2: Verwendung von Pressemitteilungen

Übernahme mit geringen Veränderungen	90 (35)
Anregungen für eigene Beiträge	8 (3)
Hinzufügung zu anderen Beiträgen	3 (1)

Dieses Resultat stützt die Ergebnisse verschiedener kommunikationswissenschaftlicher Studien, wonach die Beziehungen zwischen Politik und Medien in erheblichem Maße durch formalisierte Muster geprägt sind. Pressekonferenzen und Pressedienste staatlicher und politischer Institutionen bestimmen wesentlich Informationssammlung und -präsentation der Medien. „Schon vor Jahren haben Inhaltsanalysen der Medienberichterstattung gezeigt, welch geringe Eigenleistung die Journalisten bei der Bearbeitung von Pressediensten deshalb noch einbringen." (*Weischenberg*, 1990, 105)

In welchem Maße die Pressestellen nach eigener Einschätzung Themen und Inhalte der Medienberichterstattung beeinflussen, und in welchem Maße das noch der Fall in einer Konfliktsituation ist, wollte der Verfasser in einer weiteren Frage wissen. Schwerpunkte der Antworten lagen bei beiden Fragen bei Größenordnungen zwischen 30 und 50 Prozent. Die Durchschnittswerte betrugen 37,3 bzw. 39,7 Prozent.

Dies scheint auf den ersten Blick- gemessen an bisherigen Forschungsergebnissen über den Resonanzwert von Öffentlichkeitsarbeit in den Medien – äußerst wenig zu sein. Auch nach *Grimme* (1991) stammt das meiste, was der Journalismus vermittelt, aus der Feder anderer Kommunikatoren: PR-Fachleute, Pressereferenten, Wahlkampfstrategen, Öffentlichkeitsarbeiter. Bis zu 60 Prozent der Nachrichten in Lokalteilen beruhen nach Untersuchungen von *Rohr* auf Informationen, die von außen an die Redaktionen herangetragen werden, lediglich ein Drittel der Informationen kommt auf eigene Initiative der Redaktion ins Blatt. Barbara *Baerns* (1991) hat von 1976 bis 1986 in den Medien konstant hohe Anteile in den Medien entdeckt, die auf PR zurückgehen. In der Tagespresse stellten Pressemitteilungen und Pressekonferenzen insgesamt 64 Prozent, in Fernsehsendungen 63 Prozent, in Hörfunksendungen 61 Prozent der themengeleiteten Primärquellen. Diese Angaben decken sich auch mit anderen Werten in der gängigen PR-Literatur (z. B. *Kunczik,* 1994).[2]

Gemessen an diesen 60 Prozent sind die von den Pressestellen der Verwaltung angegebenen rund 40 Prozent eine recht hohe Zahl, machen sie doch damit zwei Drittel der durch Öffentlichkeitsarbeit bestimmten Berichterstattung im Dreieck der lokalpolitischen Kommunikation aus. Mit anderen Worten: Zwei Drittel der Lokalberichterstattung werden nach diesen Einschätzungen nur vom Akteur „Kommunale Verwaltung" bestimmt. Für die anderen Interessengruppen verbleiben somit nur noch gut 20 Prozent beeinflußbarer lokaler Berichterstattung.

Wenn dieser subjektiv angenommene Wert empirisch bestätigt und dann zur personellen und finanziellen Ausstattung der kommunalen Pressestellen ins Verhältnis gesetzt würde, ergäben sich für die kommunalen Pressestellen außerordentlich hohe Effizienzwerte, verglichen mit der (auf Informationsgebung bezogenen) PR-Tätigkeit anderer Organisationen, Institutionen und Interessengruppen und -verbände.

4.3 Selbstverständnis und Rollenkonflikt

Pressestellen kommunaler Verwaltungen befinden sich in einem dauerhaften Rollenkonflikt: an der Nahtstelle zwischen lokaler Politik und der durch die Medien vertretenen Öffentlichkeit sind sie in einer sehr schwierigen, weil zwiespältigen Situation. In der Öffentlichkeit erscheinen sie als „Sprachrohr" der Verwaltung und geraten in den Verdacht der „Hofberichterstattung"; intern müssen sie oft als Anwälte der Medien in Erscheinung treten, in deren Interesse Informationen bei den Fachämtern einklagen, wobei sie nicht selten das Mißtrauen gegenüber der Presse als Mißtrauen gegenüber sich selbst zu spüren bekommen.

---

[2] Vgl. Die neueren Überblicke über die Forschung zur „Determinationshypothese" bei Schweda/Opherden (1995) und Szyszka (1997). Vgl. Auch die Weiterentwicklung der Determinationshypothese zum Intereffikationsansatz bei Bentele/Liebert/Seeling (1997).

Scharer, Leiter der Informationsstelle eines amerikanischen Bundesministeriums, hat den Konflikt beispielhaft für den öffentlichen Dienst geschildert. Er sieht den „information man“ als „Stiefkind“ der Bürokratie. Der Pressesprecher ist ständig um Legitimation bemüht, weil man ihn in der Regel für Mißerfolge zumindest mitverantwortlich macht, die nicht hätten geschehen müssen, wäre er bereits in den Entscheidungsprozeß entscheidend einbezogen worden. Dem steht allerdings eben das spürbare Mißtrauen der Regierungsbeamten gegen den „information man“ entgegen – vor allem aufgrund seiner engen Beziehung zu den Journalisten. In ganz tiefen Konflikten befindet sich der Pressesprecher bei politischen Pannen. Dann nämlich gelten sie als „heimliche Verbündete“ der Presse, denen eine erhöhte Verschwiegenheit abgefordert wird, die sie in Widerspruch zu den Publizitätsinteressen der Presse und damit in einen Rollenkonflikt bringt.

Ausgehend von dieser Einschätzung wurden in der Umfrage drei Fragen zum Selbstverständnis gestellt. Gefragt wurde, welches Selbstverständnis bei den Pressesprechern ungeachtet ihrer Doppelrolle überwiegt: das des Repräsentanten oder das des Journalisten. Fast die Hälfte der Befragten sieht sich „eher als Journalist“, gut jeder Fünfte „eher als Repräsentant“. Mehr als ein Drittel der Befragten (15) konnte sich mit keiner der dieser vorgegebenen Rollenalternativen identifizieren. Zwölf von ihnen wählten Bezeichnungen, die eine Vermittlerrolle in diesem Konflikt zum Inhalt hatte.

Tabelle 3: Überwiegendes Selbstverständnis

18 (8)	Eher als Repräsentant
46 (20)	Eher als Journalist
34 (15)	Weder noch

Bei *Böckelmann* hatten 36,4 Prozent der Pressestellen der Gebietskörperschaften angegeben, sich eher als Repräsentant zu sehen, und für 38,4 Prozent stand die Rolle des Journalisten im Vordergrund.

Die nächste Frage zielte auf das persönliche Selbstverständnis der Pressesprecher. In Anlehnung an eine ähnliche Frage bei *Böckelmann* sollten die Befragten eine zwischen sechs Alternativen auswählen, die ihr persönliches Selbstverständnis am besten kennzeichnen: Mittler zwischen Verwaltung und Öffentlichkeit; Sprecher der Verwaltung in der Medienöffentlichkeit; Repräsentant der Verwaltung; Aufklärer im Hinblick auf bestimmte Anliegen, Verfahren oder Sachfragen; Berater der Verwaltung in Medienfragen oder Experte in jenen Fragen, mit denen die Verwaltung befaßt ist.

Das Ergebnis ist eindeutig und wird in Tabelle 4 gezeigt.

Tabelle 4: Selbstverständnis von Pressesprechern

Mittler zwischen Verwaltung und Öffentlichkeit	86 (36)
Sprecher der Verwaltung in der Medienöffentlichkeit	10 (4)
Repräsentant der Verwaltung	0 (0)
Aufklärer im Hinblick auf bestimmte Anliegen, Verfahren oder Sachfragen	5 (2)
Berater der Leitung in Medienfragen	0 (0)
Experte in jenen Fragen, mit denen die Verwalt. befaßt ist	0 (0)

Erwartungsgemäß haben sich nahezu neun von zehn städtischen Pressesprechern und damit genauso viele wie bei *Böckelmann* (85,9 %) für die Mittlerrolle entschieden. Dieser Wert liegt deutlich vor der Sprecher- (vier Nennungen) und der Aufklärerfunktion (zwei Nennungen).

Die Hälfte der Pressesprecher, die sich in Frage 10 als Repräsentanten bezeichnet hatten, sind diesem Selbstbild in Frage 11 „untreu„ geworden und haben die Einordnung als Mittler bevorzugt. Der andere Teil hat sich nochmals geteilt in Sprecher und Aufklärer.

Böckelmann schließt aus der Dominanz der Mittlerrolle im Selbstverständnis der Pressesprecher auf eine hohe Konflikt*anfälligkeit,* das heißt, auf eine hohe Wahrscheinlichkeit, daß Konflikte deshalb auftreten. Folgt der Autor dieses Aufsatzes allerdings den Darlegungen von Konflikttheoretikern, dann sind Konflikte im gesamten sozialen System durch das Auftreten unterschiedlicher Interessenlagen, Sichtweisen, Wertehaltungen, Erfahrungen etc. *unvermeidlich,* und treten dort auf, wo Interessen aufeinanderprallen. Es ist viel wichtiger, wie mit Konflikten umgegangen wird. Die Daten dieser Erhebung lassen darauf schließen, daß Pressesprecher in einer guten Ausgangsposition sind, um Konflikte zu lösen, da sich die Pressesprecher selbst in einer Vermittlerrolle sehen, und somit Signale zur Kooperations- und Kompromißbereitschaft nach beiden Seiten – an die Verwaltungsmitarbeiter und die Medien – senden.

In welchem Maße Rollenkonflikte an der Tagesordnung sind, ist Hintergrund der Frage 12. Inhalt ist, ob die Ausübung journalistischer Funktionen die Pressesprecher in Konflikt bringt mit den Aufgaben eines weisungsgebundenen Mitarbeiters. Die Befragten konnten unter den Alternativen ständig, häufig, gelegentlich und nie wählen.

Auch das Ergebnis dieser Frage ist wenig überraschend und korrespondiert mit der *Böckelmann*-Studie: Drei Viertel der Befragten kommen gelegentlich in Konflikt; jeder Fünfte hingegen hat damit keine Probleme.

Nach der Darstellung *Böckelmanns* ist der Konflikt um so wahrscheinlicher, je professioneller der journalistische Teil der Presse- und Öffentlichkeitsarbeit ausgeführt wird. In Städten ist die Konfliktanfälligkeit stärker ausgeprägt als in anderen Institutionen der öffentlichen Hand.

4.4 Beziehung zu Journalisten

Funktionierende Beziehungen sind zur Lösung von Konflikten eine wichtige Grundlage. Die Beziehungen zwischen Politik und Medien im Dreieck der politischen Kommunikation sind, wie im Kapitel Beziehungskonflikte dargestellt, von gegenseitiger Abhängigkeit geprägt. Konfliktpotentiale ergeben sich einerseits durch die unterschiedlichen Ziele der Politiker, die unterschiedlichen Selbstbilder und Berufsauffassungen der Journalisten und die unterschiedlichen Kommunikationserwartungen des Publikums. Vor diesem Hintergrund ist den Beziehungen zwischen Pressesprechern und den Medienvertretern größte Aufmerksamkeit zu schenken. Fred E. *Jandt*, US-amerikanischer anerkannter Experte für Konfliktmanagement und Unternehmenskommunikation, vertritt die Auffassung, daß die Beziehung wichtiger als jeder Konflikt ist.

Der Verfasser hat den Pressesprechern zwei Fragen gestellt, die das Verhältnis zu den Vertretern der Medien aus ihrer Sicht näher beschreiben sollen. In Frage 13 wurden die Befragten zunächst gebeten, ihr Verhältnis zu den Vertretern der Presse einmal ganz allgemein einzuschätzen. Dabei wurde dem Wort Verhältnis bewußt das Attribut persönlich in Klammern vorangestellt, um deutlich zu machen, daß es nicht um die Beziehung der Verwaltung, sondern um die Beziehung des Pressesprechers zur Presse geht.

Tabelle 5: Verhältnis Pressestellen - Presse

1 (sehr schlecht)	2	3	4	5 (sehr gut)
0 (0)	2 (1)	14 (6)	63 (27)	21 (9)

Auf einer Skala von eins bis fünf, wobei eins „sehr schlecht“ und fünf „sehr gut“ bedeuten, ergibt sich für alle Befragten ein Durchschnitt von 4,0. Die Beziehungen zwischen Pressestelle und Medien sind demzufolge allgemein als gut einzuschätzen. Das Verhältnis ist möglicherweise interessen- und erfahrungsbedingt etwas belastet, aber alles in allem doch zufriedenstellend.

Jeder fünfte bezeichnete sein Verhältnis zu den Medienvertretern als sehr gut. Gut zwei Drittel kreuzten auf der Skala die Ziffer vier an. Nur sechs Pressestellen bezeichneten ihr Verhältnis zu den Journalisten als weder ausgesprochen gut, noch ausgesprochen schlecht. Ein Pressesprecher gab an, daß seine Beziehung zu den Medienvertretern eher schlecht sei.

Das Verhältnis zu den Medien wird offenbar nicht davon bestimmt, ob unter der Gesamtheit der Journalisten, zu denen die Pressestelle Kontakt hat, Mitarbeiter einer Boulevardzeitung sind. Von allen Pressesprechern, die ihr Verhältnis zu den Vertretern der Medien mit drei oder noch weniger Punkten bewerteten, war nur ein Fall, in dem keine Beziehungen zu Journalisten einer Boulevardzeitung bestehen. Dieses Ergebnis hat den Verfasser überrascht.

Nach *Böckelmann* sind regionale und lokale Zeitungen für die kommunalen Pressestellen zwar die überwiegend angesprochene Zielgruppe, doch nach den Wochenkontaktquellen, also dem Ausmaß relativ häufiger und regelmäßiger Medienkontakte aller Pressestellen der öffentlichen Hand, zeigt sich ein etwas differenziertes Bild: Danach sind die Lokal- und Regionalredaktionen der Tageszeitungen vor öffentlich-rechtlichem und privatem Rundfunk, Wochenzeitungen und Nachrichtenmagazinen durchaus vorrangiger, aber nicht alleiniger Adressat aktiver Pressearbeit.

Wird diesem Untersuchungsergebnis gefolgt, könnten auch die Beziehungen zu den einzelnen Medien von unterschiedlicher Qualität sein. Diese These zu untermauern, war Sinn der Frage 14. Dort wurde gefragt, wie die Pressesprecher ihr persönliches Verhältnis zu den Vertretern einzelner Medienbereiche einschätzen. Vorgegeben waren die gleiche Bewertungsskala wie in Frage 13 und folgende Medienkategorien: regionale Abonnementzeitung, überregionale Presse, Straßenverkaufszeitung, regionaler Rundfunk, überregionaler Rundfunk, Nachrichtenmagazine, Nachrichtenagenturen und Anzeigen-/Offertenblätter. Aus dem Spektrum wurde die Straßenverkaufszeitung deshalb gesondert kategorisiert, da angenommen wurde, daß die Art und Weise der Berichterstattung dieser Zeitung das Verhältnis zwischen Pressesprechern und Vertretern dieser Medien trübt, und zwar beispielsweise in der Form, daß die Angehörigen der Boulevardpresse wenig vertrauenswürdig erscheinen. Das Ergebnis dieser Frage gibt Tabelle 6 wieder:

Tabelle 6: Beziehung der Pressestellen zu einzelnen Medien

	1	2	3	4	5	nicht vorhan.	Durchschnitt
Regionale Abonnementzeitung	0 (0)	2 (1)	18 (8)	43 (19)	34 (15)	2 (1)	4,1
Überregionale Presse	0 (0)	7 (3)	27 (12)	50 (22)	7 (3)	9 (4)	3,6
Straßenverkaufszeitung	0 (0)	2 (1)	20 (8)	17 (7)	7 (3)	54 (22)	3,6
Regionaler Rundfunk	0 (0)	2 (1)	11 (5)	59 (26)	25 (11)	2 (1)	4,1
Überregionaler Rundfunk	0 (0)	11 (5)	21 (9)	57 (25)	9 (4)	2 (1)	3,7
Nachrichtenmagazine	0 (0)	16 (7)	37 (16)	14 (6)	0 (0)	33 (14)	3,0
Nachrichtenagenturen	0 (0)	5 (2)	25 (11)	50 (22)	7 (3)	14 (6)	3,7
Anzeigen/Offertenblätter	0 (0)	5 (2)	16 (7)	58 (25)	16 (7)	5 (2)	4,0

Die besten Durchschnittswerte mit mindestens 4,0 Punkten im Durchschnitt erzielten die regionalen Abonnementzeitungen, der regionale Rundfunk und die Anzeigen-/Offertenblätter. Gut zwei Drittel bis drei Viertel der Befragten sind der Ansicht, daß ihr Verhältnis zu den Angehörigen dieser Medien gut oder sehr gut ist.

Weniger gut, aber immer noch zufriedenstellend, werden im Durchschnitt die Beziehungen zu den Nachrichtenagenturen und dem überregionalen Rundfunk und, mit einem Zehntel Abstufung, auch zur überregionalen Presse und zur Straßenverkaufszeitung eingeschätzt.

Die schlechtesten Werte erhielten Nachrichtenmagazine. Zu den Kategorien Straßenverkaufszeitung und Nachrichtenmagazine ist anzumerken, daß überdurchschnittlich viele Pressesprecher (22 bzw. 14) angaben, zu diesen Medien keinen Kontakt zu haben und daher das Bild etwas verzerrt sein könnte.

Schlußfolgernd aus den Daten ist aber festzustellen, daß aus der Sicht der Pressestellen zu jenen Medien die besten Beziehungen unterhalten werden, mit denen sie am häufigsten in Kontakt stehen. Diese haben auch gute Chancen, Vertrauenswürdigkeit, Vernunft, Verständnis, Kommunikationsbereitschaft und Akzeptanz als Elemente guter Beziehungen (*Fisher*; *Brown*, 1988) aufzubauen oder unter Beweis zu stellen. Dies ist bei Nachrichtenagenturen, der überregionalen Presse und dem überregionalen Rundfunk aufgrund der geringeren Kontaktdichte wohl weniger der Fall. Die These, daß die Form der Berichterstattung der Straßenverkaufszeitungen auch Auswirkungen auf die Beziehung hat, sieht der Verfasser als bestätigt an.

Eine spezifisch eher negative Rolle scheinen die Nachrichtenmagazine zu spielen. Mehr als die Hälfte der Pressesprecher war der Ansicht, daß das Verhältnis eher schlecht sei oder allenfalls teilweise gut. Solche Werte sind in dieser Tabelle einzigartig und haben den Verfasser überrascht. Die Ursachen könnten zweierlei sein. Zum einen birgt die Form des investigativen Journalismus in sich etliche Risiken für eine Verschlechterung der Beziehung: Beide Kommunikationspartner betrachten sich als wenig vertrauenswürdig und irrational. „Investigativer Journalismus muß dem Politiker zuwider sein", schätzt der ehemalige „SPIEGEL"-Chefredakteur *Kilz* selbst ein. „Der Journalist sucht nach Mißständen im politischen Apparat, recherchiert von unten, zapft Quellen an, die offiziell nicht zugänglich sind. Er zweifelt an Sachverhalten, die andere ungeprüft übernehmen oder aus Gefälligkeit verbreiten." (*Kilz*, 1995: 13 f.) Der zweite Erklärungsansatz liegt in der Häufung von Ranking-Anfragen durch ein Nachrichtenmagazin an kommunale Pressestellen, dessen Chefredakteur selbst einschätzte, damit nicht die Unterrichtung der Bürger, sondern Auflagensteigerung zu bezwecken. Dies sorgte unter den kommunalen Pressestellen für große

Verärgerung. Bei der Verarbeitung der Ergebnisse wurden auch etliche Informationen falsch interpretiert oder dargestellt, so daß der Presseausschuß des Deutschen Städtetages die Empfehlung an seine Mitgliedsstädte gab, mit Anfragen generell restriktiver umzugehen.

4.5 Wahrnehmung journalistischer Berichterstattung

Für das Verhältnis zwischen Verwaltung und Presse ist die Wahrnehmung journalistischer Berichterstattung über die eigene Organisation von herausragender Bedeutung. Wahrnehmung ist das Resultat des Denkprozesses eines Rezipienten, der externe Information zu eigenen kognitiven Systemen ins Verhältnis setzt. Wenn die Verwaltung die Berichterstattung über kommunale Angelegenheiten in einem Medium vorwiegend als negativ einschätzt, so ist anzunehmen, daß diese Wahrnehmung zu einer deutlichen Verschlechterung der Beziehung zu den Vertretern dieses Mediums führt. Es besteht das Risiko, daß diese Journalisten als nicht vertrauenswürdig, nicht ernstzunehmend, verständnislos oder auf andere Art negativ eingeschätzt werden, was das Verhältnis sehr belasten kann. Das wiederum hat Auswirkungen auf die PR-Arbeit, da Vertrauenswürdigkeit eine der wichtigen Grundlagen für erfolgreiche Informationsarbeit ist.

Inhalt der Fragen 15 bis 17 war festzustellen, ob und in welcher Form Konflikte mit Vertretern der Medien gesehen werden, welche die Beziehung zwischen Pressestelle und Journalisten belasten könnten.

Mit Frage 15 sollte ermittelt werden, bei welchen Medien am ehesten Konflikte auftreten. Bewertungs- und Medienkategorien waren wie Frage 14 vorgegeben, wobei die Ziffern eins hier für „keine Konflikte" und fünf für „immer Konflikte" standen. Die Antworten gibt Tabelle 6 wieder.

Tabelle 7: Konflikte mit einzelnen Medien

	1 nie	2	3	4	5 immer	Nicht vorhan.	Durchschnitt
Regionale Abonnementzeitung	0 (0)	34 (15)	43 (19)	18 (8)	2 (1)	2 (1)	2,9
Überregionale Presse	5 (2)	52 (23)	25 (11)	7 (3)	0 (0)	11 (5)	2,4
Straßenverkaufszeitung	0 (0)	10 (4)	26 (11)	14 (6)	0 (0)	50 (21)	3,1

Fortsetzung Tabelle 7: Konflikte mit einzelnen Medien

	1 nie	2	3	4	5 immer	Nicht vorhan.	Durch-schnitt
Regionaler Rundfunk	7 (3)	56 (24)	33 (14)	2 (1)	0 (0)	2 (1)	2,3
Überregionaler Rundfunk	14 (6)	54 (23)	21 (9)	7 (3)	0 (0)	5 (2)	2,2
Nachrichten-magazine	7 (3)	23 (10)	23 (10)	16 (7)	0 (0)	30 (13)	2,7
Nachrichten-agenturen	14 (6)	51 (22)	19 (8)	2 (1)	0 (0)	14 (6)	2,2
Anzeigen/Offerten-blätter	5 (2)	54 (23)	26 (11)	7 (3)	2 (1)	7 (3)	2,5

Nach den Daten treten Konflikte mit Vertretern von Nachrichtenagenturen und des überregionalen Rundfunks am seltensten auf. Zwei Drittel der Pressesprecher sind der Meinung, daß die Berichterstattung dieser Medien kaum ein Problem ist. Diese Medien erreichen mit 2,2 die besten Durchschnittswerte.

Ein wenig komplizierter scheint der Umgang mit Vertretern des regionalen Rundfunks, der überregionalen Presse sowie der Anzeigen- und Offertenblätter zu sein. Die Durchschnittswerte sind etwas schlechter; doch auch hier gab eine deutliche Mehrheit an, daß Konflikte mit diesen Medien kaum an der Tagesordnung sind. Zu Zerwürfnissen kommt es desöfteren mit Nachrichtenmagazinen. Sie erreichen den Durchschnittswert 2,7. Gut ein Drittel ist zwar der Meinung, daß es gar nicht oder selten zu Konflikten kommt, während immerhin jeder sechste häufige Konflikte angibt. Jeder Fünfte zeigte sich unentschlossen. Gut ein Drittel gab keine Bewertung ab.

Mit einem Durchschnittswert von 2,9 kommt es zumindest tendenziell noch häufiger zu Konflikten mit den regionalen Abonnementzeitungen. Wohl gibt ein Drittel an, Konflikte seien eher selten, doch jeder fünfte spricht von häufigen oder ständigen Konflikten. Fast jeder zweite Befragte signalisiert, daß es Zeiten mit mehr und Zeiten mit weniger Konflikten gibt. Die Ursache ist wohl darin zu suchen, daß die Vertreter der regionalen Abonnementzeitungen am häufigsten im Kontakt mit der Kommunalpolitik stehen und sich von daher schon rein quantitativ mehr Reibungsflächen ergeben als beispielsweise im Vergleich zum überregionalen Rundfunk.

Am schlechtesten schneidet erwartungsgemäß der Typ Straßenverkaufszeitung ab. Als einzige Kategorie erreicht er einen Wert über drei Punkten (3,1). Außergewöhnlich im Vergleich zu andere Medien ist, daß keine Polarisierungen zur einen oder anderen Seite bestehen. Es gibt jedoch mehr Pressesprecher, die von häufigeren Konflikten sprechen als solche, denen eine Konfliktlage selten erscheint. Fast jeder dritte und damit die Mehrheit von allen, die eine Meinung abgaben, konnte sich weder für die eine noch die andere Richtung entscheiden. Jeder zweite Befragte gab an, keinen Kontakt zu einer Straßenverkaufszeitung zu haben.

Interessantes ergibt sich, wenn die Ergebnisse der Fragen 14 und 15 ins Verhältnis gesetzt werden. Wie sich aus Abbildung 1 ablesen läßt, ist bei jenen Medien das Konfliktpotential am größten, wo das Verhältnis am schlechtesten ist.

Abb. 1: Beziehung und Konfliktpotential

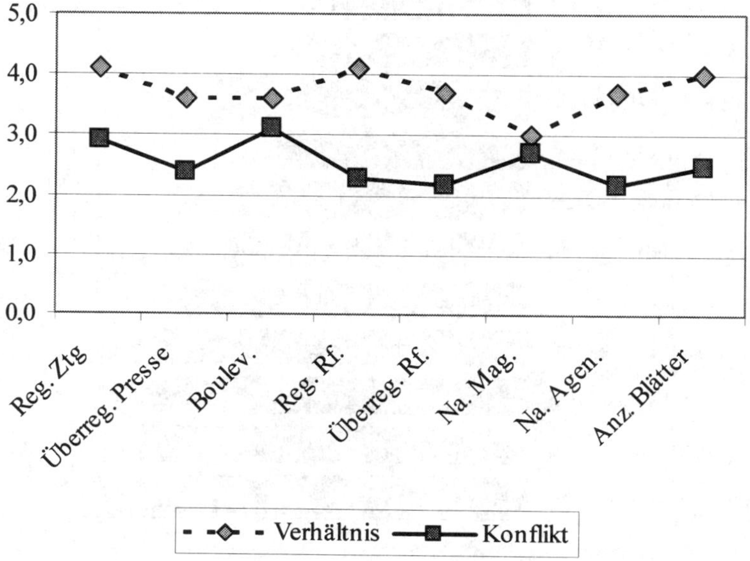

Informanten sind vor allem dann mit der Leistung der Medien unzufrieden, wenn ihre Informationen so verändert werden, daß sie fehlerhaft sind. In Frage 16 interessierte den Verfasser, welche Formen negativer Berichterstattung über kommunale Themen nach Meinung der Pressesprecher bestehen. Zwölf verschiedene Kategorien waren vorgegeben: einseitige Darstellung, oberflächliche Recherche, bewußte Falschdarstellung, falsche Zitate, erfundene Zitate, falsche Fakten, die falsche Interpretation von Fakten, die Vermischung von Nachricht und Meinung, Manipulation mittels Foto, die Konzentration auf negative Botschaften, die Konzentration auf Nebensächlichkeiten und Verletzung journalistischer Ethik. Die Pressesprecher wurden gebeten, auf der Fünferskala zu kennzeichnen, wie oft derartige Formen vorkommen, wobei die Skala von nie (eins) bis immer (fünf) reichte. Abbildung 5 verdeutlicht die Ergebnisse.

Abb. 2: Formen negativer Berichterstattung

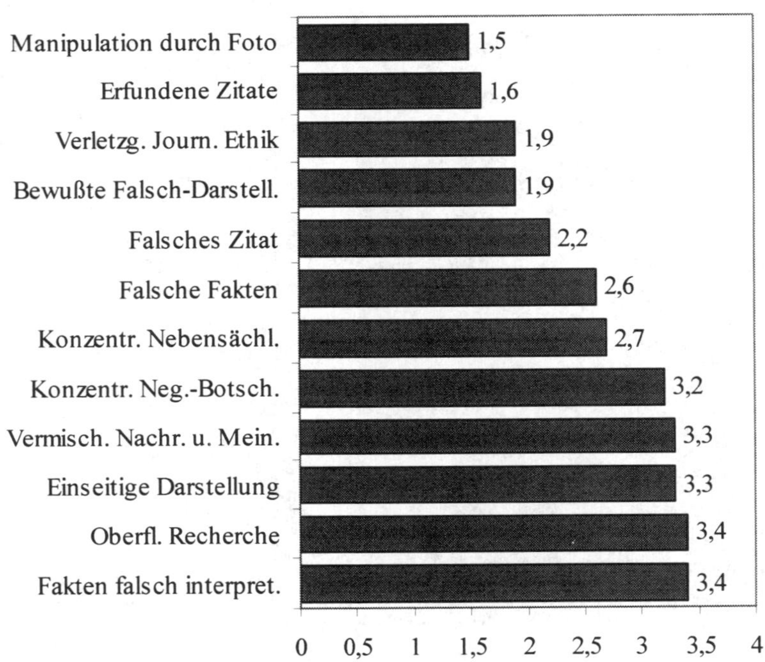

Für nahezu jeden zweiten Pressesprecher sind die falsche Interpretation von Fakten, oberflächliche Recherche, einseitige Darstellung und die Vermischung von Nachricht und Meinung vorrangige Probleme. Ein Drittel sieht größere Schwierigkeiten darin, daß Journalisten sich auf negative Botschaften konzentrieren.

Äußerst wenig Konfliktpotential liegt in der Manipulation mittels Foto, erfundenen Zitaten, Verletzungen journalistischer Ethik und bewußten Falschdarstellungen. Neun von zehn Befragten äußern die Ansicht, daß diese vier Formen nie oder nur selten auftreten. Für noch gut 40 Prozent der Befragten sind die Konzentration auf Nebensächlichkeiten und falsche Fakten kein oder so gut wie kein Sachverhalt, aus dem Konflikte erwachsen können.

Bewußt negative bzw. falsche Berichterstattung unterstellt die Mehrheit der Pressesprecher den lokalen Journalisten damit eindeutig nicht. Vielmehr sind es die Oberflächlichkeiten in der Recherche und Mißverständnisse bei der Informationsbeschaffung, die für Probleme sorgen.

Erstaunlich ist, daß die Mehrheit der Pressesprecher sich in dieser Umfrage äußerst zurückhaltend in bezug auf Verstöße der Journalisten gegen die journalistische Ethik zeigte. Lediglich zwei sind der Auffassung daß diese Fälle häufig auftreten, für neun Zehntel kommen sie nie oder fast nie vor. Die Befragten haben möglicherweise mit dem Begriff journalistische Ethik nur bewußte, grobe Verstöße in Verbindung gebracht. Nach dem Ehrenkodex des Deutschen Presserates sind aber auch beispielsweise nicht mit dem Interviewpartner abgestimmte wörtliche Interviews ebenso Verstöße gegen die journalistische Ethik wie nicht mit der gebotenen Sorgfalt geprüfte veröffentlichte Nachrichten oder unterlassene Richtigstellungen, wenn sich veröffentlichte Nachrichten als falsch erweisen. Journalisten bei solchen Verstößen an ihrer Ehre zu packen und sie (natürlich nicht in vorwurfsvollem Ton, weil das schädlich für die Beziehung ist) auf den Ehrenkodex hinzuweisen, kann nach Erfahrung des Autors sehr hilfreich sein, denn nichts ist für Journalisten unangenehmer als „Kollegenschelte".

Sonstige Formen negativer Berichterstattung, die laut handschriftlichen Angaben von Pressestellen auf den Fragebögen auftreten, sind „Angriffe auf der persönlichen Ebene" und „vorgefertigte Meinungen, die durch keine Recherche zu beeinflussen sind". Diesen Fällen ist nur sehr schwer und als einziges Mittel mit vorbehaltloser Konstruktivität zu begegnen.

In einer weiteren Frage ging es um die Wahrnehmung journalistisch negativer Berichterstattung in der Verwaltung (außerhalb der Pressestelle). Welche Reaktion ruft negative Berichterstattung in der Verwaltung hervor, fragte der Verfasser und stellte Kategorien dar, die mit Ja oder Nein zu beantworten waren.

Mit dem Begriff „Frustration“ verbindet sich eine emotionale Komponente. Negative Berichterstattung wird zur Kenntnis genommen und sorgt für Verärgerung. Drei von vier Pressesprechern konnte über entsprechende Reaktionen innerhalb ihres Hauses berichten. Nur jeder vierte verneinte dies.

Schlimm ist es, wenn aus der Verstimmung über den Beitrag in der Zeitung geschlußfolgert wird, künftig der Presse „gar nichts mehr zu sagen“. Hier ergab sich ein sehr gespaltenes Bild. Die Hälfte der Befragten bestätigte, daß es solche Reaktionen gibt, während die andere Hälfte dies verneinte, wobei sich ein leichter Überhang zugunsten der Verneiner ergibt.

Mit der also durchaus vorhandenen Gesprächsbereitschaft von seiten der Verwaltung ergeben sich gute Voraussetzungen, Konflikte mit der Presse zu lösen. Dadurch das dem Kommunikationspartner signalisiert wird, daß man selbst zur Klärung der strittigen Fragen bereit ist, wird eine Verhandlungsgrundlage geschaffen.

Eine weitere Folgerung, die sich aus diesen Zahlen ergibt, lautet, daß Pressesprecher bei negativer Berichterstattung einen schweren Stand innerhalb der Verwaltung haben, wenn sie Mitarbeiter aufs Neue vom Recht der Presse auf Informationen überzeugen müssen. Das Konfliktpotential durch Verärgerung der Mitarbeiter ist weitaus größer ist als die nicht mehr vorhandene Bereitschaft, Auskünfte zu erteilen, was sehr viel schlimmere Folgen haben könnte. Dies ist für die PR-Arbeit günstig, denn wenn keine Auskünfte mehr gegeben werden, kann beispielsweise in der Öffentlichkeit das Bild entstehen, die Verwaltung habe etwas zu verheimlichen. Naturgemäß verschlechtern sich dann auch Kontakt zu den Journalisten und in der Folge Argumentations- und Persuasionsmöglichkeiten von PR.

In einer der nächsten Fragen ging es um die Feststellung, welche Bereiche der Verwaltung von Konflikten besonders betroffen sind. 21 Verwaltungsbereiche wurden aufgeführt, und die Befragten wurden gebeten, auf einer Skala zwischen eins und fünf deutlich zu machen, wie oft die einzelnen Verwaltungsbereiche in Konflikte mit der Presse geraten, wobei eins für „selten“ und fünf für „oft“ standen.

Die Auswertung ergab eine deutliche Abstufung von Verwaltungsbereichen im Hinblick auf die Konfliktanfälligkeit gibt. Einige sind von Konflikten sehr häufig betroffen, während andere so gut wie nicht Gegenstand der Auseinandersetzung mit der Presse sind. Kaum von Konflikten betroffen sind die Bereiche Arbeitsförderung (ABM), Gesundheit und Hygiene, Fremdenverkehr, Gleichstellung und offene Vermögensfragen. Etwa jeder fünfte Pressesprecher gibt bei diesen Bereichen an, daß sie selten oder eher selten Sujet von Konflikten mit der Presse sind.

Das trifft im Prinzip - wenn auch in ein wenig abgeschwächter Form - auf die Bereiche Sport, Wohnungsvergabe, Liegenschaften und Personal zu. Deutlich mehr als die Hälfte der Befragten ist der Auffassung, daß diese Fachzweige kaum Konfliktpotentiale beinhalten.

Weniger als die Hälfte, doch deutlich mehr als ein Drittel ist bei den folgenden Gebieten der Meinung, daß sie kaum Gegenstand von Kontroversen sind: Wirtschaftsförderung, Bildung, Jugend, Kultur, Umwelt, Verwaltung, Ordnung und Soziales.

Die am meisten kritischen Bereiche der Verwaltung kristallisieren sich relativ eindeutig heraus: Es sind dies Finanzen, Planen, und Bauen. Auch der Verwaltungschef und/oder der erste Bürger der Stadt (je nach Gemeindeordnung des jeweiligen Landes) ist/sind genauso häufig Gegenstand von Kontroversen. Fast jeder zweite Pressesprecher nannte die letztgenannten Bereiche als oft oder häufig von Konflikten betroffen, beim Ressort Finanzen war es immerhin jeder dritte.

Der Grund für diese Hierarchie dürfte in der zunehmenden Kulmination von Interessengegensätzen liegen. In der Person des (Ober-)Bürgermeisters bzw. Stadtdirektors laufen nicht nur alle Fäden der Verwaltung, des Rates, von Interessengruppen, der Öffentlichkeit und der Medien zusammen, hier ist auch die Nahtstelle von Interessen jeder einzelnen dieser Teilöffentlichkeiten. Als zweites Hauptorgan der Selbstverwaltung neben dem Rat verfügt der Bürgermeister über umfassende Befugnisse. Er ist politischer Repräsentant und integrierende Persönlichkeit der gesamten Bürgerschaft, hat wichtige „Scharnierfunktion" zwischen Rat und Verwaltung, aber auch zum Bürger hin. Für den scheint der Bürgermeister - wenn nicht schon allein, so doch primär - verantwortlich. Schuld- und Verantwortungszuweisungen zwischen Rat und Verwaltung kennt der Bürger nicht.

In ähnlich komplizierter Situation befindet sich die Stadtplanung, die immer etwas mit Kompromissen zu tun hat. Ursache dafür sind nicht nur sich ausschließende Interessen: Ein Wohngebiet soll aufgebaut werden. Das zieht aber z. B. Verkehr an, was im Widerspruch zu ökologischen Zielen und den Interessen dort schon Wohnender steht. Stadtplanung bedeutet auch stets Kompromiß zwischen Wünschenswertem und Durchsetzbaren. Diese Aussage trifft aufgrund geltender gesetzlicher Bestimmungen z. B. auf die Einflußnahme auf Bauherren zu. Es wäre fast schon ein Wunder, wenn dieser hier nur ausschnittsweise dargestellte Komplex von Rollen-, Interessen- und wertbezogenen Konflikten auf der fachlichen Seite sich nicht auch in den Medien widerspiegeln würde und hier keine Verständniskonflikte nach sich zöge. An dieser Stelle ist Öffentlichkeitsarbeit besonders herausgefordert, einerseits Komplexität im Sinne der Verständlichkeit von Botschaften zu reduzieren, andererseits aber auch Zusammenhänge und Verflechtungen deutlich zu machen. Angesichts der fachlichen Kompliziertheit der Materie ist dies gerade in städteplanerischen Fragen ein oft schwieriges Unterfangen.

Der Baubereich dürfte wegen der direkten Betroffenheit seiner Auswirkungen auf große Teilöffentlichkeiten desöfteren ins Visier der Medien geraten. Wenn eine Straße saniert wird, dann sind viele Menschen davon betroffen: Autofahrer, die im Stau stehen ebenso wie Fußgänger und Radfahrer, die Umwege machen müssen sowie Anwohner, die durch Lärm und Schmutz belästigt werden, ja sogar Einwohner anderer Stadtteile, die nichts mit dem Bauwerk zu tun haben und fragen, warum gerade diese und nicht eine andere Straße saniert wird. Städtische Öffentlichkeitsarbeit hat es hier mitunter mit sehr starken Interessenkonflikten zu tun, die nur schwer beizulegen sind. Mittels PR besteht die Möglichkeit, über Sinn, Zweck und Ablauf der Baumaßnahmen zu informieren und somit für Verständnis zu werben.

Daß der Stadtkämmerer ins Konfliktfeld gerät, erklärt sich auch mit der Betroffenheit zahlreicher Menschen. Das Finanzaufkommen der Kommunen ist, wie eingangs erläutert, begrenzt. An vielen Stellen muß der Rotstift angesetzt werden. Wenn Zuschüsse für Vereine und Mittel für Kultur- und Jugendarbeit gekürzt oder ganz gestrichen werden müssen und sich z. B. die Tarife des Nahverkehrs erhöhen, dann spüren das viele Einwohner einer Stadt und mobilisieren für ihren Protest entsprechende Interessengruppen.

4.6 Reaktion auf journalistische Berichterstattung

Die Zahl der presserechtlichen Streitigkeiten hat sich in den letzten Jahren vervielfacht. Die 24. Zivilgerichtskammer des Landgerichtes Hamburg als zuständige Erstinstanz für Gegendarstellungen unter anderem von *Spiegel*, *Stern* und *Bild* verhandelte im Jahre 1990 462 Pressesachen, 1991 - 542, 1992 - 680, 1993 - 761, 1994 - 762. Ein ähnliches Bild ergibt sich für die 28. Zivilkammer des Landgerichtes Köln, unter anderem zuständig für den Privatsender RTL: 1990 - 60, 1991 - 91, 1992 - 103, 1993 - 181, 1994 - 145 (Vgl. *Prinz*, 1995).

Wie stark sind Kommunen von dieser Entwicklung betroffen? In welcher Form kommunale Pressestellen auf falsche Veröffentlichungen der Medien reagieren, war Anliegen einer weiteren Frage. Dabei wurden den Befragten neun Möglichkeiten zur Auswahl angeboten, jeweils mit den Alternativen nie, manchmal bzw. immer.

Böckelmann hat in seiner Studie eine ähnliche Frage gestellt. Dabei hatte er für die Frage „Haben Sie im vergangenen Jahr mit Leserbriefen oder Gegendarstellungen im Namen Ihrer Institution Stellung genommen?“ als Antwortoptionen lediglich „Ja, mit Leserbrief(en)“, „Ja, mit Gegendarstellung(en)“ und „Nein, weder noch“ vorgegeben. 52 Prozent der Gebietskörperschaften hatten mit dem Mittel des Leserbriefes reagiert, und nur 33,5 Prozent mit dem Mittel der Gegendarstellung. Dabei waren die Reaktionen von kommunalen Presseämtern deutlicher ausgeprägt als bei den meisten Fachbehörden - für *Böckelmann* ein Indiz dafür, daß das enge Verhältnis zwischen den kommunalen Presseämtern und der Lokal- und Regionalpresse offenbar auch die potentiellen Reibungsflächen erweitert.

Abbildung 3: Reaktion auf falsche Berichterstattung

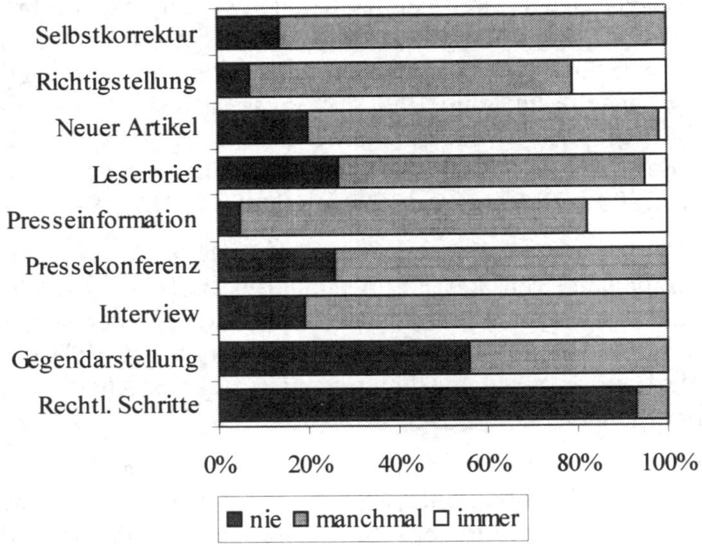

Die Darstellung läßt erkennen, daß *Presseinformation* und *Richtigstellung* die am meisten genutzten Mittel sind. Nahezu vier Fünftel der Pressesprecher gaben an, daß diese Formen manchmal genutzt werden, jeder fünfte nutzt sie nach eigenen Angaben immer. Fast ebenso häufig genutzte Instrumente sind *Selbstkorrektur*, *Interviewangebot*, ein *neuer Artikel* und die Durchführung einer *Pressekonferenz*. Gut vier Fünftel der Pressestellen nutzen diese Möglichkeiten.

Verhältnismäßig wenig Pressestellen machen von einem in der Literatur als sehr effektiv eingeschätzten Mittel der Reaktion Gebrauch: Nur zwei Drittel der Pressestellen schreiben manchmal Leserbriefe. Jeder dritte Befragte gab an, dies nie zu tun. Stuttgarts bisheriger Oberbürgermeister *Rommel* empfiehlt aber gerade dies den Pressestellen, weil Leserbriefe meistens abgedruckt werden: „Es brauchen nicht nur diejenigen Leserbriefe zu schreiben, die die Stadtverwaltung für eine Anhäufung von Idioten, Volltrotteln und unmoralischen Menschen halten und das permanente Versagen als das Dauerhobby des Oberbürgermeisters betrachten." (*Rommel*, 1996: 79)

Die bisher genannten Mittel sind sämtlich als „milde“ Formen der öffentlichen Richtigstellung falscher Meldungen und der Entgegnung auf Angriffe zu bezeichnen.

Vom formalen Recht auf Gegendarstellung und die Einleitung anderer, noch schärferer juristischer Schritte, wie einer Klage auf Widerruf, machen die meisten kommunalen Pressestellen wenig Gebrauch. Ihre Inanspruchnahme sorgt stets für Verärgerung und bringt deshalb meist einen noch schärferen Konflikt mit einem bestimmten Medium bzw. Journalisten mit sich und führt in aller Regel zur (zumindest vorübergehenden) Verschlechterung der Beziehungen zwischen Verwaltung und Presse. Nicht nur aus diesem Grund ist anzuraten, die Folgen ihrer Anwendung gut zu überdenken. Eine Gegendarstellung ist auch nicht immer durchzusetzen, da sie den Anforderungen der Landespressegesetze entsprechen muß. Diese machen lediglich Tatsachenbehauptungen gegendarstellungsfähig. Manch negativer Beitrag in der Zeitung enthält jedoch so gut wie keine Tatsachenbehauptungen - dies ist jedenfalls das Ergebnis, nachdem der betreffende Artikel unter dem juristischen Mikroskop seziert wurde. Wird eine Gegendarstellung von der Redaktion aus formalen Gründen zurückgewiesen, hat die Pressestelle keine ihrer Interessen durchsetzen können, jedoch durch das Ausüben von Druck auf die andere Seite die Beziehung verschlechtert. Zu berücksichtigen ist bei Gegendarstellungen außerdem, daß die Wiederholung des falschen Sachverhaltes als Verstärker wirken kann. Schließlich kommt hinzu, daß Journalisten in solchen Fällen meist weiterrecherchieren, um in einem neuen Artikel ihrem Publikum zu „beweisen“, daß sie vorher vermeintlich „gute Arbeit“ geleistet und „sauber recherchiert“ haben.

Nur zwei Fünftel der Pressestellen gaben an, manchmal von der rechtlichen Möglichkeit des Abdrucks einer Gegendarstellung Gebrauch zu machen. Mehr als jeder zweite Pressesprecher lehnte dies ab. Noch „schärfere Geschütze“ gegen die Presse, nämlich Auseinandersetzungen vor Gericht, werden nur von einer verschwindend geringen Minderheit. Nahezu neun von zehn Pressesprechern gaben an, daß sie nie zu solchen rechtlichen Mitteln wie einer Klage auf Widerruf greifen.

Reineke/Eisele (1994) empfehlen im Falle negativer Berichterstattung zunächst eine tiefgründige Analyse: Warum ist der Bericht aus Sicht der Verwaltung falsch? Enthält er Fehler, Unwahrheiten, falsche Behauptungen, Unterstellungen, oder ist er nur unvollständig und einseitig? Können Mißverständnisse die Ursache sein, hat sich die Verwaltung unklar ausgedrückt, oder waren vielleicht die Presseunterlagen unvollständig, mißverständlich oder fehlerhaft?

Der Verfasser dieser Arbeit legt ein vorbehaltlos konstruktives Herangehen nahe, das von der Kernfrage ausgeht, ob die Verwaltung nicht selbst im Kommunikationsprozeß Fehler gemacht hat. In jedem Fall muß eine Reaktion sehr sorgfältig bedacht werden. Stimmen Fakten und ist lediglich die Tonart des Artikels unfreundlich oder bösartig, sollte auf eine formale Reaktion verzichtet werden. Das meiste kann man auf sich beruhen lassen, meint auch *Rommel*. Es ist jedoch zu empfehlen, den Journalisten bei passender Gelegenheit zu fragen, was die Ursache für diese Form der Berichterstattung war. Möglicherweise können dabei Mißverständnisse ausgeräumt werden, oder es ergeben sich Ansatzpunkte für andere Formen oder Inhalte der Öffentlichkeitsarbeit. In jedem Fall jedoch wird die Beziehung zwischen Verwaltung und Presse verbessert, wenn dies nicht im Sinne einer Schelte, sondern im Sinne des besseren gegenseitigen Verstehens geschieht, also offen über den Beitrag gesprochen wird, weil dies neben Verständnis auch die Vertrauenswürdigkeit erhöhen kann.

4.7 Konfliktfelder in der Öffentlichkeitsarbeit

Böckelmann hat 1989 nach Hauptproblemen, welche die Tätigkeit von Pressestellen in Institutionen bzw. im Verhältnis von Journalisten belasten, gefragt und danach, wie diese Probleme gelöst werden könnten. Er hatte diese Fragen nach eigenen Angaben bewußt als offene Fragen formuliert mit der Begründung, daß sich langjährige Erfahrungen nicht in ein Korsett pressen lassen. Dadurch wurden von den Pressestellen der öffentlichen Hand zwar etliche verschiedene Probleme aufgezählt; dies ergab aber kein repräsentatives Bild darüber, welche Probleme aus Sicht der Pressestellen gravierend und welche weniger wichtig sind.

Der Autor dieses Aufsatzes ist aus diesem Grunde und unter dem spezifischen Blickwinkel der Umfrage etwas anders an die Problematik herangegangen und hat die von *Böckelmann* herausgearbeiteten Problemkomplexe zwar übernommen: Institutionsinterne Probleme, Probleme im Verhältnis zu Journalisten/Redaktionen/Medien, Schwächen der (eigenen) Pressearbeit und interessengeleitete Problemstellungen. Allerdings wurden in Anlehnung an *Böckelmann* und nach praktischen Erfahrungen des Autors Kategorien vorgegeben, deren Gültigkeit für den eigenen Wirkungsbereich die Pressesprecher bejahen oder verneinen konnten. Sie hatten drittens die Möglichkeit, sich aus strukturellen Gründen der Stimme zu enthalten. Schließlich war am Ende des jeweiligen Komplexes noch die Möglichkeit gegeben, zusätzliche Problemstellungen aus eigener Sicht einzubringen.

Der Vergleich der vier Komplexe läßt die Schlußfolgerung zu, daß die größten Probleme im Bereich allgemeiner Interessendivergenzen zwischen Verwaltung und Presse gesehen werden. Mehr als zwei Drittel der Befragten artikulierte dies. Zwei Fünftel gaben Probleme im Verhältnis zu den Medien und ihren Vertretern an. Ein Drittel beklagte institutsinterne Probleme, und nur für jeden fünften sind Schwächen in der eigenen Pressearbeit erkennbar.

4.8 Institutionsinterne Probleme

Mehr als ein Drittel der Befragten gibt institutionsinterne Probleme in der Pressearbeit an. Wie die Abbildung 4 erkennen läßt, bewegt die Mehrzahl der genannten Probleme einen größeren Kreis von Pressestellen, was aus der Studie von *Böckelmann* nicht hervorging. Es dominieren Behinderungen und Verzögerungen der Informationsarbeit durch den Verwaltungsapparat. Drei Viertel der Befragten und damit die meisten klagen über zu späte, schleppende oder unzulängliche Information der Pressestelle durch Angehörige der Verwaltung. Ein Drittel der Sprecher macht einen schwerfälligen Verwaltungsapparat oder die Pressearbeit verhindernde oder blockierende Fachabteilungen oder Kompetenzgerangel, lange Dienstwege, unübersichtliche Hierarchien bzw. Abhängigkeiten von Vorgesetzten dafür verantwortlich.

Hingegen sind Behinderungen der Pressearbeit durch die Leitung der Verwaltung offenbar seltener. Nur jeder zehnte gibt an, daß die Pressestelle nicht genügend Kompetenzen oder nicht das Vertrauen der Leitung habe, während neun von zehn Befragten dies verneinen.

Zahlreiche Beziehungskonflikte zwischen Verwaltung und Presse haben ihre Ursache im zur Zurückhaltung neigenden Verwaltungsapparat. Diese resultiert vor allem aus der routinemäßigen Natur des Verwaltungsapparates, die sich aus gesetzlichen Bestimmungen und dem übergeordneten Kriterium der Fehlervermeidung ergibt. Auf solche verwaltungsmäßigen Blockierungen verweist auch knapp die Hälfte der Befragten, wenn sie die Frage nach gestörter Kommunikation zwischen den verschiedenen kommunalen Ämtern bejaht.

Abb. 4: Institutionsinterne Probleme

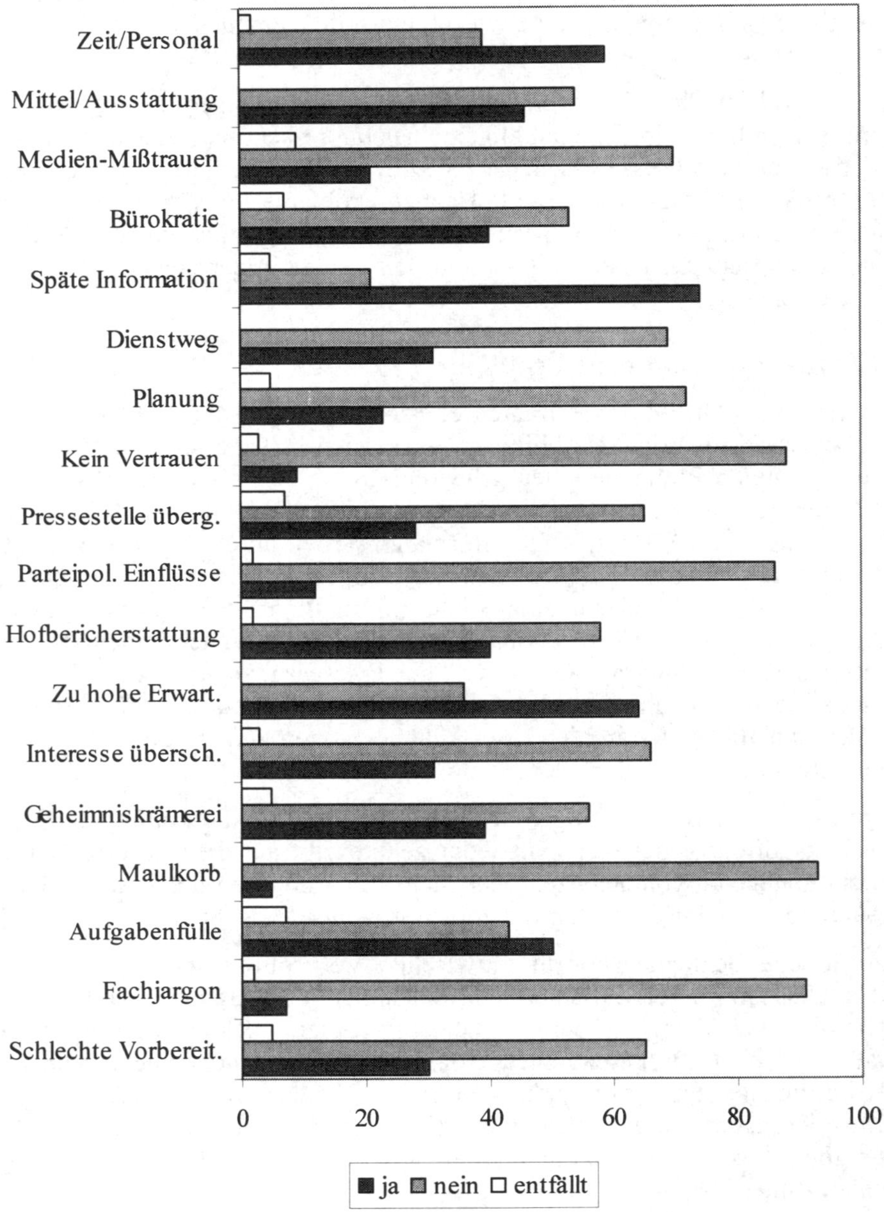

Ein anderer Grund für Verzögerungen in der Pressearbeit ist die Spannung, in der sich die Pressestellen befinden, wenn sie sich ständig für das grundgesetzlich verankerte Recht der Medien an Informationen rechtfertigen müssen und von Teilen der Verwaltung als Fremdkörper und verlängerter Arm der Journalisten betrachtet werden.

Dies führt auch zu einer mangelnden Unterstützung der Pressestelle durch den Verwaltungsapparat, die sich in grundsätzlichen Kontaktproblemen zwischen Verwaltungsmitarbeitern und Journalisten, mangelndem Verständnis für aktive Pressearbeit, aber auch in einem Hüten des Wissensvorsprunges und der Ausblendung von Realitäten außerhalb der Verwaltung äußern kann. Deren Folge sind unter anderem zeitaufwendige Recherchen von seiten der Pressestelle innerhalb des eigenen Hauses bei Anfragen, aber auch bei mangelhaften Zuarbeiten für Presseinformationen.

Zwei Fünftel der Pressesprecher sehen in der – erforderlichen oder vorgeblichen – Rücksicht auf politische Entscheidungsprozesse ein Hindernis für effiziente Pressearbeit. Mitunter sollen die Medien aus Sicht verschiedener Mitarbeiter der Verwaltung über etwas nicht oder nicht im Detail informiert werden, weil etwas „noch nicht abgestimmt“ ist, oder die Beratung in Ausschüssen noch bevorsteht. Dann wird die Pressestelle in die Pflicht der Amtsverschwiegenheit genommen und ist am aktiven Handeln gehindert. Zum anderen stehen Veröffentlichungen auch gesetzliche Bestimmungen, z. B. des Persönlichkeits- und Datenschutzes, entgegen. In den Augen der Presse erscheint das dann oft als „Geheimniskrämerei“, Angst vor der Öffentlichkeit und als Hang zur „Verschleierung“ oder zum „Mauern“.

Die Rollenkonflikte, in denen sich die Pressesprecher befinden, sind nur durch einen Kompromiß zu lösen, durch den die Pressesprecher in ihrer Doppelmitgliedschaft zu Doppelverrätern werden, indem sie die Interessen beider Gruppen vertreten. Außerhalb des Hauses muß dann für Verständnis für die Grenzen, in denen Verwaltungs-PR erfolgen kann, aber auch für Verständnis der (z. B. gesetzlichen, demokratischen etc.) Grenzen, in denen sich die Verwaltung befindet, geworben werden. Wichtiger aber sind beharrliche Aufklärungs- und Überzeugungsarbeit und das Werben um Vertrauen bei den Verwaltungsmitarbeitern, in den Ämtern und Dezernaten für die Journalisten. Hierfür ist die Stärkung der Pressestelle durch die Leitung der Institution unbedingte Voraussetzung, aber auch der stete

Appell an jeden einzelnen Verwaltungsmitarbeiter, etwas für die Veränderung des bürokratischen Images (im negativen Sinne) zu tun, was an sich schon ein sehr schwieriges Unterfangen ist, da sich Überzeugungs- und Wertesysteme nur sehr schwer beeinflussen lassen.

Zweitgrößtes Problem für die Pressestellen ist, daß sie sich Erwartungen und Einflüssen ausgesetzt sehen, welche die objektive Information der Medien gefährden können. Immerhin ist jeder zehnte Befragte der Ansicht, die Pressestelle seiner Institution werde parteipolitischem Einfluß ausgesetzt. Zwei Fünftel schätzen ein, daß die Leitung der Verwaltung von der Pressestelle Formen der Öffentlichkeitsarbeit verlangt, die sie als Verlautbarungsträger erscheinen lassen muß, worunter die Glaubwürdigkeit leidet. Ein Drittel moniert, daß das Interesse der Medien an der Stadtverwaltung überschätzt wird.

Gut zwei Drittel beklagten, daß der Anspruch an die Pressestelle in bezug auf die Wirkung zu hoch oder falsch sei, also von einer „guten Presse" ausgehe, wofür die Pressestelle sorgen könne. Das ist natürlich nicht möglich, denn Öffentlichkeitsarbeit kann die Welt nicht besser machen als sie ist und würde, wenn sie dies versuchte, alle Bemühungen um Glaubwürdigkeit und Vertrauen bei den Medien zunichte machen. Zum anderen wird von seiten verschiedener Verwaltungsmitarbeiter davon ausgegangen, daß die Pressestelle beeinflussen könne, was und wie die Journalisten schreiben. Der Verfasser dieser Arbeit ist schon von Verwaltungsmitarbeitern im Range von Abteilungs- und sogar Amtsleitern ernsthaft gefragt worden, „was für einen Artikel" er „in die Zeitung gesetzt" habe. Insofern ist also bereits das Grundverständnis über die Funktionsweise politischer Kommunikation falsch. Es kann verbessert werden, wenn Verwaltungsmitarbeiter im Hinblick auf Fragen der Presse- und Öffentlichkeitsarbeit geschult werden und sich in den einzelnen Bereichen der Verwaltung Mitarbeiter befinden, welche sich der Aufgabe Öffentlichkeitsarbeit engagiert widmen.

Als dritter Komplex der institutionsinternen Probleme zeigen sich Defizite an qualifiziertem Personal, Arbeitszeit, gerechter Vergütung, finanzieller oder technischer Ausstattung der Pressestellen. Für jeden zweiten Befragten beeinflußt zumindest eine der Komponenten die Pressearbeit negativ. Dieses Problem war *Böckelmann* (1991, 182) aufgefallen, und er hatte plakativ einen von ihm Befragten zitiert, der in einem handschriftlichen Vermerk fixiert hatte: „Die Qualität der Pressearbeit (Öffentlichkeitsarbeit) hängt nicht zuletzt vom Etat und von der Qualifikation des eingesetzten Personals ab. Hierfür bieten weder die Einstellung der Behörden (ihr Verhältnis zur Presse-/Öffentlichkeitsarbeit) noch der BAT bzw. das Besoldungsrecht gute Voraussetzung. Das heißt, Stellenausstattung und Besoldung/Vergütung lassen Angebot und Nachfrage als ungenügend erscheinen. Die Besetzung von Stellen erfolgt zumeist mehr nach hauspolitischen Vorstellungen der Personalverwaltung als nach sachlich notwendigen. Fachliche Vorbildung und Niveau werden niedriger bewertet als personalwirtschaftliche Faktoren. Diese Feststellung gilt grundsätzlich für alle Bereiche der öffentlichen Hand“. Diese Kritik wird noch untermauert, wenn die Vergütungen im öffentlichen Dienst im Verhältnis zu Vergütungen gesehen werden, welche selbst nicht leitende Redakteure z. B. bei Tageszeitungen erhalten, oder wenn gesehen wird, daß vorherige Berufserfahrung im Medienbereich (z. B. im Sinne der Anerkennung von Dienstjahren) sich nicht in der Vergütung niederschlägt.

4.9 Probleme im Verhältnis zu Journalisten/Redaktionen/Medien

Für mehr als 40 Prozent der Befragten bringt das Verhältnis zwischen Verwaltung und den Medien und ihren Vertretern größere Probleme mit sich. Indirekt signalisieren diese Antworten Unzufriedenheit mit der Berichterstattung von Presse und Rundfunk über kommunale Angelegenheiten. Abbildung 5 verdeutlicht, wo die Pressesprecher die größten Probleme in diesem Bereich sehen.

Abb. 5: Beziehungsprobleme Verwaltung - Medien

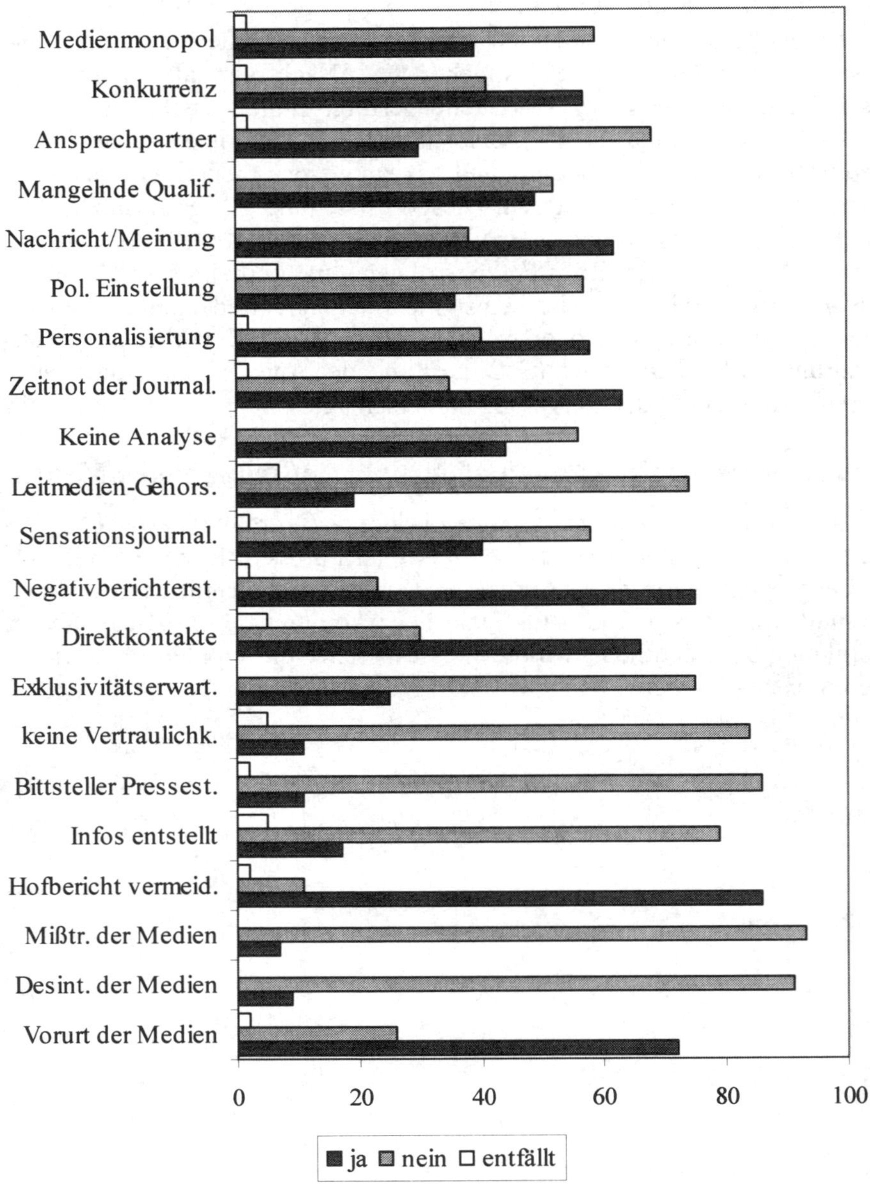

Das Verhältnis der Pressestellen zu den Journalisten und Redaktionen scheint von deutlicher Zwiespältigkeit gekennzeichnet. So zufrieden, wie die Pressesprecher mit dem Abdruck ihrer Presseinformationen sind, so unzufrieden sind sie mit Artikeln, die direkt aus der Feder der Journalisten kommen. So beklagen fast zwei Drittel eine mangelnde Trennung zwischen Nachricht und Meinung – ein Phänomen, das vorwiegend den Typ Recherchejournalismus kennzeichnet. Nahezu jeder zweite Befragte sieht zu wenig Aktivität im Journalismus, zu wenig Analyse komplexer Sachverhalte, jedoch Problemignoranz bzw. mangelnde Qualifikation und Fachkompetenz der Journalisten. Fast zwei Drittel beklagen, daß die Journalisten zu wenig Zeit zur Recherche aufbringen können. Dagegen machen drei Viertel der Befragten den Medien zum Vorwurf, daß sie vor allem an Negativ- und Konfliktberichterstattung interessiert sind. Mehr als jeder zweite Pressesprecher hält die Personalisierung von Konflikten für ein Problem.

Eine weitere Schwierigkeit ist das Bild, das die Journalisten nach Ansicht der Pressesprecher von der Verwaltung haben. Die Medien, so sagen fast drei Viertel, haben Vorurteile gegenüber der Stadtverwaltung und zeigen wenig Verständnis für den Behördenapparat. Der Verwaltung als Bürokratie werden ständig sich eigentlich ausschließende Absichten vorgeworfen: sowohl Herrschsucht als auch Mangel an Entscheidungsfreudigkeit, sowohl Korruption als auch mangelndes Verständnis für Sonderfälle, sowohl ausgeprägter Formalismus als auch Versagen und Verschleppungstaktik. Die Wurzel dieser Vorurteile bildet stets eine als solche nicht greifbare Verwaltung. Die Verhaltensmuster der Regelungskultur müssen somit schon fast zwangsläufig Konflikt und Mißtrauen in sich bergen. Dies ist wohl ein Grund, warum – zumindest nach Auffassung der Pressestellen – die Medien sich ständig verpflichtet fühlen, sich von der Verwaltung zu distanzieren. Fast neun von zehn Pressesprechern sind der Ansicht, daß Journalisten wollen den Eindruck der Hofberichterstattung vermeiden wollen.

Dies hat aber letztendlich auch mit den Berührungsängsten von Journalisten gegenüber PR als zweck- und zielgerichteter Kommunikation zu tun. Fast jeder zweite Journalist zählt nach der Studie „Journalismus in Deutschland“ zu den PR-Skeptikern oder gar zu den PR-Kritikern. Die Distanz nimmt zu, je dezidierter Journalisten sich als links-liberal, grünalternativ oder sozialistisch einstufen. Weniger als jeder zweite Journalist im Ressort Lokales hält Pressemitteilungen für zuverlässig, nicht einmal ein Drittel für gut aufbereitet (*Löffelholz*, 1997). Erstaunlicherweise sind jedoch bis auf ganz wenige Ausnahmen fast alle kommunalen Pressestellen der Meinung, daß zumindest *ihren* Informationen nicht mißtraut wird. Das spricht wiederum für ein gutes Verhältnis zu den Journalisten.

Besonders kritisch ist das Verhältnis zwischen Presse und kommunaler PR in den neuen Bundesländern. Bis auf eine Ausnahme, die sich der Stimme enthielt, bestätigten alle ostdeutschen Pressesprecher das Problem der kritischen Distanz der Journalisten gegenüber der Öffentlichkeitsarbeit bürokratischer Institutionen. „Die Pervertierung staatlicher Öffentlichkeitsarbeit unter Goebbels und Kurt Hager wirkt bis heute nach in der Scheu staatlicher Institutionen, auch nur in den Geruch propagandistischer Aktivitäten zu gelangen, und sie wirkt nach in der Übersensibilität der Medien und der Öffentlichkeit gegenüber regierungsamtlichen Erfolgsbilanzen und Lobeshymnen“ (*Bergsdorf*, 1990).

Für zwei Drittel der Pressestellen ist ein Problem, daß die Journalisten durch Direktkontakte in der Verwaltung die Medien umgehen. Die Pressesprecher sehen dadurch faire und vertrauensvolle Zusammenarbeit gefährdet.

Für gut jeden zweiten Pressesprecher ist die zunehmende Medienkonkurrenz und damit der Kampf um die Information, die sich am besten verkauft, ein Konfliktpotential. Hingegen hält fast die gleiche Zahl die damit verbundenen Medienmonopole für kein größeres Problem.

Vor allem im Hinblick auf die Vorurteile ist langer Atem nötig, um Veränderungen zu bewirken. Vorurteile können nur schwer abgebaut werden. Notwendige Grundlage dafür ist Verständnis. In diesem Sinne sind intensive persönliche Kontakte auf der Basis vorbehaltloser Konstruktivität wohl am besten geeignet, um Erfahrungen und Wahrnehmungen auszutauschen und Mißverständnisse, Mißtrauen und Vorurteile abzubauen.

4.10 Schwächen der eigenen Pressearbeit

Nur jeder fünfte Pressesprecher sieht Schwächen in der eigenen Pressearbeit. Die Selbstkritik zielt vor allem darauf ab, daß die Pressearbeit sehr vom täglichen Geschehen anhängig ist. Damit ist Pressearbeit mehr zum Reagieren statt zum Agieren gezwungen. Zwei Drittel der Pressesprecher sehen darin das Hauptproblem. Jeder Dritte sieht es als problematisch an, daß die Vermittlung komplizierter Sachverhalte nicht gelingt, einige wenige mehr finden es schlecht, daß auf Entwicklungen zu spät reagiert wird.

Die wenigen handschriftlichen Bemerkungen einiger Befragter, die allerdings den Bereich institutionsinterner Probleme betreffen, können hier wiedergegeben werden, da sie keinen Rückschluß auf die Betroffenen zulassen: „Manchmal haben wir zuviel zu tun. Dann machen wir Fehler: bei Einladungen, in Pressemitteilungen, bei mündlichen Auskünften"; „Zeitnot: Wachsende Ansprüche an die Servicestelle Presseamt, Aufgabenexplosion"; „Aufgrund Personalknappheit zu wenig ständige Koordination mit den einzelnen Fachämtern".

4.11 Allgemeine Probleme und Interessendivergenzen

Für jeden dritten Pressesprecher stellen allgemeine Probleme und Interessendivergenzen Probleme dar. Neun von zehn Befragten sind der Ansicht, Schwierigkeiten in der Pressearbeit resultierten daraus, daß Aufgaben und Ziele von Verwaltung und Medien unvereinbar wären. Jeder fünfte macht auch unterschiedliche Planungszeiträume verantwortlich. Jeder zweite betrachtet gegenseitiges Mißtrauen von Verwaltung und Medien und die von Interessengruppen beherrschte öffentliche Diskussion als Problem.

Um diese Probleme zu lösen, müßte wohl das soziale und politische System der Bundesrepublik fundamental geändert werden. Gute Arbeit und Gelassenheit der Öffentlichkeitsarbeiter in der kommunalen Verwaltung helfen hier wohl am ehesten.

5. Literatur

Backhaus, Erika (1990): „Krisenprävantion und Krisenmanagement - eine grundsätzliche Zukunftsaufgabe". In: *Dörrbecker*, Klaus/Thomas *Rommerskirchen* (Hrsg.): Kommunikations-Management. Perspektiven und Chancen der Public Relations. Remagen-Rolandseck: Verlag Rommerskirchen, , S. 148-155.

Baerns, Barbara (1991): Öffentlichkeitsarbeit oder Journalismus. Zum Einfluß im Mediensystem. Köln: Wissenschaft und Politik. [1. Auflage 1985]

Baumann, Hans (1995): „Charme allein lockt niemanden an den Verhandlungstisch". In: Die Welt (Berlin), vom: 18.11.1995.

Berger, Gerda (1995): „Die Kunst zu streiten. Keine Angst vor Konflikten. Krach und Krise unerwünscht?". In: Süddeutsche Zeitung (München) vom 4.2.1995.

Bergsdorf, Wolfgang (1990): „Politische Kommunikation: Definition - Probleme – Methoden". In: *Dörrbecker*, Klaus/Thomas *Rommerskirchen* (Hrsg.): Kommunikations-Management. Perspektiven und Chancen der Public Relations. Remagen-Rolandseck: Verlag Rommerskirchen, , S. 30-41.

Bentele, Günther/Tobias *Liebert*/Stefan *Seeling* (1997): „Von der Determination zur Intereffikation. Ein integriertes Modell zum Verhältnis von Public Relations und Journalismus." In: *Bentele,* Günter/Michael *Haller* (Hrsg.) (1997), Aktuelle Entstehung von Öffentlichkeit, Akteure – Strukturen – Veränderungen. Konstanz: UVK, S. 225-250.

Böckelmann, Frank (1991): Pressestellen der öffentlichen Hand. Journalistische Berufsfeldforschung „Pressestellen", Teil III. München: Verlag Ölschläger.

Böckelmann, Frank/Günter *Nahr* (1979): Staatliche Öffentlichkeitarbeit im Wandel der politischen Kommunikation. Berlin: Verlag Volker Spiess.

Bruder, Wolfgang/Nicolai *Dose* (1995): „Bürokratie". In: *Nohlen*, Dieter: Wörterbuch Staat und Politik. Neuausgabe 1995. Bonn: Bundeszentrale für politische Bildung, S. 74-77.

Bruder, Wolfgang/Nicolai *Dose* (1995 b): „Öffentliche Verwaltung". In: *Nohlen*, Dieter: Wörterbuch Staat und Politik. Neuausgabe 1995. Bonn: Bundeszentrale für politische Bildung, S. 469-476.

Fisher, Roger/Scott *Brown* (1988): Gute Beziehungen - Die Kunst der Konfliktvermeidung, Konfliktlösung und Kooperation. München: Heyne Verlag.

Furchert, Dirk (1996): Konfliktmanagement in der kommunalen Presse- und Öffentlichkeitsarbeit. Berlin/Köln/Mainz: Kohlhammer.

Grimme, Eduard W. P. (1991): Zwischen Routine und Recherche. Eine Studie über Lokaljournalisten und ihre Informanten. Opladen: Westdeutscher Verlag.

Grunwald, Wolfgang (1995): „Konfliktmanagement: Denken in Gegensätzen". In: Aus Politik und Zeitgeschichte, Bonn, B 43/95, S. 18-23.

Jandt, Fred (1994): Konfliktmanagement. Wie beide Seiten gewinnen können. München: Th. Knaur Nachf.

Kilz, Hans Werner (1995): „Das Amt des Wächters". In: Die Journalisten, *Spiegel* spezial, Hamburg, 1/1995, S. 12-15.

Kunczik, Michael (1994): Public Relations. Konzepte und Theorien. Köln: Böhlau Verlag GmbH & Cie.

Löffelholz, Martin: (1995): „Komplexe Beziehungen. Was Journalisten von PR halten". In: journalist (Remagen-Rolandseck), Heft 6/95.

Löffelholz, Martin (1997): „Dimensionen struktureller Kopplung von Öffentlichkeitsarbeit und Journalismus." In: *Bentele/Haller* (Hrsg.) (1997), S. 187-208.

Müller, Ewald (1977): Bürgerinformation. Kommunalverwaltung und Öffentlichkeit. Neue Schriften des Deutschen Städtetages, Heft 33. Stuttgart: Verlag W. Kohlhammer.

Müller, Ewald (1991): Verfassungsrechtliche Aspekte städtischer Presse- und Öffentlichkeitsarbeit. In: DST-Beiträge zur Kommunalpolitik (Köln), Reihe A, Heft 14, S. 13-26.

Oppermann, Marlies (1990): Einer für alle oder jeder für sich. Vortrag anläßlich der 35. Konferenz städtischer Pressereferenten, München, 11.10.1990. Niederschrift des Deutschen Städtetages.

Pappi, Franz Urban (1995): „Konfliktlinien". In: *Nohlen*, Dieter: Wörterbuch Staat und Politik. Neuausgabe 1995. Bonn: Bundeszentrale für politische Bildung, S. 340-345.

Pfeifle, Ulrich (1993): Städtische Presse- und Öffentlichkeitsarbeit wichtiger denn je. Referat auf der 38. Konferenz städtischer Pressereferenten vom 05. bis 08.10.1993 in Baden-Baden. Niederschrift des Deutschen Städtetages.

Prinz, Matthias (1995): Der Schutz der Persönlichkeitsrechte vor Verletzung durch die Medien. In: Neue Juristische Wochenzeitung (München), Heft 13/95, S. 817-821.

Reineke, Wolfgang;/Hans *Eisele* (1994): Taschenbuch der Öffentlichkeitsarbeit. Heidelberg: Sauer Verlag.

Rohr, Robert (1980): „Terminjournalismus - und sonst nichts? Tageszeitungen und ihre Berichterstattung über Königstein (Taunus)." In: *Langenbucher*, Wolfgang R. (Hrsg.) (1980): Lokalkommunikation. Analysen, Beispiele, Alternativen. Schriftenreihe der Deutschen Gesellschaft für Publizistik- und Kommunikationswissenschaft, Band 5. München: Verlag Ölschläger GmbH, S. 64-82.

Rommel, Manfred (1996): „Ohne Rücksicht fremde Gedanken stehlen. Handreichungen für Pressereferenten." In: Redaktion 1996. Almanach für Journalisten, Salzburg-Hallwang: Johann Oberauer Verlag, S. 75-80.

Sarcinelli, Ulrich (1990): „Auf dem Weg in eine kommunikative Demokratie? Demokratische Streitkultur als Element politischer Kultur". In: *Sarcinelli*, Ulrich (Hrsg.): Demokratische Streitkultur. Theoretische Grundpositionen und Handlungsalternativen in Politikfeldern. Schriftenreihe der Bundeszentrale für politische Bildung, Band 289, Bonn, S. 29-51.

Schwarz, Gerhard (1995): Konfliktmanagement. Sechs Grundmodelle der Konfliktlösung. Wiesbaden.

Schweda, Claudia/Rainer *Opherden* (1995): Journalismus und Public Relations. Grenzbeziehungen im System lokaler politischer Kommunikation. Wiesbaden: Deutsche Universitätsverlag.

Szyszka, Peter (1997): „Bedarf oder Bedrohung? Zur Frage der Beziehung des Journalismus zur Öffentlichkeitsarbeit." In: *Bentele/Haller* (Hrsg.) (1997), S. 209-224.

Weischenberg, Siegfried (1990): „Gladiatoren oder Propagandisten? Die Akteure politischer Kommunikation in einer medialen Streitkultur". In: *Sarcinelli*, Ulrich (Hrsg.): Demokratische Streitkultur. Theoretische Grundpositionen und Handlungsalternativen in Politikfeldern. Schriftenreihe der Bundeszentrale für politische Bildung, Band 289, Bonn, S. 101-120.

Monika Haller

„REDEN WIR DARÜBER"?

Die Kommunikationspolitik der Deutschen Bank im „Fall Schneider" zwischen Anspruch und Wirklichkeit – Erkenntnisse und Lehren.

„Das Geld, der König Geld, der Gott Geld stand über dem Blut und den Tränen, in seiner unendlichen Macht höher verehrt als die eitlen menschlichen Bedenken."

Emile Zola

„Wir müssen das, was wir denken, auch sagen. Wir müssen das, was wir sagen, auch tun. Und wir müssen das, was wir tun, dann auch sein."

Alfred Herrhausen

„Es ist die Unfähigkeit, vielleicht auch der Unwille, sich selbst zu erklären."

Hilmar Kopper

1 Einleitung

1.1 Thema

Die erste Meldung – „Bauinvestor Jürgen Schneider verschwunden" – vom 12. April, noch auf den hinteren Seiten des Wirtschaftsteils der Frankfurter Allgemeinen Zeitung plaziert,[1] deutete das Ausmaß, den dieser Fall annehmen sollte, noch nicht an: Es wurde die größte Immobilienpleite in der Geschichte der Bundesrepublik, die die Deutsche Bank als größten Kreditgeber unter 50 Gläubigerbanken betraf.

Zur Sachlage: Der sechzigjährige Königsteiner Bauinvestor Jürgen Schneider, der seit Anfang der 80er Jahre eines der größten privaten

[1] Die Frankfurter Allgemeine Zeitung und die Süddeutsche Zeitung werden als FAZ und SZ abgekürzt.

Immobilienimperien aufgebaut hatte, setzte besonders auf Luxusimmobilien mit historischem Flair, die er mit seinem ausgeprägten Hang zum Exklusiven und Teuren äußerst aufwendig umbaute: dies spiegeln – um nur einige wenige Beispiele seiner Prachtobjekte zu nennen – das denkmalgeschützte „Goldene Kreuz" in Baden-Baden, die Leipziger Mädler-Passage mit Auerbachs Keller, das Hotel Rose in Wiesbaden und das Palais Bernheimer in München wider. Immer wieder war zu hören, Schneider würde zu teuer einkaufen, zu teuer bauen und zu teuer verwalten. Immer wieder – und dies zuletzt Ende Februar – beteuerte der zurückhaltende, gleichwohl charismatische Bauherr, daß sich seine Projekte rechneten.

Der Immobilienboom Ende der 80er Jahre suggerierte, daß Bodenpreise, Quadratmetererlöse und Mietpreise weiter dynamisch, durch die politische Wende im Osten sogar sprunghaft steigen würden. Bedingt jedoch durch Rezession hatte sich der Immobilienmarkt verändert, es entstand ein Überangebot an Gewerbeimmobilien in Ost und West. Die Folge: abnehmende Werthaltigkeit der Immobilien und fallende Mietpreise. Das „Imperium" Schneiders, so urteilen Experten heute, mußte zwangsläufig dem Zusammenbruch anheimfallen, weil die drastisch gesunkenen Mieteinnahmen der weitestgehend fremdfinanzierten und ohnehin überteuerten Projekte für die Annuität, d.h. für die Zins- und Tilgungsleistung, nicht ausreichten, um die Kreditschulden bezahlen zu können.

Diese Situation wird allerdings erst schlagartig offenbar, nachdem der „Baulöwe" sich über Ostern des Jahres 1995 mit ca. 250 Millionen Mark ins Ausland abgesetzt hatte.

Daß Schneider 5 Milliarden Mark Kreditschulden bei 50 Gläubigerbanken und 250 Millionen Mark an offenen Rechnungen bei Lieferanten, Handwerkern und Baufirmen hinterläßt, sorgt für Schlagzeilen auf den Titelseiten der Zeitungen. Die Kommentare in den ersten Tagen beleuchten die zunehmend schwieriger gewordene Situation in der Immobilienbranche und, teils allgemein, teils kritisch, die Rolle der Banken bei der Kreditvergabe.

Nach wenigen Tagen jedoch, am Freitag, den 15. April 1994, als die Deutsche Bank Strafanzeige gegen Schneider wegen Kreditbetruges beim Frankfurter Objekt „Zeil-Galerie" stellt, fallen die Medien, so Hilmar Kopper, Vorstandssprecher der Deutschen Bank, mit „Häme" über „den ertappten Klassenprimus" her. In den nun nachfolgenden Wochen, so hat es den Anschein, wird aus dem Fall Schneider ein Fall Deutsche Bank und – wenngleich für nur kurze Zeit – auch ein Fall Kopper.

Die Deutsche Bank, sowohl in Deutschland als auch in Europa die Nr. 1 des Geldgewerbes, von allen namhaften Rating-Agenturen mit der Bestnote Tripel-A (AAA) ausgezeichnet und nach damaligen Imageanalysen „haushoch an der Spitze“,[2] steht plötzlich im Kreuzfeuer öffentlicher Kritik mit der Folge: Imageverlust.

Wie und wodurch ist dieser plötzliche Ansehensverlust entstanden? Hier stellt sich die Frage nach dem kommunikativen Umgang der Deutschen Bank mit diesem Fall. Ausgehend von der These, daß „Öffentlichkeitsarbeit ein Dialog (ist), der sich vor allem in Krisensituationen eines Unternehmens bewährt“[3], ist hier ein Mißverhältnis zwischen kommunikativer Intention der Deutschen Bank und kommunikativer Reaktion der Medien zu konstatieren.

Das Ziel der hier vorliegenden Studie ist es deshalb, die Informations- und Kommunikationspolitik der Deutschen Bank im Fall Schneider anhand der „veröffentlichten Meinung“ zu rekonstruieren. Dabei wird untersucht, was der Deutschen Bank sowohl auf der Sach- als auch auf der Kommunikationsebene vorgeworfen wird.

In einem zweiten Schritt soll ihr Kommunikationsverhalten analysiert und bewertet werden. Dabei wird die Frage aufgeworfen, welche Auswirkungen dieser Fall auf die bankspezifischen Zielgruppen hat. Danach soll der Versuch unternommen werden, die tieferen Ursachen des Problems zu erhellen. Das Selbstverständnis der Bank ist hier ein ebenso wichtiger Aspekt wie ihr Verhältnis zu den Medien als „Meinungsmacher“. Nicht trennen läßt sich diese Diskussion von der Macht und dem Mythos der Deutschen Bank als der größten Universalbank im Lande.

An diese Darstellung schließt sich ein weiteres Kapitel an, das Lehren aus dem Fall ziehen wird. Darin soll versucht werden die Frage zu beantworten, wie und mit welchen PR-Strategien und Instrumentarien auf eine Krise und nach einer Krise reagiert werden kann und sollte? Die Unmittelbarkeit und – in aller Regel – Unvorhersehbarkeit, die jeder Krise innewohnt, läßt sich

---

[2] Vgl.: manager-magazin (4/1994).

[3] Jürgen Jeske, Mitherausgeber der FAZ, in einem Artikel im pr magazin, Mai 1994: „Ein Fall für Fünf“, S. 31.

präventiv sicherlich nicht in stets anwendbare PR-Patentrezepte gießen. Eine Untersuchung zur Frage „Wie man es hätte besser machen können und sollen?“ haftet immer der Hauch von Besserwisserei an. Diesen Gedanken jedoch positiv wendend, können aus einer Fehleranalyse nicht nur wertvolle Korrekturen für die Öffentlichkeitsarbeit eingeleitet, sondern auch Defizite der gesamten Informationspolitik und der Unternehmenskommunikation behoben werden. Diese *Fallstudie* möchte diese Studie einen Beitrag zum Thema Krisenkommunikation für ein Dienstleistungsunternehmen leisten.[4]

1.2 Methodisches Vorgehen

Bereits zwei Tage nach der ersten Meldung wertet die SZ: „Die Baubranche ist gewiß nicht arm an spektakulären Pleiten. Was sich aber jetzt rund um die Schneider-Gruppe abzeichnet, sprengt die bekannten Dimensionen.“[5] Dementsprechend groß ist die publizistische Reaktion auf diesen Fall, über den auch die Publikumspresse intensiv berichtet. Grundlage dieser Untersuchung ist eine Auswertung der wichtigsten meinungsbildenden Printmedien.[6]

Hauptquelle für die tägliche Berichterstattung – und Grundlage für die nachfolgende Chronologie des Falls – ist die FAZ und die SZ; mit der FAZ ist das eher „konservativ-liberale“, mit der SZ das eher „linksliberale“ Meinungsspektrum der Tagespresse repräsentiert. Um jedoch einen quantitativen und qualitativen Gesamteindruck von „veröffentlichter Meinung“ in Bezug auf Reichweite, Auflage und Leserschaft zu gewinnen, wurden darüber hinaus folgende Medien untersucht:[7]

---

4 Vgl. Lambeck, Alfred (1992); Apitz, Klaas (1987); Rudolf Beger, Hans-Dieter Gärtner, Rainer Mathes (1989).

5 SZ, 14.4., „Von Baulöwen und Pleitegeiern“.

6 In einem gesonderten Anhang befindet sich ein für diese Diplomarbeit zusammengestellter Pressespiegel, der die wichtigsten Berichte, Kommentare und Glossen beinhaltet. Dort befinden sich die hier zitierten Artikel.

7 Untersuchungszeitraum beginnend mit der ersten Meldung über den Fall Schneider, dem 12. April 1994 und dem vorläufigen Abschluß des Falls, mit der Veröffentlichung des Gutachtens der Wirtschaftsprüfer Wollert-Elmendorff, Anfang Juli. (Die Printmedien wurden dennoch bis Ende Juli beobachtet.)

- SPIEGEL, STERN und FOCUS für den Bereich Magazinjournalismus
- WIRTSCHAFTSWOCHE, MANAGER MAGAZIN, CAPITAL, TOP BUSINESS und die FINANZZEITUNG
- HANDELSBLATT für die meinungsprägende Wirtschaftspresse
- die Wochenzeitungen DIE ZEIT und DIE WOCHE
- die Boulevardzeitung BILD für die Meinungsbildung des breiten Publikums

Eine Inhaltsanalyse dieser Medien im Sinne kommunikationswissenschaftlicher Methodik kann und soll nicht Gegenstand der hier vorliegenden Untersuchung sein. Dennoch möchte die Verfasserin einige Tendenzen zur Standortbestimmung dieser Medien aufzeigen.

In der FAZ wird der Fall Schneider nahezu ausnahmslos im Wirtschaftsteil der Zeitung behandelt. Ihrem Selbstbild entsprechend, nachdem der Wirtschaftsteil der FAZ in Deutschland „konkurrenzlos“[8] sei, wird dieser Fall mit all seinen verschiedenen Auswirkungen und Implikationen beschrieben. Die Haltung der über den Fall schreibenden FAZ-Journalisten gegenüber den Banken respektive der Deutschen Bank ist moderat. Schärfere Kritik an der Deutschen Bank übt hingegen die SZ.

Kritisch und pointiert sind die drei großen Beiträge des SPIEGELS, ebenso die Hintergrundberichte des STERNS, FOCUS beschäftigt sich in jeder Ausgabe mit irgendeinem Detail des Falls. Mit reißerischen Schlagzeilen wirbt BILD um Leser. Die Zeit wartet nur mit einem Kommentar auf der Titelseite, einem Hintergrundbericht im Wirtschaftsteil und einem Interview mit dem Vorstandsvorsitzenden der Deutschen Bank, Hilmar Kopper, auf. Ihr Konkurrenzblatt, DIE WOCHE, hingegen beschäftigt sich intensiv mit den verschiedenen Facetten der Pleite.

Auffällig ist, daß die Wirtschaftsmagazinpresse über den Fall und die spezifische Rolle der Deutschen Bank nahezu schweigt. Der stellvertretende Chefredakteur des MANAGER MAGAZINS, Herr Wilhelm, erklärte dies in einem Telefongespräch am 4. August 1994 so: „Wir haben nichts darüber berichtet, weil wir sechs Wochen Vorlaufzeiten haben. Da kommen wir aufgrund der Aktualität des Themas zu spät. Was sollen wir da noch schreiben. Es ist für uns schwierig, es sei denn, wir decken einen Fall auf. Aber so haben wir das Nachsehen.“ Obschon keine lange Produktionszeiten

[8] Vgl. Jeske, Jürgen (1994).

als Erklärung, interessiert sich selbst das HANDELSBLATT kaum für den Fall. Die WIRTSCHAFTSWOCHE, die ebenso relativ wenig darüber berichtet, nimmt den Fall zum Anlaß, die Pannenserie bei der Deutschen Bank aufzuzeigen. Das Publikums-Wirtschaftsmagazin CAPITAL beschäftigt sich nur einmalig mit dem Fall, Top Business nur mit Randthemen.

Wie läßt sich diese erstaunliche Tatsache erklären? Mag es daran liegen, daß diese Medien der Wirtschaft im allgemeinen nahe stehen? Oder auch aufgrund der spezifischen Leserschaft dieser Wirtschaftsmagazine, die sich in aller Regel aus den Führungskräften der Wirtschaft rekrutiert? Oder hängt dies damit zusammen, daß die Deutsche Bank bei einigen dieser Medien ein wichtiger Anzeigenkunde ist?

Besonders wichtig für die öffentliche Meinungsbildung sind auch die Auftritte Koppers im Fernsehen: ein Millionenpublikum erhielt einen visuellen und direkten, eher persönlichen Eindruck vom Vorstandssprecher der Deutschen Bank.[9]

Über spezifische Fragen hat die Verfasserin mit den Wirtschaftsjournalisten Georg Giersberg von der FAZ und Wolfgang Bittner vom Spiegel jeweils zweistündige Gespräche geführt.[10] Zum Thema „Ethik des Kommunizierens" hat die Verfasserin am 27. Juli 1994 mit Professor Dr. Günter Bentele in Bamberg gesprochen. Mit dem Kenner der Branche, dem Wirtschaftsjournalisten Hans Otto Eglau, und Autor eines Buches über die

---

9 Die Verfasserin konnte leider nur den Videomitschnitt der ZDF-Sendung „Was nun, Herr Kopper?" vom 21. April 1994 einsehen.

10 Das Telefongespräch mit Georg Giersberg (FAZ) fand am 25. Juli 1994, die Gespräche mit Wolfgang Bittner (Spiegel) fanden am 25. und 26. Juli 1994 statt. Die Gespräche wurden von der Verfasserin (fast) vollständig mitgeschnitten. Focus ist erst nach Abschluß des Falls bereit, Auskünfte zu geben. Dies ergab ein telefonischer Rückruf auf meine Bitte, mich mit einem zuständigen Redakteur zu unterhalten. Wegen Urlaub des zuständigen Redakteurs konnte die Verfasserin die Sichtweise der SZ nicht berücksichtigen. Die Positionen der Wirtschaftsjournalisten Giersberg und Bittner sind zum Teil sehr unterschiedlich und spiegeln dadurch das unterschiedliche Meinungsspektrum der untersuchten Printmedien wider.

Deutsche Bank, führte die Verfasserin am Mittwoch, den 31. August 1994, ein ausführliches Gespräch.[11]

Auch die Sicht der Deutschen Bank sollte berücksichtigt werden. Jedoch wollte die Bank ihre Position im Rahmen einer Diplomarbeit, trotz der Möglichkeit eines Sperrvermerks, nicht offen darlegen. Dennoch konnte die Verfasserin mit einem Abteilungsdirektor aus dem Bereich Presse und Kommunikation der Deutschen Bank am 21. Juli 1994 ein zweistündiges, informatives Gespräch in der Zentrale in Frankfurt führen. Der Gesprächspartner möchte nicht namentlich zitiert werden. Die Inhalte des Gesprächs werden jedoch als Hintergrundinformation in diese Arbeit einfließen.

2 Der Fall Schneider - ein Fall Deutsche Bank - ein Fall Kopper?

2.1 Chronologie des Falls

Der Verlauf des Falls Schneider wird nachfolgend anhand einer täglichen Auswertung der Tagespresse dargestellt, die Realität anhand der „veröffentlichten" Fakten möglichst wahrheitsgetreu rekonstruiert.

Dienstag, 12. April: Erste Meldung, daß der Bauinvestor Jürgen Schneider verschwunden ist und sich an einem unbekannten Ort aufhält.

Mittwoch, 13. April: Nach Schneiders Flucht bangen die Banken um ihr Geld. Schneider soll 5 Milliarden DM Schulden hinterlassen haben. Das finanzielle Engagement der Deutschen Bank wird mit 1 Milliarde Mark beziffert; dies wird von der Bank nicht bestätigt.

Donnerstag, 14. April: Die erste Gläubigerversammlung findet statt. Ein Konkursantrag gegen die Schneider AG wird gestellt. Finanzkreise schätzen Schneiders Schuldenberg auf 9 Milliarden Mark. Auf die finan-

[11] Hans Otto Eglau: Wie Gott in Frankfurt. Die Deutsche Bank und die Deutsche Industrie, München 1989. Herr Eglau bot der Verfasserin freundlicherweise an, bei einem Treffen mit Herrn Kopper am 3. September persönlich über einige meiner Fragen zu sprechen. Zu diesen Fragen gehören beispielsweise, wie die Deutsche Bank ihre selbst angekündigte „schonungslose", offensive Öffentlichkeitsarbeit konkret realisieren wird, d.h. mit welchen Instrumenten, Maßnahmen, bei welchen Zielgruppen etc.

ziell ungesicherte Situation von Lieferanten, Handwerkern und Baufirmen wird verwiesen. Dem Vernehmen nach ist die Deutsche Bank Hauptgläubiger mit rund 1,3 Milliarden DM; die Bank bestätigt dies nicht.

Freitag, 15. April: Die Deutsche Bank stellt Strafanzeige gegen Schneider wegen Kreditbetruges beim Objekt „Zeil-Galerie“ Frankfurt und die Frankfurter Staatsanwaltschaft nimmt das Ermittlungsverfahren auf. Verschiedene Politiker beschäftigen sich mit der Immobilienpleite: Bundeswirtschaftsminister Günter Rexrodt bildet einen Sonderstab zur nachhaltigen Verbesserung der Gläubigersituation mittelständischer Unternehmen. Hilmar Kopper erklärt indessen gegenüber dem hessischen Ministerpräsident Hans Eichel, die Banken wollten die begonnenen Bauprojekte zu Ende führen.

Samstag, 16. April: Das Konkursverfahren gegen Schneider AG wird eröffnet. Offene Rechnungen für Bauunternehmer und Handwerker werden auf 250 Millionen Mark taxiert. Die Kreditinstitute bilden eine Koordinierungsgruppe und erteilen den Politikerwünschen eine Absage. Einige Politiker hatten zuvor an die Banken appelliert, sie sollten den in Schwierigkeiten geratenen Handwerkern zu Hilfe kommen.

Montag, 18. April: Die Deutsche Bank wußte schon mehrere Tage vor anderen Gläubigern und der Öffentlichkeit über die Flucht Schneiders und dessen Milliardenpleite. Berichten zufolge habe die Bank den Wohnsitz Schneiders durchsucht und Unterlagen gefunden, die auf betrügerisches Vorgehen schließen ließen. Die Staatsanwaltschaft sei erst Tage später informiert worden. Das frühe Wissen und die Ungereimtheiten um die Strafanzeige löst Befremden unter den 49 anderen Gläubigerbanken und in der Öffentlichkeit aus.

Der Hintergrund: Am 7. April erhält Ulrich Weiss, Vorstandsmitglied der Deutschen Bank, einen vom 4. April datierten Brief von Jürgen Schneider. In diesem Brief erklärt Schneider ausführlich seine derzeitige finanzielle und persönliche Situation: Er sei wegen seiner stark angeschlagenen Gesundheit auf ärztlichen Rat hin verreist, und er stellt Antrag auf „Stundung der Zinsen“. Weiterhin bitte er um einem Überbrückungskredit von 80 Millionen DM für „laufende Verpflichtungen“.

Die nachfolgende Erklärung Schneiders ist folgenreich für die Deutsche Bank: „Die Deutsche Bank AG hat mit ihren Hypothekentöchtern den größten Anteil an unserem Bankengagement inne (...). Außerdem verfügt die Deutsche Bank über die weitreichendsten Informationen über unsere Vermögensverhältnisse." Aus diesem Grund bitte er darum, die Bank möge seine Geschäfte weiterführen, da er auf Anraten seiner Ärzte seinen augenblicklichen Aufenthaltsort nicht bekanntgeben dürfe. Er mahnt den Umgang mit der Presse an: „Sofortige, überlegte und koordinierte Information der qualifizierten Presse." Zum Schluß betont er nochmals, daß „zur Verhinderung eines erheblichen Werteverfalls eine besonnene, aber unverzügliche und geeignete Information an die qualifizierte Presse die wichtigste Grundlage" sei.[12] In einer zweiseitigen Erklärung rechtfertigt sich die Deutsche Bank und ihr Verhalten.

Nach Angaben der Deutschen Bank waren bislang keine Zahlungsrückstände bekannt. Durch Schneiders Schreiben werde deutlich, daß sich die Firmengruppe trotz anderslautenden Versicherungen in akuten finanziellen Schwierigkeiten befindet. Die Bank habe dann versucht, sich in Gesprächen mit Bevollmächtigten der Schneider-Gruppe ein genaues Bild zu verschaffen.

Die Prüfung ergibt Hinweise auf Schneiders Zahlungsunfähigkeit und Verdacht auf Kreditbetrug sowie Urkundenfälschung. Deshalb sei der Kreditantrag am 10. April abgelehnt worden. Beide darauffolgende Tage seien zur internen Aufklärung und für Gespräche mit anderen Banken genutzt worden. Erst am 13. April hatte die Deutsche Bank Strafanzeige gestellt. Öffentlich bekannt wurde der Fall erst am 11. April.

Dienstag, 19. April: Hatte die veröffentlichte Meinung bislang mit Unverständnis darauf reagiert, daß sich „die Deutsche Bank (...) über den Tisch ziehen ließ",[13] steht die größte deutsche Bank nun im Kreuzfeuer öffentlicher Kritik. Erstmals gibt die Deutsche Bank bekannt, daß sie mit 1,2 Milliarden Mark Kredit für acht Objekte bei Schneider engagiert ist.

Mittwoch, 20. April: Der Wirtschaftsprüfer Wolfgang Klenke soll den Weg zu neuen Krediten mit Gefälligkeitsgutachten geebnet haben. Die Medien verbreiten immer wieder Gerüchte über Schneiders möglichen Aufenthaltsort. Daß noch kein Haftbefehl gegen Schneider erlassen wurde, verwundert die Presse.

---

12 Der Brief wurde in der Börsenzeitung am 20. April vollständig abgedruckt

13 FAZ 16.4., „Der Katzenjammer bei Schneider".

Donnerstag, 21. April: Einem Bericht der SZ zufolge gerieten nun die Gläubigerbanken ins Fadenkreuz staatsanwaltlicher Ermittlungen. Es könne auch der Straftatbestand der Beihilfe zu Betrugshandlungen seitens der Banken vorliegen. Die Deutsche Bank begrüßt die Ermittlungen und gibt sich überzeugt, daß sie keine strafrechtlichen Tatbestände verwirklicht habe.

Freitag, 22. April: Die Ermittlungsbehörden beginnen mit den Durchsuchungen. Die Staatsanwaltschaft legt Wert auf die Feststellung, daß kein Ermittlungsverfahren gegen Mitarbeiter der Deutschen Bank eingeleitet worden sei.

Die Deutsche Bank will die Öffentlichkeit informieren: auf einer Pressekonferenz am kommenden Montag sollen der „Sachstand im Fall Schneider aus der Sicht der Bank sowie die sich für die Bank ergebenden Konsequenzen" dargestellt werden.[14] Dies führt zu Spekulationen über personelle Konsequenzen, die der Fall eventuell mit sich ziehen könnte. Offen gesteht Kopper jetzt ein: „Es sind im Fall Schneider Fehler gemacht worden, wir wissen nur noch nicht welche."[15]

Samstag, 23. April: Die Staatsanwaltschaft reagiert auf die Aussage Koppers, die Staatsanwaltschaft habe gleichzeitig einen ähnlich lautenden Brief von Schneider erhalten, hätte aber nichts unternommen. Dies hatte Kopper am Vorabend in der ZDF-Sendung „Was nun, Herr Kopper?" geäußert. Dem widerspricht die Staatsanwaltschaft nun öffentlich: Erst nachdem die Deutsche Bank Strafanzeige gestellt habe, sechs Tage nach Verschwinden Schneiders, habe sie die Ermittlungen aufgenommen.[16]

Montag, 25. April: Auch am Tag der Pressekonferenz der Deutschen Bank gibt es weitere Hintergrundberichte. Die Deutsche Bank hat vergeblich versucht, 240 Millionen Mark von Schneider in der Schweiz zu blockieren. Durch ihre verspätete Benachrichtigung der Staatsanwaltschaft habe sie dies jedoch selbst vereitelt. Nach Berichten zweier Zeitungen liegen Strafanträge gegen den Vorstand und den Aufsichtsrat der Deutschen Bank vor.

---

14 SZ, 22.4., „Schneider-Fahnder starten Durchsuchungen".

15 FAZ, 22.4., „Die Deutsche Bank räumt ‚Fehler' im Fall Schneider ein".

16 Diese „Lüge Koppers" (Bittner, zumindest das Mißverständnis zwischen der Deutschen Bank und der Staatsanwaltschaft wird nicht mehr öffentlich diskutiert. Vermutlich wurde das „intern" geregelt.

Politiker verschiedener Couleur mahnen die „Riesenverantwortung" der Banken an, so die Bundesjustizministerin Sabine Leutheusser-Schnarrenberger.

Ein Kommentar der SZ über „Der Vorstand, der Aufsichtsrat und das Image"[17] entwirft ein Stimmungsbild über die Erwartungshaltung der Medien im Vorfeld der Pressekonferenz der Deutschen Bank. Mehr Zusagen seien eingegangen als bei der Bilanz-Pressekonferenz der Bank. Spekulative Stimmung herrscht über die Frage nach personellen Konsequenzen.

Dienstag, 26. April: Die Berichterstattung steht ganz im Zeichen der Pressekonferenz.

Kernaussagen der Deutschen Bank auf ihrer Pressekonferenz sind, daß die Deutsche Bank den *Imageverlust* für schlimmer hält als den *Finanzschaden*, der für sie beherrschbar sei, und daß sie sich in der Schneider-Affäre als Opfer krimineller Energie betrachtet. Darüber hinaus erklärt Kopper, daß die im Bau befindlichen Projekte fertiggestellt und ausstehende, berechtigte Rechnungen von Handwerkern bezahlt würden. Dabei handelt es sich um ca. 50 Millionen Mark für die Deutsche Bank.

Interne Kontrolle, eine Sonderprüfung bei der Deutschen-Bank-Tochter Centralboden durch die Wirtschaftsprüfer Wollert-Elmendorff und eine Untersuchung im Auftrag des Bundesaufsichtsamtes für das Kreditwesen sind auf der Suche nach Fehlern und möglichen Gesetzesverstößen. Die Staatsanwaltschaft hat 100 Aktenordner bei Schneider sichergestellt.

Hier fällt das folgenreiche Wort Hilmar Koppers, der die ausstehenden, auf ca. 50 Millionen DM geschätzten Handwerkerrechnungen, als „peanuts" bezeichnet.

Mittwoch, 27. April: Gegen Jürgen Schneider wird Haftbefehl wegen Urkundenfälschung und Betrug erlassen und im Kanton Genf werden Konten mit über 100 Millionen Franken gesperrt.

Freitag, 29. April: Die rund 50 Gläubigerbanken haben noch keinen Durchblick über das Geflecht der Kreditvergabe.

---

[17] Übernahme des Kommentars vom vwd (Vereinigter Wirtschaftsdienst).

Dienstag, 2. Mai: Weiterhin gibt es wenig Licht in der Schneider-Pleite. Nun wird auch wegen Verdacht des Steuerbetruges ermittelt. Eine Bankenkrise, dies wird immer wieder betont, gäbe es jedoch nicht.

Donnerstag, 5. Mai: Dem hessischen Finanzminister zufolge müsse der Steuerzahler bis zu 50 Prozent des Verlustes der Schneider-Pleite mittragen. „Bisher sei in der Öffentlichkeit weitestgehend nur über die Einbußen der Banken und nicht die der Steuerzahler diskutiert worden.“[18]

Zwischen dem 5. und dem 10. Mai gibt es keine für die vorliegende Fragestellung relevanten Meldungen. Es sei jedoch erwähnt, daß verschiedene Dimensionen bzw. Auswirkungen des Falls untersucht werden.

In diesem Zeitraum gibt es immer wieder Spekulationen über den Aufenthaltsort Schneiders: Angeblich soll sich Schneider in Paraguay aufhalten. Berichten von ARD u. ZDF zufolge soll Schneider 242 Millionen DM nach London transferiert haben, die er dann zu Banken, die auf den Bahamas domizilieren, weitergeleitet haben soll. Nach Angaben der Deutschen Bank ist weiterhin unklar, welche der ca. 50 Gläubigerbanken in welcher Kredithöhe an Schneider-Objekten beteiligt sind. Bereits 4 Millionen DM wurden auf Schweizer Bankkonten beschlagnahmt; im April wurden bereits 200 Millionen DM in Genf blockiert.

Dienstag, 10. Mai: Bei einer Sondersitzung der Deutschen Bank zum Fall Schneider wird eine weitere Dimension ihrer mangelnden Kommunikation deutlich: ein Aufsichtsrat rügt öffentlich den Vorstand der Bank. Der Hintergrund: auf Initiative der Arbeitnehmerseite im Aufsichtsrat wurde das Kontrollgremium der Deutschen Bank zu einer Sondersitzung einberufen. Gerhard Renner, Vorstandsmitglied der Deutschen Angestellten-Gewerkschaft (DAG) und Aufsichtsrat der Deutschen Bank, fordert vom Vorstand eine lückenlose Aufklärung: „Ich will endlich wissen, was Sache ist“.[19]

Freitag, 13. Mai: Über die Sondersitzung des Aufsichtsrates der Deutschen Bank verbreitet die Bank, so die SZ, „eine magere, nur aus sechs Zeilen bestehende Presseinformation“. Danach ist über die Kreditvergabe und das weitere Vorgehen der Bank „bei der Behandlung der Sicherheiten ausführlich erörtert“ sowie über „systemrelevante Schlußfolgerungen aus dem Fall

[18] SZ, 5.5., „Schneider-Verluste muß der Steuerzahler mittragen“.

[19] SZ, 10.5., „Ein Aufsichtsrat rüffelt den Vorstand“.

Schneider gemachten Erfahrungen" gesprochen worden, so der Wortlaut der Pressemitteilung. Eine Erläuterung, was dies konkret bedeute, wurde nicht gegeben. In informierten Kreisen hieß es, daß das Gremium „eine erste, tiefgehende Information" vom Vorstand erhalten habe.[20]

Mittwoch, 18. Mai: Der Konkursverwalter der Schneider-Gruppe, Gerhard Walter, zieht bei einem Gläubigertreffen, das von einem großen Medienrummel begleitet wird, sein Fazit: Nicht abgesicherte Gläubiger gehen vermutlich leer aus. Walter kommt in seiner Zwischenbilanz zu dem Ergebnis, daß Schneider den Banken rund 5 Milliarden DM schuldet, bei Handwerkern und Lieferanten soll er mit 150 bis 200 Mill. DM in der Kreide stehen. Bei einer Verwertung erzielen die Immobilien nach seinen Angaben jedoch nur maximal 2,5 Milliarden Mark. Inzwischen seien 405 Millionen Festgelder gepfändet. Schneider selbst habe vor seiner Flucht 250 Millionen außer Landes gebracht.

Donnerstag, 19. Mai: Hintergrundberichte über das heutige Aktionärstreffen der Deutschen Bank. Mit Rücktritten sei nicht zu rechnen, jedoch mit Protesten.

Das Verhältnis der Kunden zu den Bankangestellten und der Mitarbeiter zu ihrem imagegeschädigten Arbeitgeber wird thematisiert.

Freitag, 20. Mai: Die Aktionäre der Deutschen Bank halten sich mit Kritik an der Schneider-Pleite zurück. Vorstandssprecher Kopper räumt ein: „Wir haben uns reinlegen lassen, das ist keine Frage". Die Schuld allein auf den Betrüger, der manipulierte Unterlagen, insbesondere gefälschte Mietverträge vorgelegt habe, abzuwälzen, sei jedoch falsch: „Wir müssen auch im eigenen Hause kehren". Kopper gestand auch Fehler in der Öffentlichkeitsarbeit ein: „Wir haben in diesem Fall mit den Informationen etwas hinterhergehinkt".[21] Kopper entschuldigt sich bei allen, „die peanuts falsch verstanden haben".[22]

---

20 Alle Zitate in SZ, 13.5., „Lange Debatte über Mängel bei Kreditvergabe".

21 Alle Zitate in SZ, 20. 5., „Deutsche-Bank-Aktionäre halten sich mit Kritik an der Schneider-Pleite zurück".

22 SZ, 21.5., „Peanuts sind wieder Erdnüsse".

Quelle: Frankfurter Allgemeine vom 20. Mai 1994

Der „Klassenprimus“ sieht sich im Mittelpunkt der Bankenschelte

Hauptversammlung der Deutschen Bank / Kopper: Personelle Konsequenzen erst nach Prüfung der Gutachten

Deutsche Bank AG, Frankfurt. Die gravierenden Schieflagen und Pleiten der jüngeren Zeit, von denen im besonderen Maße auch die Deutsche Bank tangiert worden ist, haben reichlich Diskussionsstoff für die diesjährige Hauptversammlung von Deutschlands größtem Kreditinstitut geliefert. Vor allem die Schneider-Pleite und die Schieflage bei der Metallgesellschaft, aber auch die Insolvenz von Deckel Maho oder die mißlungene Börseneinführung von Sachsenmilch waren Stichworte, die, wie kaum anders zu erwarten, während der langen Aussprache von den Aktionären aufgegriffen wurden. Der von 4200 Aktionären besuchten Hauptversammlung, die 45,46 Prozent des Grundkapitals von 2,36 Milliarden DM vertraten, lagen zahlreiche Gegenanträge vor, die sich neben diesen Themen auch mit der Haltung der Bank als Aktionärin bei Daimler-Benz oder der Zinspolitik im Privatkundengeschäft befaßten.

Bei acht Gegenanträgen allein auf Nichtentlastung von Vorstand und/oder Aufsichtsrat war ein gespanntes Klima nicht auszuschließen. Aufsichtsratsvorsitzender F. Wilhelm Christians hatte jedoch eine Versammlung mit engagierten und kritischen, aber sachlichen Fragen und aufschlußreichen Antworten des Vorstandssprechers Hilmar Kopper zu leiten. Die Aussprache hat aber zuletzt noch turbulente Züge angenommen, als Kopper von einem Aktionär, der später Widerspruch zu Protokoll gab, heftig angegriffen wurde.

Hans-Peter Schreib (Deutsche Schutzvereinigung) bedauerte den Imageverlust der Bank und forderte für die Aktionäre Einblick in die Gutachten zum Fall Schneider. Kopper sicherte zu, daß das vom Centralboden-Aufsichtsrat bestellte Gutachten, das Mitte Juni fertiggestellt sein dürfte, bekanntgegeben werde, aber zunächst den Centralboden-Aktionären. Ulrich Steinharter, der mit einem halbstündigen Beitrag die Veranstaltung strapazierte, lobte den hervorragenden Abschluß 1993 und erbat zu den verschiedenen Problemfällen Auskunft über die jeweilige Schadenhöhe, Vorsorge und die verantwortlichen Vorstände.

Zu den wiederholten Fragen nach personellen Konsequenzen erklärte Kopper generell, zunächst werde man die Untersuchungen der Zentralrevision der Bank und der beiden Wirtschaftsprüfungen abwarten und sich bis dahin vor alle Mitarbeiter stellen, die mit dem Fall Schneider befaßt sind. Erst nach Prüfung der Gutachten werde man gegebenenfalls personelle Konsequenzen ziehen, dann allerdings ohne Ansehen der Person.

Zu Deckel Maho hat Kopper erklärt, als eine der beiden Hausbanken bemühe sich die Deutsche Bank weiterhin, dem fusionierten Unternehmen dabei zu helfen, das rettende Ufer zu erreichen. Der Vertreter einer Schweizer Bank wollte wissen, ob mit der 1993 erreichten Eigenkapitalrendite von 12,1 Prozent der Höhepunkt erreicht worden sei. Kopper nannte 12,5 Prozent als Ziel; man sehe Möglichkeiten zur Verbesserung vor allem im Provisionsgeschäft, wisse aber nicht, ob die Deutsche Bank schon 1994 der Marke nahekommen werde. Im übrigen verwies Kopper darauf, daß entgegen der ständigen Kritik, die deutsche Kreditwirtschaft verdiene viel zu gut, die Deutsche Bank mit dieser Rendite international abgeschlagen nahe dem einhundertsten Rang liege.

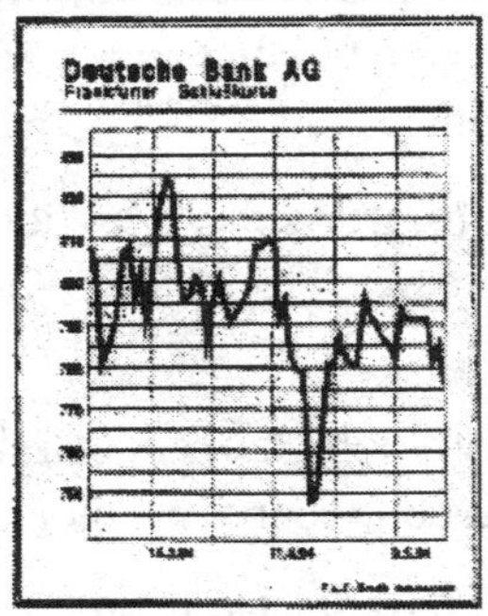

Am Nachmittag forderte ein Münchener Aktionär, Kopper solle noch vor der Fertigstellung der Gutachten zurücktreten. Er sei für die Bank und die Aktionäre eine Belastung. Im Zusammenhang mit dem Fall Schneider war Kopper schon in seiner Eingangsrede länger auf das Bild der Banken in der Öffentlichkeit eingegangen. „Der Fall Schneider ist zu einem Scherbengericht über die Deutsche Bank genutzt worden. Er fügt sich in die gängige Kritik an den Banken, zumal hier der Klassenprimus betroffen ist.“

Kritik sei in einer freien Gesellschaft unverzichtbar, sagte Kopper weiter. Er stellte allerdings in Frage, ob sie immer fruchtbar und nutzbringend sei. „Muß wirklich betont werden, daß es unser ureigenstes Interesse ist, Fehler und Fehlverhalten so weit als möglich auszuschalten?“ Die Bank verfüge über bewährte Systeme des Risikomanagements, aber Größe, Erfahrung und Professionalität schützten nicht immer vor Ausfällen, auch nicht vor Betrug. Man werde schnellstmöglich „Wandel schaffen, wo Wandel zu schaffen ist“, versicherte er.

Das gesunkene Ansehen der Banken liegt nach Auffassung des Deutsche-Bank-Vorstandes auch am risikofeindlichen gesellschaftlichen Klima. Er beklagte, daß es in Deutschland keinen größeren Makel gebe als den des Profits. „Wenn eine Bank den besten Abschluß ihrer Geschichte präsentiert, so wird allenfalls gefragt, auf wessen Kosten sich die Bank wohl bereichert habe.“

Im laufenden Geschäftsjahr wird es nach Koppers Worten schwer werden, an das gute Betriebsergebnis von 1993 anzuknüpfen. Es sei mit einer weiteren Verengung der Zinsmarge zu rechnen. Das ungewöhnlich gute Vorjahresergebnis im Eigenhandel sei kaum zu wiederholen. Der Bedarf an Nettorisikovorsorge werde in diesem Jahr „trotz Schneider“ unter dem des Vorjahres (3,3 Milliarden DM) liegen. Man habe den Folgen der Rezession im Jahresabschluß 1993 schon weitgehend Rechnung getragen. Das Betriebsergebnis nach Risikovorsorge liege, so Kopper, nach den ersten vier Monaten 1994 um mehr als 10 Prozent unter einem Drittel des gesamten Vorjahreswertes.

Wachstumsmärkte für die Bank sieht Kopper künftig auch in Asien und im Osten. Der Konzern werde die internationale Präsenz weiter ausbauen und überlege auch, die Beteiligungspolitik international aufzufächern. Die Aktionäre billigten nach neun Stunden alle Tagesordnungspunkte mit großer Mehrheit. B.K./St.

Freitag, 27. Mai: Schneider hat „offensichtlich länger und planmäßiger als bisher bekannt die Banken getäuscht“, so die Angaben vom ARD-Magazin Panorama. Nach Informationen des Wirtschaftsmagazins Capital habe die Bank frühzeitige Warnungen in den Wind geschlagen.

Dienstag, 7. Juni: Schneider wird nun auch wegen betrügerischen Bankrotts gesucht.

Dienstag, 14. Juni: Die Schneider-Millionen scheinen gesichert, da die Fahnder auf Schweizer Konten 230 Millionen DM arrestiert haben. Angeblich bestehen gute Chancen, daß das Geld nach Deutschland transferiert werden kann.

Mittwoch, 15. Juni: Hilmar Kopper spricht zum 40-jährigen Jubiläum des Marketing-Clubs Frankfurt über „Das Bild der Banken in der Öffentlichkeit“, über die Imageprobleme der Branche respektive der Deutschen Bank und übt innerbetriebliche Selbstkritik.

Samstag, 18. Juni: Angeblich will Schneider seine Rückkehr aushandeln.

Mittwoch, 22. Juni: Vor dem Internationalen Club Frankfurter Wirtschaftsjournalisten bestätigt Kopper erneut, den zusammenfassenden Abschlußbericht der Wirtschaftsprüfungsgesellschaft Wollert-Elmendorff zu veröffentlichen. In Bezug auf die Veröffentlichung würden alle Aspekte der Kommunikation nach innen und außen, so Kopper, besprochen werden. In Bezug auf die Öffentlichkeitsarbeit werde überlegt, wie der Öffentlichkeit die Tätigkeiten der Bank besser nahegebracht werden könnten.[23]

Samstag, 25. Juni: Gerüchte über eine angeblich bevorstehende Pressekonferenz, auf der Neues zum Fall Schneider und personelle Konsequenzen im Vorstand angekündigt würden, haben den Aktienkurs am Freitag unter Druck gesetzt.

Donnerstag, 30. Juni: Durch eine Sonderprüfung des Bundesaufsichtsamtes für das Kreditwesen wird das Personenkarusell gedreht. Zwei Vorstandsmitglieder der Deutschen Bank-Tochtergesellschaft, der Hypothekenbank Centralboden, bieten ihren Rücktritt an.

---

[23] FAZ, 22.6., „Die Deutsche Bank überdenkt ihre Öffentlichkeitsarbeit“. Abgesehen von den zitierten, vage formulierten Hinweisen, wird hier nichts über neue Strategien der Öffentlichkeitsarbeit der Deutschen Bank geschrieben.

Dienstag, 5. Juli: Der Bericht der Wirtschaftsprüfungsgesellschaft Wollert-Elmendorff wird von der Deutschen Bank veröffentlicht. Laut Gutachten wurden schwere Fehler bei der Kreditvergabe an Schneider gemacht. Rücktrittsangebote der Centralboden-Vorstandsmitglieder Jürgen Huvendick und Detlev Rode wurden angenommen.

Damit ist der Fall zunächst für die Deutsche Bank abgeschlossen – vermutlich bis zur Erfassung oder Rückkehr Schneiders, die eine erneute Darstellung des Falls mit sich bringen wird.

2.2 Das Kommunikationsverhalten der Deutschen Bank und die Reaktion der Presse

2.2.1 Der Auftakt - Das Bekanntwerden des Falls und das Schweigen der Deutschen Bank

Einen Tag, nachdem Schneiders Flucht öffentlich bekannt wurde, ist sein riesiger Schuldenberg Gegenstand der Berichterstattung: wenngleich die Gesamthöhe noch unterschiedlich beziffert wird, ist die Rede von einem Engagement der Deutschen Bank in Höhe von 1 Milliarde Mark. Empfindlich reagiert die Börse mit einem Kursverlust für die Deutsche-Bank-Aktie. Der Zusammenhang zwischen Kursverlust der Aktien aufgrund von Gerüchten wird im Verlauf des Falls noch mehrere Male auftauchen. Kurzfristig ist dies ein Verlust für die Aktionäre der Deutschen Bank. Zugleich ist es ein Zeichen, wie empfindlich der Aktienmarkt auf Gerüchte reagiert und durch mangelnde Kommunikation der Deutschen Bank beeinflußt wird.

In einem Artikel zitiert die SZ die Reaktion der Bank, bzw. eines nicht namentlich genannten Sprechers: „Es sei nicht richtig, daß sie bei den Gläubigerbanken eine Führungsrolle habe.“[24]

Angesichts des größten Immobilienskandals der deutschen Nachkriegsgeschichte wirkt der erste Kommentar der FAZ fast neutral. Im Vordergrund steht die Person Schneider, die Auswirkungen der Pleite auf die Banken werden nahezu beiläufig erwähnt: „Meist zeigt sich in solchen Fällen, daß die Schulden höher sind als ursprünglich angenommen, die Werthaltigkeit

---

24 SZ, 13.4., „Die Immobilien-Gruppe Schneider steckt in großen finanziellen Schwierigkeiten“.

der Immobilien niedriger als vermutet und das verwertbare Eigentum kleiner ist als dargestellt. Selbst die Banken haben keinen Überblick über die Vermögenslage von Schneider. Eines läßt sich aber jetzt schon sagen: Der bewunderte Immobilienfachmann hinterläßt einen Scherbenhaufen.“[25]

Am nächsten Tag heißt es: „Hauptgläubiger ist dem Vernehmen nach die Deutsche Bank mit einem Engagement von rund 1,3 Milliarden DM. Der Branchenprimus des hiesigen Geldgewerbes wollte dies aber nicht bestätigen. „ ‚Wir wissen wenig‘, erklärt ein Banksprecher.“[26]

Ein Kommentar der SZ - „Von Baulöwen und Pleitegeiern“ - kritisiert die Haltung der Banken im allgemeinen und spitzt die Problematik ihrer Kreditvergabe zu: „Von einer gewissen Größenordnung an aber scheint man dies nicht mehr so eng zu sehen. Auch im Fall Schneider hat man es zugelassen, daß die Immobilien bis über den Schornstein belastet wurden.“ Helmut Maier-Mannhart, der Kommentator, verweist auf die nur kurzfristigen Liquiditätsprobleme der Banken, die später, so seine Vermutung, sogar noch Geschäfte damit machen könnten, während die eigentlich Betroffenen – Handwerker und Baufirmen – beim Konkurs leer ausgingen: „Diese Unternehmen und die vielen Beschäftigten (...) sind die eigentlich Leidtragenden der Bedenkenlosigkeit, mit der so manche Bank Kredite in diesen Größenordnungen an Schuldner vergibt, die hoch pokern. Freilich mit dem schönen Gefühl, daß es einem selbst nicht sonderlich hart trifft, wenn etwas schief geht.“[27]

Unmut erregt, „daß Bankkunden und Häuslebauer, die beim Aushandeln ihrer Hypothekenzinsen, um jeden Pfennig, um jeden Prozentpunkt feilschen müssen (...)“,[28] daß - wie die FAZ pointiert formuliert – der Kleinkunde wegen seines Kreditersuchens einen „finanziellen Striptease“[29] vorführen muß. Ein Motiv, das in der nachfolgenden Auseinandersetzung mit den Banken immer wieder auftauchen wird.

[25] FAZ, 13.4., „Ein Scherbenhaufen“.
[26] SZ, 14.4., „Schneider-Gruppe droht der Zusammenbruch“.
[27] SZ, 14.4., „Von Baulöwen und Pleitegeiern“.
[28] Die Woche, 14.4., „Der Chef ist weg“.
[29] FAZ, 18.4., „Teure Kredite von bösen Banken?“ von Gerald Braunberger.

2.2.2 Die Wende Teil I - Der Fall Deutsche Bank

Der erste öffentliche Schritt der Deutschen Bank ist ihre Strafanzeige vom 15. April, die sich auf das Frankfurter Objekt „Zeil-Galerie“ bezieht. Hatte die Deutsche Bank über ihr Engagement bei Schneider bislang geschwiegen, gibt sie nun der Öffentlichkeit preis, daß sie von Schneider betrogen worden ist. Die Folge ist, daß sich das Blatt gegen die Deutsche Bank in der veröffentlichten Darstellung wendet. Die Presse reagiert mit Unverständnis, „wie (...) die Deutsche Bank auf angeblich gefälschte Unterlagen bei dem Objekt Zeil-Galerie in Frankfurt hereinfallen und dadurch von einer vermietbaren Fläche von 20 000 statt echten 9000 Quadratmetern ausgehen (konnte)?“[30]

„Vor allem die Deutsche Bank“, so die SZ in einem Kommentar „Blamierte Banken“, „gibt sich der Lächerlichkeit preis. (...) Es raubt einem schon den Atem, auf welch billige Weise sich die Finanzmanager haben täuschen lassen - wobei noch weitere Leichen im Keller liegen dürften. Die Banker haben blind auf den Namen Schneider gesetzt und eine kaufmännische Überprüfung des Objektes, das im Schatten der Konzernzentrale steht, unterlassen.“[31]

Eine neue Dimension nimmt der Fall an, als am nachfolgenden Montag bekannt wird, daß die Bank mehrere Tage vor den 49 anderen Gläubigerbanken und der Öffentlichkeit über Schneiders Flucht Bescheid gewußt hatte. Damit wird ihre Rolle als primus inter pares deutlich, die die Bank anfänglich abgestritten hatte. Von nun an wird die Deutsche Bank im Kreuzfeuer öffentlicher Kritik stehen. Für die Deutsche Bank wird das die nächsten Wochen bedeuten: Imageverlust, Glaubwürdigkeit- und Ansehensverlust.

In einem Leitartikel der SZ wertet der Kommentator die Situation wie folgt: „Verheerend sind die Folgen deshalb, weil sich herausstellt, daß die Banken auf ihrem ureigensten Terrain, nämlich der ganz normalen Geschäftsabwicklung im Immobilienbereich, jämmerlich versagt haben. Wer einen dreistelligen Millionenkredit lediglich aufgrund eines Stücks Papier gibt, wer sich bei einem in der Nähe gelegenen Objekt nicht einmal die

30 FAZ, 16.4., „Auch gründliche Objektprüfungen können Pleiten nicht verhindern“.

31 SZ, 16.4., „Blamierte Banken“.

Mühe macht, wenigstens die angegebenen Quadratmeter vermietbare Fläche auf ihre Stichhaltigkeit hin zu überprüfen, wer sich überdies mit Renditeberechnungen täuschen läßt, deren tatsächlich erzielbare Einnahmen Lichtjahre von den vorgegebenen entfernt sind, der stellt seine Kompetenz selbst in Frage. Wer sich darauf beruft, er habe solche betrügerische Manöver nicht durchschauen können, räumt zumindest grobe Fahrlässigkeit ein."[32] Zwar gibt es auch moderate Stimmen zu hören, die die Banken in Schutz nehmen: „Von einem generellen Versagen der Banken zu sprechen, ist aber heillos übertrieben"[33], dennoch bestimmen „Zorn und Spott" über die Milliardenpleite das öffentliche Klima.

Von nun an wird der Fall Schneider ein „Fall Deutsche Bank": die 49 anderen Gläubigerbanken hüllen sich über ihr Engagement bei Schneider ostentativ in Schweigen, die Deutsche Bank hingegen steht einzig und allein im Rampenlicht des öffentlichen Interesses. Welche Gründe dies hat, wird später aufgezeigt werden.

2.2.3 Die Reaktion der Deutschen Bank oder die Entdeckung aktiver Öffentlichkeitsarbeit

Offensiv versucht nun die Deutsche Bank gegen diesen Stimmungsumschwung vorzugehen. Der erste Fernsehauftritt Hilmar Koppers, in der ZDF-Sendung „Was nun, Herr Kopper?" am 21. April 1994 diente dem Zweck, das Schweigen durch eine aktive Öffentlichkeitsarbeit zu ersetzen, um den bereits eingetretenen Imageschaden zu begrenzen. Der Wirtschaftsjournalist Wolfgang Bittner vom SPIEGEL wertet dies so: „Da hat man gemerkt, da ist etwas schief gelaufen. Er (gemeint ist Kopper, Anm. der Verfasserin) hat auch eingestanden, daß es Systemfehler gegeben hat. Der Fehler sollte dann wieder gut gemacht werden durch ad. 1 die Auftritte im Fernsehen und ad 2. durch die große Pressekonferenz, die drei Stunden dauerte. Da wollte Kopper die Fehler korrigieren, weil man merkte, daß man einen Fehler gemacht hatte, und all das sollte bloßgelegt werden. Das ist ja dann auch in der Tat geschehen."[34]

Koppers zweiter Fernsehauftritt war am 24. April in der Sat.1 Talkshow „Talk im Turm". Dieser wird jedoch unterschiedlich bewertet. Georg Giers-

---

32 SZ, 19.4., „Der Bank-Skandal".

33 FAZ 18.4., „Teure Kredite von bösen Banken?".

34 Im Telefongespräch gegenüber der Verfasserin am 26. Juli.

berg, Wirtschaftsjournalist der FAZ, charakterisiert dies so: „Das Bemühen der Presseabteilung, das Image des Hauses zu verbessern, war nicht erfolglos. Sie hatte ja tatsächlich was erreicht, sie haben es geschafft, den Vorstandsvorsitzenden Kopper - und dies war einmalig in der Geschichte der Deutschen Bank - in einer Talkshow auftreten zu lassen. Das war ja selbst für die Mitarbeiter der Bank eine Sensation". Giersberg resümiert, daß „das nicht erfolglos" war und Kopper eine „recht gute Figur" abgegeben habe.[35]

Der Medientrainer Wolf-Henning Kriebel „verreißt" hingegen Koppers Fernsehauftritte: Er sei auf die „menschlichen Anforderungen seiner Auftritte nicht genügend eingestellt", er sei „für die Zuschauer oftmals gar nicht ‚da' „und wirke so, „als ginge ihn die Diskussion nicht sehr viel an."[36] Kopper, so Kriebel weiter, gebe „keine klaren Antworten auf klare Fragen (...). Es entsteht der Eindruck, er drücke sich, wisse nichts oder wolle nichts wissen." Kopper verstünde nicht, „die Inhalte seiner Argumentation auf die Bedürfnisse und Möglichkeiten derer einzustellen, mit denen er es in diesen Sendungen zu tun hatte: das breite Publikum." Sein Fazit lautet: Er könne die „drei wichtigsten Faktoren öffentlicher Akzeptanz - Kompetenz, Offenheit und Verantwortungsbewußtsein - nicht genügend umsetzen."[37]

2.2.4 Die Wende Teil II - Hilflos zwischen Eigenwahrnehmung und medialen Fremdbildern

Die Mammut-Pressekonferenz der Deutschen Bank, die erst 14 Tage nach Bekanntwerden des Falls stattfand, sollte ebenfalls dem Zweck dienen, den bereits eingetretenen Imageschaden durch *Offenheit* und *Transparenz* zu begrenzen. Hier fiel Koppers Bezeichnung „peanuts" für die noch ausstehenden Handwerkerrechnungen, die kurz darauf in aller Munde sein wird.

Auffällig sind hier mehrere Aspekte: Erstens: Das wohl eher beiläufig herausgerutschte Wort sollte einen ganz anderen Inhalt transportieren als jener, den manche Medien auslegen. Hervorheben wollte Kopper die Solidität seines Unternehmens, das durch diesen Skandal nicht ins finanzielle Fiasko gestürzt wird. Georg Giersberg urteilt, daß dies Wort „von einigen bewußt falsch verstanden" worden sei. Zweitens: Von den „seriösen" Blättern sei

---

35 Alle Zitate im Telefongespräch gegenüber der Verfasserin am 25. Juli.

36 pr magazin (7/1994).

37 Alle Zitate ebenda.

dies am Tag danach „nicht aufgegriffen" worden, weil es eine „Sache am Rande" gewesen sei, so Georg Giersberg weiter.[38] Erst in den nachfolgenden Tagen wird dies Wort feuilletonistisch-satirisch aufgegriffen und gleichsam zum Synonym für die „herablassende Geste eines arroganten Geldsacks".[39] Drittens: Kopper hatte sich wohl sofort für diese Äußerung entschuldigt, die Presse wird dies jedoch erst später zugeben. Aus diesem Grund hat Kopper sich noch einmal offiziell dafür entschuldigt, und zwar auf der Hauptversammlung der Deutschen Bank im Mai.

Welche Konsequenz hat das unbedacht dahingesagte Wort des Jahres für die Presse- und Öffentlichkeitsarbeit der Deutschen Bank? „Was dem Kopper da passiert ist mit seinem „peanuts" ist ja lehrbuchreif. (...) Da hat der Mann mit einem Wort alles kaputt gemacht, was in mühsamer Kleinarbeit versucht worden war aufzubauen."[40] Hatte die erste Phase mit der Strafanzeige der Deutschen Bank und ihrem frühen Wissen um Schneiders Flucht zur Folge, daß ihre Kompetenz angezweifelt, das Vertrauen in ihre Glaubwürdigkeit erschüttert und die größte Bank des Landes mit „Häme" und „Schadenfreude" überzogen worden ist, führt dieses – wenngleich von vielen mißverstandene Wort – dazu, das „alte" Image der Deutschen Bank als kalt, arrogant und elitär zu bestätigen. Das Image ist nachhaltig ramponiert: keine Zeitung, kaum ein Magazin, das „peanuts" – und damit die Deutsche Bank und ihren Vorstandsvorsitzenden – nicht zitiert.

Erst jetzt, so scheint es, macht sich Kopper Gedanken über das Verhältnis von Öffentlichkeit, Meinungsbildung und Medienwirkung, über die Diskrepanz zwischen Selbstwahrnehmung und Fremdeinschätzung: „Dem Chef selbst ist ‚schlagartig klargeworden, wie schizophren' die Lage ist. Einerseits gibt es seine Wirklichkeit und andererseits die ‚vermittelte Wirklichkeit' in den Köpfen des Publikums."[41]

Diese Situation nimmt Kopper am 15. Juni zum Anlaß, im Rahmen des 40jährigen Jubiläums des Frankfurter Marketing-Clubs über „Das Bild der Banken in der Öffentlichkeit" zu reflektieren. Auch diese Rede ist als ein weiterer Markstein in der Öffentlichkeitsarbeit der Deutschen Bank zu

---

38 Im Telefongespräch gegenüber der Verfasserin am 25. Juli.

39 Spiegel Nr. 18 (2/5/94), „peanuts im Brunnen".

40 Im Telefongespräch gegenüber der Verfasserin am 25. Juli.

41 Spiegel Nr. 17 (2/5/94), „Prügel für den Primus".

werten, aber dieses – zu dieser Zeit eigentlich noch brisante – Thema stößt nur noch vereinzelt auf Resonanz in einigen wenigen Medien.[42]

Aber auch hier findet er nicht die Tonalität, mit der er seine Botschaften adäquat vermitteln kann, auch hier kommt es zu einer Diskrepanz zwischen dem, was er sagt und auslöst. Beispielsweise wolle er, so sagt Kopper, keine Medienschelte betreiben, „betrieb sie aber gleichwohl", so Wolfgang Bittner vom SPIEGEL: Die Rede „sei im Grunde genommen eine Katastrophe, weil die Beispiele, die Kopper bringt, einfach nicht stimmen. Er interpretiert sie nicht richtig."[43]

So auch der Tenor des Leiters der Hamburger Journalistenschule, Rolf Schneider, in seinem Artikel „Geld oder Liebe": „Was er erzählt ist eine mittlere Katastrophe. Eine reichliche halbe Stunde verströmt er Wagenburgmentalität, Wehleidigkeit und mühsam gebändigte Panik. Auch stilistisch ist das eher schlecht gemacht. Die Reden-Schreiber haben lauter Versatzstücke zusammengenagelt: das abgerittene Mark-Twain-Zitat vom Banker als Lieferant unnützer Regenschirme, die Sprüche aus der Betriebsanleitung für Azubis („Der König bleibt Kunde bei der Deutschen Bank"), den gehobenen Gemeinplatz aus dem Rotary-Vortag: die vier Säulen des deutschen Bankgeschäfts. Es gibt regelrechte Fehler. (...) Am schlechten Bild, sagt grimmig Hilmar Kopper, sei die Publizistik Schuld. (...) Immer wolle sie einen ‚Bösewicht ausmachen' und betreibe ‚Infotainment', wobei die Wahrheit, mit Hermann Lübbe, das sei, was die Mehrheit glaube. Dies alles klingt sehr töricht."[44]

Wenn die Medienresonanz hier auch schon deutlich abgenommen hat, so hat die Rede, bzw. die sich daran anschließende Diskussion, eine Wirkung, die Kopper wohl nicht bedacht hat. Zunächst freimütig Selbstkritik an seinem Haus übend, spricht er „von einer Portion Arroganz, die im Haus der Deutschen Bank in der Hierarchie gepflegt werde und im Vorstand besonders ausgeprägt sei."[45] Danach kommt es - für die interne Wirkungsebene – zu einer weiteren folgenreichen Aussage Koppers, als er sagt, „daß die Bank ihre Vertriebsleistung erheblich steigern könnte, wenn sich alle

---

42 SZ, Die Woche, FAZ, siehe dazu der Pressespiegel im Anhang.

43 Im Telefongespräch gegenüber der Verfasserin am 26. Juli.

44 Die Woche, 16.6., „Geld oder Liebe?".

45 SZ, 15.6., „Wie Hilmar Kopper im Marketing-Club eine Erdnuß-Wette verliert".

Beschäftigten angewöhnten, jeden Kunden freundlich zu grüßen."[46] Vom eigenen Chef angegriffen zu werden - noch in einer Zeit, in der die „Nerven (..) bis auf das letzte angespannt" sind[47] - verärgert die Mitarbeiter.

3 Krisenkommunikation in der Krise

3.1 Fehleranalyse

Trotz aller Plötzlichkeit, mit der Krisen, Konflikte und Katastrophen ein Unternehmen treffen, trotz Mangel an perfekten PR-Rezepten zur Krisenbewältigung, gibt es inzwischen einige Überlegungen zum Krisenmanagement, die sowohl theoretischer als auch praktischer Natur sind. Aufgrund der „Allgegenwärtigkeit von Krisen"[48] sollte die „Einsicht in die Struktur von Skandalverläufen und das Wissen um die Möglichkeiten der Reaktion"[49] ein fester Bestandteil der Öffentlichkeitsarbeit eines Unternehmens sein. Zum einen zur Krisenprävention, zum anderen für den adäquaten internen und externen Umgang während einer Krise.

Ein Dienstleistungsunternehmen – wie in diesem Fall die Deutsche Bank – lebt vom Vertrauen in seine Kompetenz und dem hohen Maß an Glaubwürdigkeit, das es seinen relevanten Zielgruppen und Teilöffentlichkeiten – Korrespondenzbanken, Aktionären, Mitarbeitern, Kunden, Politikern und Journalisten – vermitteln kann.

Das Verhalten des Management der Deutschen Bank während der Krise, die der Fall Schneider spontan auslöst, soll zunächst kritisch untersucht werden.[50]

---

46 FAZ, 23.7., „Wir sind doch Opfer und nicht Täter".

47 SZ, 19.5., „Eingestellt auf fliegende Erdnüsse".

48 Backhaus, Erika (1990).

49 Piwinger, Manfred; Niehüser, Wolfgang (1991).

50 Klaus-Ulrich Moeller, Kommunikationsberater, unterscheidet vier Typen von Krisen: 1. Spontankrise, 2. Akzeptanz- und Vertrauenskrise, 3. Führungs- und Konsenskrise, 4. Existenzkrise. Klaus-Ulrich-Moeller: Störfall-PR: Ist der Ruf erst ruiniert, in: Harvard Business Manager, 15. Jahrgang 1993, IV. Quartal, S. 23-33, Hier S. 23. Der Fall Schneider ist m.E. dem Typus der Spontankrise zuzurechnen.

3.1.1 Das Schweigen der Deutschen Bank

Der erste Fehler der Deutschen Bank ist ihr langes – viel zu langes – Schweigen, denn bereits mit der Veröffentlichung der Flucht Schneiders aus seiner Verantwortung wurde die finanzielle Rolle der Bank als größten Kreditgeber von den Medien aufgegriffen. Über dieses Verhalten können nur Vermutungen angestellt werden: war die Führungsspitze mit der Plötzlichkeit der Situation überfordert, schlecht oder gar nicht vorbereitet, oder etwa – unter Berufung auf Diskretion und Bankgeheimnis – nicht Willens Auskunft zu geben?

Wie auch immer eine Antwort ausfallen könnte, deutlich wird, daß die Deutsche Bank ihre Chance zunächst verpaßt hat, auf die Berichterstattung durch Pressemitteilungen, Statements, Interviews oder anderen Instrumentarien der Pressearbeit Einfluß zu nehmen. Dies hat Konsequenzen. Zum einen verliert die Bank die Informationsführerschaft, bzw. gibt diese an die Medien ab, die alternative Informationsquellen suchen. Zum anderen hat ihr Bestreben, nicht zu kommunizieren, die Presse hinzuhalten, zu vertuschen und auch zu „dementieren" zur Folge, daß sie dem sich gerade entwickelnden Ansehensverlust selbst Vorschub leistet: spätere Äußerungen der Bank werden mit den „Inhalten" dieser Schweigephase korreliert und tragen dazu bei, ihre Glaubwürdigkeit noch mehr in Frage zu stellen.

Um nur ein Beispiel zu nennen: in der Presse wird schon in den ersten Tagen angedeutet, daß die Deutsche Bank größter Kreditgeber sei, was die Bank wiederum zunächst nicht bestätigt. Durch die Veröffentlichung von Schneiders Brief wird dieser Sachverhalt ersichtlich. Darüber hinaus wird deutlich, daß die Bank, so Schneider, über „weitreichendste Informationen" bezüglich seiner Vermögensverhältnisse verfüge.

Hätte sie von Anfang an mit vorläufigen Mitteilungen – in Form von „Der derzeitige Stand der Sachlage ist wie folgt: erstens, zweitens, drittens etc." – das hohe Informationsbedürfnis der Medien zu einer Zeit befriedigt, als sie noch nicht im Kreuzfeuer der Kritik stand, wäre ihr Handlungsspielraum mit Sicherheit größer gewesen. Sie hätte in dieser für die öffentliche Meinungsbildung so wichtigen Zeit durch Offenheit Vertrauen erhalten und Kompetenz signalisieren können. Sie hätte damit die Informationsfäden in der Hand behalten. So aber hat sie diesen ersten Handlungsspielraum vertan.

3.1.2 Eine verpaßte Chance zur Kommunikation - Die Strafanzeige der Deutschen Bank und der Brief Schneiders

Die Strafanzeige, die die Deutsche Bank kurz darauf stellt, ist – gemessen an der publizistischen Reaktion und von einem kommunikativen Standpunkt aus gesehen – eine weitere verpaßte Chance. Wenngleich sie intern diese Maßnahme im Rahmen ihrer Öffentlichkeitsarbeit vielleicht als Zeichen „neuer" Offenheit gewertet wissen wollte und damit das Ziel verfolgte, den Imageschaden zu begrenzen, so hat die Bank einen weiteren Kardinalfehler gemacht, indem sie die Strafanzeige nicht kommunikativ begleitet hat. Hier hätte eine Pressekonferenz stattfinden müssen mit dem Ziel, ihre Rolle in diesem delikaten Fall weitestgehend offen zu legen. Die Führungsspitze der Bank hätte sich bewußt sein müssen, daß die Strafanzeige der größten Bank Deutschlands gegen ihren Schuldner, die die Nr. 1 des Geldgewerbes gleichwohl als Betrogene offenbart, von den Medien als „Sensation" behandelt wird. Ganz offensichtlich hat sie den Prozeß öffentlicher Meinungsbildung und das Interesse der Medien an einem solchen Fall vollkommen verkannt.

Die Strafanzeige hat dazu geführt, daß der Klassenprimus in der Öffentlichkeit plötzlich als „inkompetent" und „dumm" dasteht. Auch hier hat die Bank einen wichtigen Handlungsspielraum versäumt: mit dem Infragestellen ihrer Kompetenz wird der zentrale Nerv ihres Selbstverständnisses und Ansehen getroffen. Mit einer grundsätzlich offenen Informationspolitik und vor allem mit einer Pressekonferenz am Tag der Strafanzeige hätte sie dem entstehenden Imageschaden wirksamer entgegenwirken können.

Als kurz darauf bekannt wurde, daß die Bank von Schneiders finanziellen Schwierigkeiten zehn Tage lang vor den anderen Gläubigerbanken und der Öffentlichkeit gewußt hatte, löst dieses für alle befremdliche Verhalten noch größeren Schaden aus: ihre Glaubwürdigkeit, eine der Säulen ihrer Geschäftspolitik, wird nun erschüttert.

Dieser prekäre Sachverhalt hätte auf einer Pressekonferenz zusammen mit der Strafanzeige offengelegt werden müssen. Hätte die Bank ihre internen Beweggründe und den Verlauf des Falls aus ihrer Perspektive der Öffentlichkeit gegenüber offen und nachvollziehbar dargestellt, so wären die Medien vermutlich nicht in der beschriebenen Schärfe über die Deutsche Bank hergefallen.

3.1.3 Im Zeichen aktiver Öffentlichkeitsarbeit, die öffentlichen Auftritte Koppers

„Die Bank hat wohl an der Spitze schon erkannt, daß sie nach draußen gehen muß, aktiv werden muß, und das nicht aussitzen kann. (...) Da muß man versuchen, die öffentliche Meinung möglichst im eigenen Sinne zu beeinflußen und das kann man nur, wenn man aktiv wird und was tut.“[51] Daß die Deutsche Bank zu spät aktiv wird und welch große Folgen dies für sie hat, ist oben aufgezeigt worden.

Aus den Fehlern lernend, geht die Deutsche Bank, allen voran ihr Vorstandssprecher, nun aktiv an die Öffentlichkeit: er tritt mehrmals im Fernsehen auf, gibt persönliche Interviews, hält Reden. Nicht zuletzt die längste Pressekonferenz in der Geschichte der Deutschen Bank sollte dazu beitragen, verlorenes Terrain in der öffentlichen Meinung zurückzugewinnen, die Sicht der Bank offen zu legen und dem Glaubwürdigkeits- und Ansehensverlust Einhalt zu gebieten.[52]

Was aber passiert? „Mit dem Versuch eine Wunde zu heilen, wurde gleichzeitig eine neue aufgerissen.“[53] Ausdrücke fallen wie „peanuts“. Die Frage nach den Zusammenbrüchen von Handwerksbetrieben, wo es um deren Sein oder Nicht-Sein, um Existenzfragen geht, beantwortet Kopper lapidar und schulterzuckend: „So what.“ Das Unbehagen gegenüber den Banken wehrt Kopper simplifizierend als „typisch deutschen Neidkomplex“ ab, und auch seine vielzitierte Verteidigung – „Wir sind doch Opfer und nicht Täter“ – ist mißverständlich.

All dies zeigt ein Mißverhältnis auf zwischen dem, was er damit zum Ausdruck bringen möchte und dem, wie diese mißverständlichen Aussagen beim Publikum ankommen. Liegt es an mangelnder Sensibilität gegenüber den Kleinsparern oder gar an grundsätzlichem Unverständnis gegenüber

---

[51] Georg Giersberg im Telefongespräch am 25. Juli.

[52] Der letzte Schritt in puncto Öffentlichkeitsarbeit ist die Veröffentlichung des Abschlußgutachtens der Wirtschaftsprüfer Wollert-Elmendorff. Wenngleich die Ergebnisse nochmals auf der Sachebene Anlaß zu Kritik in wenigen Medien bieten, so wird sie dort jedoch als ein positives Element der nun offensiveren Öffentlichkeitsarbeit der Bank gewertet. Als Mittel einer „schonungslose(n) Öffentlichkeitsarbeit“ soll es den Imageschaden begrenzen. Vgl. Kopper-Interview in: Die Zeit, Nr. 18, 29. 4. 1994, „Mehr selbstbewußte Bescheidenheit“.

[53] Wolfgang Bittner im Telefongespräch am 25. Juli.

den Interessen, Anliegen und Fragen der Öffentlichkeit? Liegt es doch an der Arroganz des erfolgreichsten deutschen Geldhauses, für das 50 Millionen DM einen kleinen Prozentsatz des Gesamtumsatzes darstellen? Den Versuch, eine Erklärung für diese Fragen zu finden, wird diese Arbeit später unternehmen.

Eines macht dies deutlich: die Diskrepanz zwischen der Sprache des „größten“ Bankers - und sie ist Ausdruck seines Denkens - und der Sprache und den Bedürfnissen des Publikums.

3.1.4 Die Deutsche Bank, die Medien und die Öffentlichkeit

„Pressestellen sind Presseabwehrstellen“ – dieses pauschale, wenngleich sicher überspitzte Urteil fällt der Spiegel-Redakteur Wolfgang Bittner.[54] Danach befragt, wie die Informationspolitik der Deutschen Bank im Fall Schneider beurteilt wird, antwortet der Redakteur Giersberg: „Die Informationspolitik der Bank ist ja eh nicht so berauschend. Und hier im Fall Schneider: gut ist sie nicht, aber befriedigend.“[55] Der Spiegel-Redakteur Bittner charakterisiert dies so: „Es war verhängnisvoll, daß sie zwei Wochen lang nichts gesagt hat. Die Reaktion der Presse war ja anfänglich noch relativ ruhig. Als die ersten Zahlen bekannt wurden, wurde die Presse mehr oder minder laut. Die erste Phase war Schweigen. In der zweiten Phase kam eine Fülle an Informationen. Die bemühten sich dann schon, schnellstmöglich zu informieren.“[56]

Die zweite Phase jedoch kam - wie oben beschrieben - viel zu spät. Und die Informationen waren teilweise inhaltlich mißverständlich, was wiederum von der Presse aufgegriffen worden ist.

Die Deutsche Bank respektive ihre Presse- und Kommunikationsabteilung hat bei den interviewten Redakteuren nicht den Ruf, aktiv zu sein: „Die Bank ist reaktiv, die reagieren in aller Regel und agieren selten. Meist kommen Vorwürfe von anderer Seite, dann müssen sie reagieren“, so Georg Giersberg.[57] Zu einem ähnlichen Urteil kommt Bittner: „Das Verhältnis zur Pressestelle hat sich geändert. Wenn man früher eine Frage hatte, dann hat

54 Im Telefongespräch am 25. Juli.
55 Im Telefongespräch am 25. Juli.
56 Im Telefongespräch am 25. Juli.
57 Im Telefongespräch am 25. Juli.

sich der Pressesprecher eine Notiz gemacht und wenn man Glück hatte, kam eine Woche später eine Antwort. (...) Es hat sich mächtig viel geändert. Von Herrhausen zu Kopper wurde eine Menge gemacht. Aber vieles von dem, was sie tun, ist unglücklich, leichtfertig und nicht durchdacht.“[58]

Die verschiedenen Aussagen Koppers über die Medien, die in diesen vergangenen drei Monaten zitiert worden sind, lassen auf ein ambivalentes Verhältnis schließen. Da liest man einerseits: “Es gibt eine mediale Wirklichkeit, der man sich stellen muß“[59]. Der Zusammenhang zwischen Wirklichkeit und „vermittelter“ Realität wird ihm bewußt.[60] Andererseits übt er Kritik an den Medien: „Der Journalismus marschiert munter weiter in Richtung „Infotainment“ und gleicht mehr und mehr einem Spiel, in dem heute diese und morgen jene Figur in den Mittelpunkt rückt.(...) Nirgendwo sonst ist die Uniformität der Meinungen so groß, nirgends aber auch schlägt das Pendel so rasch hin und wieder zurück und gedeiht der Kult um Helden und Antihelden so prächtig wie hier.(...)“[61] Nicht nur sich verbreitendes Infotainment kritisiert Kopper, sondern auch den Hang der Journalisten zur Vereinfachung und Hinrichtungsjournalismus.[62] „Endlich wieder ein Gegner, gegen den vorzugehen populär zu sein scheint.“[63]

Seine Rede schwankt zwischen Wagenburgmentalität und der fast störrischen Einsicht, daß „den Banken (...) nichts anderes übrig (bleibt), als sich auf den langen Weg des Dialogs zu begeben und dafür den jeweils richtigen Rahmen zu finden.“[64]

Dies ist ein langer Prozeß, denn „Image und Meinungen zurechtzurücken, braucht Zeit, Geschick und einen langen Atem. Wir haben gegen tiefsitzende Vorbehalte anzugehen.“[65]

---

58 Im Telefongespräch am 25. Juli.

59 FAZ, 23. 7., „Wir sind doch Opfer und nicht Täter“.

60 Vgl. Spiegel Nr. 18 (2/5/94), „Peanuts im Brunnen“.

61 „Das Bild der Banken in der Öffentlichkeit“, Vortag von Hilmar Kopper beim Marketing Club Frankfurt am Main.

62 FAZ, 23.7., „Wir sind doch Opfer und nicht Täter“. Vgl. auch Vortrag Koppers, S. 11-12.

63 Vortrag Koppers, S. 8.

64 Vortrag Koppers, S. 13.

65 Vortrag Koppers, S. 13.

Dieser Weg des Dialogs wird jedoch ein wechselseitiger Prozeß sein müssen: auch die Bank muß ihre Meinung und Vorbehalte oder gar Vorurteile gegenüber den Medien abbauen, und nicht in jeder berechtigten Infragestellung ihres Geschäftsgebarens gleich eine Fundamentalkritik an ihrem Haus wittern. „Wenn man das größte deutsche Geldinstitut ist, und mit den meisten Firmen dieses Landes, also mit der Wirtschaft so eng verbunden ist, sei es über Kredite oder sei es über Beteiligungen, dann kann man auch nicht der Beliebteste sein, dann braucht man sich auch nicht zu wundern, wenn man kritisch betrachtet wird.(...) Daran war die Deutsche Bank wohl nicht gewohnt."[66]

Nicht alles ist medienvermittelt oder gar medienintendiert - die Deutsche Bank wird auch über ihre Kunden und Mitarbeiter direkt wahrgenommen. Die Medien sind nicht für das negative Image eines Unternehmens verantwortlich.

„Was nutzt einem Unternehmen die Medienschelte? Ein Unternehmen tut besser daran, sich mit den Medien konstruktiv auseinanderzusetzen", so Professor Bentele im Gespräch.[67] Seiner Einschätzung nach hat sich die Kommunikationspolitik der Banken nicht analog zur Medienentwicklung entfaltet. Die rasante Entwicklung auf dem Medienmarkt stellt erhöhte Anforderungen an die Kommunikation eines Unternehmens: wichtig ist, sich grundlegend mit der Bedeutung und Funktion der Medien sowie ihrem Einfluß auf die Meinungsstrukturen auseinanderzusetzen.

Tatsache ist, daß die Öffentlichkeit einerseits kritischer und sensibler geworden ist. Andererseits hat die veränderte Medienlandschaft „undifferenzierte Journalisten hervorgebracht, die keine Ahnung von der Materie haben, die aber unerhört simplifizieren."[68] Der Trend zu oberflächlichen Informationen bei manchen Medien ist unverkennbar. Zugleich ist das Interesse der Medien, insbesondere der AV-Medien, an der Wirtschaft stark gestiegen. „Selbst bei Bilanzpressekonferenzen", so der Wirtschaftsjournalist Eglau, „sind heute mehr Journalisten vorzufinden als früher, und selbst das Fernsehen ist anwesend."[69] Das hat dazu geführt, daß Unternehmen, noch dazu die größten darunter, sich nach außen mehr und mehr legiti-

---

66 Georg Giersberg im Telefongespräch am 25. Juli.

67 In Bamberg am 27. Juli 1994.

68 So Hans Otto Eglau im Telefongespräch am 31. August 1994.

69 Im Gespräch am 31. August 1994.

mieren müssen. Für eine Bank, im Dunkel der Diskretion und des Bankgeheimnisses operierend, stellt dies sicher eine besondere Herausforderung dar. Nicht nur für die Kommunikationsarbeit der Deutschen Bank, sondern auch für das gesamte Unternehmen.

Die Diskrepanz zwischen der „klassischen" Haltung der Deutschen Bank – „Es ist die Unfähigkeit, vielleicht auch der Unwille, sich selbst zu erklären."[70] – und einer zunehmend kritischeren Öffentlichkeit führt zu Fehlwahrnehmungen, die es durch eine neue Unternehmenskommunikation zu korrigieren gilt.

3.1.5 Die interne Wirkungsebene

Auch auf die Mitarbeiter, zugleich Botschafter und Multiplikatoren der Deutschen Bank, hat der Fall Schneider Auswirkungen. „Schon der hausinterne Schaden ist (...) viel zu groß. Unsere Mitarbeiter sind durch die öffentliche Kritik verunsichert", resümiert Kopper.[71] Der Fall Schneider hat intern einen vitalen Nerv getroffen. Die Kompetenz der Deutschen Bank und ihrer Mitarbeiter wurde im Fall Schneider öffentlich in Frage gestellt. Motivation, Kompetenz und persönliche Identifikation der Mitarbeiter sind die Basis für den Erfolg des Hauses. Darauf legt die Deutsche Bank größten Wert. Aus diesem Grund muß die Deutsche Bank einem internen Imageschaden als möglicher Folge es externen Ansehensverlust entgegenwirken.

Wie hat sich der Fall Schneider auf die Mitarbeiter der Bank ausgewirkt? Der einzelne Mitarbeiter am Schalter, der Kreditsachbearbeiter oder auch der Kundenberater, mußte den Unmut mancher Bankkunden während des Fall Schneiders ertragen. Sie wurden als „Peanuts-Banker" verspottet. Es gab kaum ein Kundengespräch, in dem nicht über den „abtrünnigen Doktor" und die Rolle der Bank bei der Kreditvergabe geredet wurde.[72] Die Mitarbeiter mußten das „Gewitter der Kundschaft" (Eglau), deren Irritationen und Verärgerung ertragen. „Das Schneider-Syndrom", so sieht das der SPIEGEL, „löst gebückte Haltung und gesenkten Kopf selbst bei Angestellten aus, die vielen ihrer Kunden oft als allzu überheblich und selbstherrlich schienen."[73] Der Sekretär der Gewerkschaft Handel, Banken und

---

70 Vortrag Koppers, S. 3.

71 FAZ, 23. 7., „Wir sind doch Opfer und nicht Täter".

72 SZ, 19.5., „Eingestellt auf fliegende Erdnüsse."

73 Spiegel Nr. 17, (25/4/94), „Prügel für den Primus".

Quelle: Spiegel Nr. 18/1994

WIRTSCHAFT

Banken

„Peanuts“ im Brunnen

SPIEGEL-Reporter Joachim Preuss über das Image der Deutschen Bank und ihren Chef, Hilmar Kopper

Er hatte sich alle Mühe gegeben. Aus dem 32. Stock, wo er nahe den Wolken in Frankfurt arbeitet, war Hilmar Kopper hernieder gekommen und hatte den verwirrten Menschen wieder und wieder erklärt, wie alles geschehen konnte.

Dieser Immobilien-Schneider habe die Deutsche Bank einfach aufs Kreuz gelegt. Gegen Betrug seien auch die Besten nicht gefeit. Gefälschte Mietverträge, geschönte Gutachten. Na ja, „unser heiliges Verständnis vom Hypothekengeschäft“, hatte Kopper hinzugefügt, „ist ins Wanken geraten“, und falls da einer der Herren Kollegen gefehlt hätte, dann würde man . . . Aber vermutlich liege es am System.

Über die Herren Bresser und den anderen, dessen Namen man immer vergißt, hatte er die Lage der ZDF-Gemeinde geschildert. In Erich Böhmes „Talk im Turm“ hatte er sogar die Nähe eines frechen Hasardeurs und eines öligen Politikers nicht gescheut. Dazwischen Interviews, Fototermine, Telefongespräche. Der nervensägende Eckart von Hirschhausen, ein pensionierter Kollege, wollte gar wissen, ob er sich namens der Deutschen Bank auf den heißen RTL-Stuhl setzen soll, um die feindliche Menge in die Schranken zu weisen.

Erbauliche Momente waren wirklich selten. Andrew Buxton, Chairman der britischen Barclays Bank, die vor Jahren eine weit schlimmere Panne hatte bewältigen müssen, rief ein tröstendes „Ich know das“ über den Kanal.

Und dann, in all dem Getümmel, passierte der publizistische GAU. Mit einem einzigen Wort brachte Kopper die Nation in Rage: „peanuts“. Als Kleinkram bezeichnete der Bankier damit unbezahlte Handwerkerrechnungen über rund 50 Millionen Mark, die Schneider hinterlassen und die nun die Deutsche Bank übernehmen werde.

Was als gute Tat des reichen Onkels gedacht war, wirkte plötzlich wie die herablassende Geste eines arroganten Geldsacks. Flugs prügelte *Bild* „diesen Bankier“ mit Bild und Tat, wie einen Steckbrief, auf die Seite zwei. Und da die Zeitung ihre Millionen, wie eine Bank, mit dem Geld von Millionen macht, brachte sie sofort den legendären kleinen Mann in Stellung: „Jurastudent Georg Weber (27, ein Kind, 1200 Mark) war ‚mit meiner Honda 500 in ein Schlagloch gekracht. 200 Mark für ein neues Rad. Peanuts, Herr Kopper?‘“

Der saß am Donnerstag vergangener Woche, fernab von allen Schlagzeilen, wieder im 32. Stock des silbrig glitzernden Deutsche-Bank-Hochhauses und versuchte, das Desaster zu erläutern. Fast drei Stunden habe die öde Pressekonferenz am Montag gedauert, immer dieselben Fragen, immer dieselben Antworten: „Ich habe mich gräßlich gelangweilt.“ Da sei das Wort herausgerutscht.

Unter Bankiers gibt es ebenso viele nette Leute wie unter, sagen wir, Kfz-Meistern oder Hundezüchtern – wenn sie nur nicht diesen Beruf hätten. Daß Kopper keine Lust hatte, zum x-ten Mal zu erzählen, nicht den „Herrn Schneider, sondern dessen Immobilienobjekte“ beliehen zu haben, und statt dessen während des Pressegeschwafels von einer kurzen, knackigen Konferenz unter seinesgleichen geträumt hat, läßt sich vorstellen. Und wenn er dann, etwas hilflos, die schweren Hände über Kaffeetasse und Gebäck hebt – kann man ihm übelnehmen, daß ihm die Wahrheit rausgerutscht ist?

Denn wer sich die Mühe macht, die vielen Zahlen vor dem Komma in der Bilanz der Deutschen Bank zu zählen, dem drängt sich die Gewißheit auf, daß 50 Millionen nicht nur vom 32. Stock aus, sondern auch aus der Sicht des Buchhalters „Kleinkram“ sind.

Nachdem die „peanuts“ nun im Brunnen liegen, gibt sich Hilmar Kopper alle Mühe, die unselige Geschichte sinnlich begreifbar zu machen: „Das persönliche Gefühl für Geld ist mir abhanden gekommen.“ Vielmehr sei Geld für ihn „ein Neutrum“, eine Bilanzgröße, die nichts mit jenem bedruckten Papier gemein hat, das unter der Glasscheibe hindurchgeschoben wird. Ähnlich geht es dem Chirurgen, der ins Fleisch schneidet und dabei

Versicherung in Frankfurt, Herbert Bayer, berichtet, daß die Mitarbeiter der Zentrale „alle stinksauer“ seien.[74]

„Der Fall hat tiefe Verunsicherung bei den Mitarbeitern in den allerletzten Zweigstellen ausgelöst“, analysiert der Branchenkenner Eglau.[75] An dieser Stelle wäre es interessant zu wissen, ob und mit welchen Instrumentarien die Deutsche Bank den Krisenfall Schneider intern kommuniziert hat. Buchautor Eglau vermutet, daß die Deutsche Bank den Druck, der von den Kunden im Fall Schneider auf die Mitarbeiter ausging, verkannt hat. In der Krisen-PR-Literatur wird immer wieder darauf aufmerksam gemacht, wie notwendig die innerbetriebliche Krisenkommunikation, die Information der Mitarbeiter vor den Medien ist. „Man muß die eigenen Mitarbeiter vor einer Verunsicherung durch die Medien immunisieren. Deshalb ist es wichtig, die Mitarbeiter besser und frühzeitiger zu informieren,“ empfiehlt Eglau. Über die hauseigenen Informationssysteme, mit Sprachregelungen und mit Hinweisen zum Umgang mit verärgerten Kunden können die Mitarbeiter schnell und direkt erreicht werden.

Was will die Führungsspitze der Bank tun, um einer möglichen Demotivation der Mitarbeiter vorzubeugen? „Da hilft nur eines – hinausgehen in die Medien und mitmachen. Das ist sonderbar, aber wahr – erst wenn meine Position im Fernsehen sichtbar wird, wird sie auch im eigenen Haus wirksam“.[76] Diese Aussage verweist einerseits auf die große Rolle des Mediums Fernsehen. Darüber hinaus beschreibt sie die Bedeutung einer ostentativen, öffentlichen Geste des Chefs der Bank für die Mitarbeiter in irgendeiner Filiale in Deutschland. Seinen Mitarbeitern – auch der Führungsspitze – empfiehlt Kopper „mehr selbstbewußte Bescheidenheit“.[77]

Internen Ärger brachte jedoch eine weitere öffentliche Äußerung Koppers: in der Diskussion nach seinem Vortrag von dem Marketing-Club in Frankfurt hatte er gesagt, „daß die Bank ihre Vertriebsleistung erheblich steigern könnte, wenn sich alle Beschäftigten angewöhnten, jeden Kunden freundlich zu grüßen. Diese Arroganz sei vom Schalter bis hinauf in die Vor-

[74] Ebenda.

[75] Hans Otto Eglau im Gespräch am 31. August. Alle nachfolgenden Zitate beziehen sich darauf.

[76] FAZ, 23. 7., „Wir sind doch Opfer und nicht Täter“.

[77] Die Zeit, Nr. 18, 29.4., „Mehr selbstbewußte Bescheidenheit“.

standsetagen anzutreffen.“[78] Vom eigenen Chef in dieser Situation öffentlich kritisiert zu werden, hat die Mitarbeiter sicherlich düpiert. Hier wird die Deutsche Bank mit Kommunikationsarbeit einiges wiedergutmachen müssen.

3.1.6 Die externe Wirkungsebene

3.1.6.1 Die Kunden

Die Leser der untersuchten Printmedien sind teilweise auch Kunden der Deutschen Bank. Die Meinung der Kunden gegenüber der Hausbank ist in aller Regel ambivalent: einerseits sind die meisten verärgert über „hohe Gebühren, magere Sparzinsen und üppige Kreditzinsen“, andererseits vertraut der Kunde „mangels Wettbewerb und Transparenz von Zinsen und Gebührensätzen sein Geld doch wieder genau dem Institut an, dem er schon ein Leben lang treu ist.“[79]

Abgesehen von dem oben beschriebenen Unmut und Ärger, den manche Kunden am Schalter abließen, ist die Auswirkung auf die Kunden eher indirekt: sie werden den finanziellen Schaden mittragen, sei es als Kunde, sei es als Steuerzahler.

Mehrere Zeitungen empfehlen den Kunden: „Mehr Selbstbewußtsein am Schalter“. Das heißt: „Fordern, feilschen, notfalls Konto kündigen“.[80] Sollte sich durch den Fall Schneider das Verhältnis der Kunden zu ihrer Bank nach marktwirtschaftlichen Kosten-Nutzen-Prinzipien verändern, so wird dies mittelfristig auch auf die Unternehmenskommunikation der Bank Einfluß haben. Daß mancher Kunde seine Geschäftsbeziehung aufgrund des Falls abgezogen hat, läßt sich im Rahmen dieser Arbeit nicht klären.

---

[78] FAZ, 23. 7., „Wir sind doch Opfer und nicht Täter“.

[79] Die Zeit Nr. 17, 22. 4., „Milliarden und Vertrauen verloren.“

[80] Stern Nr. 18, 28. 4., „Die Entzauberung der Magier“. Ähnlicher Tenor auch in der SZ, 23. 4., „Warum das Unbehagen an den Banken wächst“: „Die bessere alternative zum Bankenlamento sind allemal Informationen, Verhandlungen und Feilschen um Konditionen. Das ist die Sprache, die am Schalter (...) verstanden wird. Der Wechsel zur billigeren Konkurrenz ist Marktchance und Marktsignal zugleich.“

3.1.6.2 Die Aktionäre und Korrespondenzbanken

Auf der Hauptversammlung im Mai hielten sich die Aktionäre mit Kritik an der Bank zurück. Ob und wie ihr Verhältnis gegenüber der Deutschen Bank tatsächlich ist, kann nur eine Imageuntersuchung aufzeigen.

Finanziell hat sich der Fall Schneider auf die Aktionäre kurzfristig ausgewirkt, da die Deutsche-Bank-Aktie im Verlauf des Falls mehrmals unter Druck geriet und ihr Kurs fiel. Ob der Verlust, den die Deutsche Bank durch Schneider erlitten hat, durch Wertberichtigungen und Abschreibung aufzufangen ist oder ob die Dividende geringer sein wird, das wird erst nach Abschluß des Geschäftsjahres ersichtlich sein.

Auswirkungen könnte der Fall auf die Geschäfte mit den korrespondierenden Auslandsbanken haben. Ob der Fall Schneider branchenintern einen Schaden angerichtet haben mag, kann wiederum ohne empirische Daten an dieser Stelle nicht geklärt werden.

3.1.6.3 Die Politiker

Der Appell von Bundesregierung und Politikern verschiedener Couleur, die Banken mögen den in Schwierigkeiten geratenen Handwerkern zu Hilfe kommen, muß den Banken ein Dorn im Auge sein, nämlich als Einmischung in ihre Geschäftspolitik. Selbst im Kabinett, „zum Ärger der Deutschen Bank“, wurde der Fall erörtert.[81]

Während des gesamten Falls wird immer wieder die „Riesenverantwortung“ der Bank(en) angemahnt. Vorgeworfen wird den Banken respektive der Deutschen Bank als der größten, bei kleineren und mittleren Betrieben zu risikoscheu zu sein, bei Großkunden wie Schneider jedoch nicht genau hinzusehen, so Bundeswirtschaftsminister Günter Rexrodt.

Ob man nun mit Marktwirtschaft oder mit dem Prinzip der Verantwortungsethik argumentiert, deutlich wird die zentrale Rolle der Banken für den Wirtschaftsstandort Deutschland, für den Aufschwung Ost, und in der Volkswirtschaft allgemein. Aus diesem Grund ist das Interesse der Politiker – die noch dazu in Wahlkampfstimmung sind – an diesem Fall so groß.

---

81 Spiegel Nr. 17 (25/4/94), „Prügel für den Primus“.

3.2 Erklärungsversuche

3.2.1 Das Selbstverständnis der Deutschen Bank

Die größte Bank mit Kompetenz und Kundenorientierung – auf diese kurze Formel gebracht, könnte der USP (unique selling proposition) der Deutschen Bank lauten. Noch dazu die erfolgreichste aller deutschen Banken: seit drei Jahren mit Rekordgewinnen und dies trotz Rezession. Ein Bankkritiker und Bestsellerautor formuliert das so: „Während die Industrie schwer angeschlagen durch die Rezession dümpelt und sich nur mit Massenentlassungen und rigiden Sparprogrammen über die Runden retten kann, durchpflügen die Banken (...) das Konjunkturtal wie Luxusliner, denen nichts und niemand etwas anhaben kann."[82]

Ihr Selbstverständnis kann man mit ein paar Adjektiven beschreiben: man ist diskret, dezent im Auftreten, bewahrend und konservativ. Man möchte nicht gerne auffallen und sich schon gar nicht in der Öffentlichkeit darstellen. Ansehen, Vertrauen, Solidität und Seriösität sowie Kompetenz als Universalbank – diese Stichworte sind tragende Säulen ihres Erfolges und bestimmen ihr Verhältnis zu den Kunden.

3.2.2 Das Selbstverständnis Hilmar Koppers

Der charismatische Vorgänger Koppers, Alfred Herrhausen, scheute nicht das Licht der Öffentlichkeit. Ganz im Gegenteil: durch seine nachdenklichen, philosophisch anmutenden Reden über Grundsatzfragen der gesellschaftspolitischen, allgemeinwirtschaftlichen und bankpolitischen Lage Deutschlands wirkte er sehr stark im öffentlich-politischen Bereich.[83] Er traf sich mit den Großen der Welt und feilte, als enger Vertrauter des Bundeskanzlers Helmut Kohl, selbst an dessen ersten Regierungserklärungen.[84] Herrhausen hatte eine „offene Welt signalisiert nach dem Motto: wir müssen nach draußen, und hat selbst Interviews in Schülerzeitungen gegeben", so Spiegel-Redakteur Bittner.[85] Kurz und mit Autor Eglau gesagt: „Herrhausen war ein Öffentlichkeitsarbeiter par excellence."

---

82 Ogger, Günter (1994).

83 Vgl. Weidemann, Kurt (1990).

84 Vgl. manager magazin 4/1994, „Nichts geht mehr", S. 124.

85 Im Telefongespräch am 26. Juli.

Unter Hilmar Kopper wurde diese Form der öffentlichen Darstellung zurückgenommen. Er wollte der „stille Macher" sein,[86] seine Bank sollte sich auf ihre eigentlichen Geschäfte konzentrieren. Als Vorstandsvorsitzender wollte er weniger Einfluß auf Politik und Öffentlichkeit ausüben als sein ermordeter Vorgänger. Kopper stand für „die Wende von der großen globalen Vision zur unauffälligen Kärrnerarbeit", wertet die FAZ.[87]

3.2.3 Die Presse- und Öffentlichkeitsarbeit der Deutschen Bank

Unter Herrhausen entstand ein „ganzheitliches Konzept von Öffentlichkeitsarbeit", das die „Akzeptanz der Bank nach innen und außen" erhöhen sollte, „weil sich angesichts des Einflusses der Deutschen Bank auf weite Teile der Wirtschaft die Frage nach der demokratischen Legitimation stellt."[88] Dem Rückzug aus dem Rampenlicht der Öffentlichkeit durch den Pragmatiker Kopper entspricht auch die Presse- und Öffentlichkeitsarbeit der Bank. Dies spiegelt sich in Koppers Aussage – „Es ist die Unfähigkeit, vielleicht auch der Unwille, sich selbst zu erklären" – wider. Die Deutsche Bank will sich im Grunde nicht öffentlich erklären oder gar sich und ihr Tun legitimieren. Die Öffentlichkeitsarbeit der Bank bleibt, das haben die Aussagen der interviewten Journalisten gezeigt, defensiv und reaktiv.

Bankgeheimnis und Diskretion bestimmen das Verhältnis zur Öffentlichkeit. Blickt man zurück in die Geschichte der Deutschen Bank, so wird deutlich, daß die Bank keine Erfahrung hat mit Ereignissen von großer Publizität. Dies zeigt sich in der durch den Fall Schneider ausgelösten Krisensituation besonders deutlich. Die Deutsche Bank wiederholt die fast schon klassischen Fehler der Krisen-PR: Sie schweigt, sie hält die Presse hin, bestreitet und erhebt Gegenvorwurf (an die Frankfurter Staatsanwaltschaft), rechtfertigt sich mit Schutz vor dem Bankgeheimnis und unklarer Sachlage. Nicht zuletzt ist ihre Pressearbeit ungenügend.

Dabei hat die Abteilung Presse und Kommunikation mit ca. 30 Mitarbeiterinnen und Mitarbeitern in der Unternehmensmatrix der Bank eine für die Öffentlichkeitsarbeit beste Stellung: Pressesprecher Hellmut Hartmann hat direkten Zugang zum gesamten Vorstand. Damit ist die Bedeutung, die Rolle und auch der Handlungsspielraum definiert.

---

86 FAZ, 23.7., „Wir sind doch Opfer und nicht Täter".

87 FAZ, 23.7., „Wir sind doch Opfer und nicht Täter".

88 Wirtschaftswoche Nr. 21 (20.5.), „Viele Bilder", S. 49.

Als Außenstehender ist es der Verfasserin nahezu unmöglich, die internen Vorgänge und Versäumnisse zu beurteilen. Die Rekonstruktion des Falls aus Zeitungsanalysen und Gesprächen zeigt eines deutlich, daß es – unter anderen Faktoren – auch an einem Mangel an Krisen-PR-Reflektion bei der Deutschen Bank gelegen hat.[89]

3.2.4 Der Mythos der Deutschen Bank im öffentlichen Bewußtsein

Die deutschen Manager haben zur Zeit nichts zu lachen: da wird von Versagen gesprochen und manches Buch mit reißerischem Titel sichert sich monatelang einen Spitzenplatz auf den Bestsellerlisten. Ein harsches Urteil über die Führungskräfte deutscher Unternehmen wird publikumswirksam gefällt:" Nieten in Nadelstreifen".[90] Besonders eine Gruppe von Managern, in dezent-dunklen Maßanzügen, steht seit einiger Zeit im Rampenlicht öffentlicher Kritik: die Banker. Sie werden als „Raubritter in Glaspalästen"[91] stigmatisiert, das Geldgewerbe als „das Kartell der Kassierer"[92] definiert und die gesamte Branche steht „im Zwielicht", [93] deren Macht – ein Dauerbrenner der öffentlichen Diskussion – immer wieder angeprangert wird.[94] Eine Flut zugeschriebener Substantive rollt über einen bislang mit Respekt behandelten Berufsstand hinweg: „Kontenräuber", „Geldvernichter", „Fluchthelfer", „Geldwäscher", „Geheimniskrämer", „Halsabschneider". Die Folge für den Einzelnen: Machtlos gegen Giganten".[95] Den Banken wird darüber hinaus eine „Gefährliche Zukunft" prognostiziert.[96]

Dieser Generalangriff erstaunt. Aber wie läßt er sich erklären? Ist er zu verstehen aus der Position eines Bestsellerautors mit „untrügliche(m) Gespür für das richtige Timing",[97] der die „Ressentiments gegen die da oben (be-

---

89 Dies bestätigte auch der FAZ-Redakteur Giersberg im Telefongespräch am 25. 7.

90 Vgl. die Bestellerliste des Spiegels. Ogger, Günter (1992).

91 Möntmann, Hans Georg (1993).

92 Ogger, Günther (1994).

93 Peimann/Peimann (1993).

94 Vgl. Pfeiffer (1993).

95 Vgl. Ogger, Günther (1994).

96 Vak, Karl (1994).

97 Lamparter, Dietmar H.: Die Geschichte des Günter O. In: Die Zeit, Nr. 19, 6. Mai 1994, S. 23.

friedigt)"?[98] Oder als klassisches David-gegen-Goliath-Syndrom verprellter Kunden, deren Kreditersuchen nach einem Offenbarungs- und Bürgschaftsstriptease von der Bank doch abgelehnt wurde?

Wie auch immer die Antworten auf die unterschiedlichen, dahinter stehenden Interessenlagen lauten mögen, Kritik an den deutschen Banken zu äußern ist en vogue, die breite Bevölkerung, der Kunde, sensibilisiert für das Thema zu hoher Gebühren, mageren Sparzinsen, undurchsichtiger und unverständlicher Geschäftspraktiken. Dies polarisierte Bild macht das Klima deutlich, in dem die breite Bevölkerung den hier analysierten Fall, nicht nur als erklärtermaßen größte Immobilienpleite, sondern auch als Versagen der größten deutschen Bank – rezipieren wird.

Daß sich die Kritik so emotional äußert, mag wohl mit dem ganz besonderen Produkt zusammenhängen, nämlich Geld, das jeden persönlich betrifft. Analysiert man die Zeitungsberichte, die sich mit dem Fall beschäftigen, spricht man mit Journalisten über das Thema, so fällt auf, daß hier jedoch nicht nur über ein Unternehmen gesprochen wird, das in einem spezifischen Fall Fehler gemacht hat. Unweigerlich, so scheint es, kommt die Rede auf den über Jahre und Jahrzehnte entstandenen „Mythos Deutsche Bank".

„Dazu trägt der Name bei. Sie wird von manchen fast wie der Vollstrecker eines hoheitlichen Aktes gesehen. Deutsche Bank - das klingt so offiziell, fast schon wie die Deutsche Bundesbank, so etwas halb-staatliches, amtliches."[99] Das Signet der Deutschen Bank steht für „Unfehlbarkeit"[100] und für „Halbgottähnlichkeit".[101] „Vorstände deutscher Großbanken waren und

---

98 Resümee von Oswald Neuberger, Augsburger Psychologieprofessor, in „Die Zeit", „Die Geschichte des Günter O.".

99 Giersberg im Gespräch am 25. Juli. Auch Bittner formuliert das ähnlich: „Das hat etwas mit dem Namen zu tun. Wenn Sie früher in Amerika einen Scheck eingereicht haben, und da stand dann Dresdner Bank drauf, dann hat Sie der amerikanische Banker komisch angeguckt und sich erinnert, Dresden liegt ja eigentlich in der DDR. Wenn Sie einen von der Deutschen Bank eingereicht haben, dann glaubte der normale Banker, das sei die deutsche Bundesbank. Deutsche Bank – Deutsche Mark, durch ihren Namen schleppt sie etwas mit, was natürlich dazu beigetragen hat, daß sie die Größte geworden ist." Im Telefongespräch am 26. Juli.

100 Spiegel Nr. 17 (25/4/94), „Prügel für den Primus", S. 98.

101 Schneider, Rolf: „Geld oder Liebe", in: Die Woche, 6. Juni 1994.

sind irgendwie immer etwas ganz Besonderes. Jene unvergleichbare Mischung aus Habitus und Macht hat uns Sterblichen seit jeher ungeheure Ehrfurcht eingeflößt. Und die – allerdings widerlegbare – Vermutung allerhöchster Kompetenz. Der prächtigste Tempel, in dem die Hohenpriester des ökonomischen und monetären Sachverstandes ihre heiligen Messen lasen, der hieß nun mal bei uns Deutsche Bank."[102]

Die Pannen-und-Pleiten-Serie der Deutschen Bank wie Sachsenmilch, Metallgesellschaft und vor allem der Fall Schneider haben dazu beigetragen, den Nimbus der Deutschen Bank zu erschüttern.

4. Lehren aus dem Fall - Kommunikationsstrategie und PR-Instrumente zum Krisenmanagement

Die Fehler, die die Deutsche Bank im kommunikativen Umgang mit dem Fall Schneider gemacht hat, und die Folgen, die der Bank daraus entstanden, sind analysiert worden. Was kann daraus für zukünftige, ähnliche Situationen gelernt werden?

4.1 Krisenplan

Wenngleich die bereits zitierte Pannenserie der Deutschen Bank in den vergangenen Jahren je nach Fall ganz unterschiedlich gelagert war, so zeigt spätestens der Fall Schneider deutlich, daß die Deutsche Bank sich mit dem Thema Krisen-PR und Krisenmanagement nicht nur verstärkt auseinandersetzen muß, sondern auch einen Krisenplan für weitere eventuelle Betrugsfälle zurechtlegen muß.

Aufgabe wird es sein, einen Handlungskatalog mit Regieanweisungen zu entwickeln, in dem die Verantwortlichkeiten und die Hierarchie der zu informierenden internen und externen Zielgruppen und Teilöffentlichkeiten festgelegt werden:

1. Vorstand, Aufsichtsrat und Aktionäre.
2. Mitarbeiter (Information, Sachstand, Sprachregelungen, Hinweise für einen psychologisch geschickten Umgang mit verärgerten Kunden etc.).
3. Medien.

---

[102] Stern Nr. 18 (28/4/94), Editorial: „Die Entzauberung der Magier", S. 3.

Ein „worst case" – Szenario, als eine Art Schubladenrezeptur für einen adäquaten, kommunikativen Umgang mit einer potentiellen Krise.

4.2 Issue Management

Der Fall Schneider hat die Führungsspitze der Deutschen Bank überrascht. Ihre Reaktionen waren, wie oben beschrieben, fehlerhaft und folgenreich. Das öffentliche Interesse der Medien an diesem Vorfall war besonders groß. Das mag vielleicht damit zusammenhängen, daß „Produkte" wie Geld – auch in Form von Krediten – und Immobilien relativ stark emotionalisiert sind.

In den Studien, die Krisen-Fälle unter PR-Gesichtspunkten analysiert haben, wird immer wieder auf Signale hingewiesen, die im Vorfeld der Krise auftauchten und meist von den Unternehmen ignoriert worden sind. Um aktiv am Meinungsbildungsprozeß teilhaben zu können, muß ein Unternehmen sein Umfeld beobachten. Gerade das PR-Instrumentarium Issue Management kann dies durch seinen analytischen und strategischen Ansatz leisten.[103]

Auch im Vorfeld des Falls Schneider gab es immer wieder „schwache Signale". Umfassende Artikel, die Prognosen von Immobilienexperten veröffentlichten,[104] hatten die prekär gewordene Situation auf dem veränderten Immobilienmarkt zum Gegenstand. Auch wurde immer wieder und zuletzt Ende Februar diesen Jahres gefragt, ob sich Schneiders Projekte wirklich rechnen. Auch die undurchsichtige Unternehmensstruktur des Schneider-Imperium und seine schillernde Vergangenheit wurden ab und zu hinterfragt. Als ein weiteres Signal könnte auch die Interessengemeinschaft der Handwerker gewertet werden, die sich Anfang des Jahres wegen Zahlungsverzögerungen von Schneider, d.h. wegen nicht bezahlter Rechnungen, zusammengeschlossen hatten. Auch Schneiders äußerst rigides Verhalten gegenüber seinen Handwerkern, das ihm den Ruf „Prozeßhansel" einbrachte, gehört zur konkreten Umfeldbeobachtung.

Wichtig ist, daß die öffentliche Meinung und die Haltungen der Politiker in Bezug auf bankpolitische Themen, ebenso die Trends im Dienstleistungsbereich und im Umgang mit Kunden in Umfeldbeobachtungen einbezogen werden.

---

[103] Siehe dazu das BAW-Script, Issue-Management von Otto Wildgruber, 25.3. 94.

[104] Zum Beispiel: Der Spiegel (1993), „Es wird bald krachen".

4.3 Imageuntersuchung - cui malo?

Wem hat dieser Fall eigentlich geschadet? Immer wieder war die Rede vom immateriellen Schaden der Deutschen Bank: auf welche Imagekomponente hat sich der Fall ausgewirkt?[105] Und vor allem bei welcher bankrelevanten Zielgruppe und Teilöffentlichkeit?

Eine Repräsentativumfrage von Forsa im Auftrag der Wochenzeitung „Die Woche" ergab folgendes Ergebnis. Die Frage „Wer trägt die Hauptschuld an der Schneider-Pleite?", beantworten die Befragten so: 72% sehen die Banken als Hauptschuldige, 18% sehen in Schneider den Schuldigen und 10% antworten mit „weiß nicht". Eine weitere Frage – „Haben Sie noch Vertrauen zu den Banken?" – beantworten 46% mit „Ja", gefolgt von 43% „Nein"-Stimmen und 11%, die das nicht wissen.

Daß die Mehrheit meint, die Banken trügen die Hauptschuld an der Schneider-Pleite und nicht der Betrüger Schneider, stimmt nachdenklich. Ebenso der große Vertrauensverlust bei 43% der Befragten. Diese Ergebnisse sind zunächst als kurzfristige Symptome während des Falls zu werten.

Welch zentrale Rolle öffentliches Vertrauen in einer Informationsgesellschaft für Unternehmen hat, zeigt Günter Bentele in seinem Aufsatz „Öffentliches Vertrauen – normative und soziale Grundlage für Public Relations".[106] Für die Vertrauensbildung sind nach diesem Ansatz verschiedene *Vertrauensfaktoren* bestimmend. Solche Schlüsselfaktoren sind: Sach- und Problemlösungskompetenz, Kommunikationsadäquatheit, kommunikative Konsistenz/Transparenz/Offenheit, gesellschaftliche Verantwortung und Verantwortungsethik.[107]

Ursache für einen Vertrauensverlust sind mangelnde Sach- und Problemlösungskompetenz, sowie kommunikative Diskrepanzen.[108] Dieser Zusammenhang wurde auch für die Deutsche Bank im Fall Schneider deutlich.

Der Fall und der damit verbundene Imageverlust der Deutschen Bank zeigt sich auf verschiedenen Wirkungsebenen: „Angriffe" von außen konnten

---

[105] Vgl. das BAW-Script, Grundlagen der Imagebildung, Dr. Horst Avenarius, 12.3.1994.

[106] Vgl. Bentele, Günter (1994).

[107] Ebenda.

[108] Ebenda.

nicht mehr glaubwürdig abgewehrt werden, die Motivation der Mitarbeiter wurde in Mitleidenschaft gezogen, und Auswirkungen zeigten sich auch auf dem Kapitalmarkt.

Die große Imagestudie – Imageprofile 94 – hatte der Deutschen Bank im Jahr 1994 die Nr. 1 unter den Dienstleistern gesichert. Allerdings werden bei dieser Untersuchung das Management aus Industrie, Wirtschaft und Handel befragt. Da der Fall Schneider von der breiten Bevölkerung und von der Publikumspresse rezipiert worden ist, empfiehlt sich eine breit angelegte Umfrage.

Durch den Fall Schneider wurden zwei Imagekomponenten der Deutschen Bank in Frage gestellt: Erstens ihre Managementqualität, nämlich kompetent und führungsstark zu sein, und zweitens ihre Kommunikation, die sich im Fall Schneider als fehlerhaft erwies. Insgesamt hat der Fall das Gesamtansehen der Deutschen Bank, ihre Glaub- und Vertrauenswürdigkeit, erschüttert. Der Imagefaktor Solidität wird wohl nicht das zentrale Thema sein nach Rekordgewinnen, durch präventive Risikovorsorge der Deutschen Bank und durch allerlei Möglichkeiten den monetären Verlust aus dem Fall wertzuberichtigen. Zu fragen wäre im Rahmen erneuter Imageuntersuchungen auch nach dem Gesamtbild – nach ihrem Ruf/Ansehen und ihrer Vertrauens- und Glaubwürdigkeit sowie nach der Anerkennung und Sympathie.

4.4 Kommunikationsstrategie

Die Analyse des Falls Schneider, das fehlerhafte und mißverständliche Verhalten der Deutschen Bank und die teilweise vehemente Reaktion der Medien sowie die Perzeption des öffentlichen Klimas haben gezeigt, daß die Informations- und Kommunikationspolitik der Deutschen Bank *Defizite* aufweist, die über den kurzfristigen Krisenfall hinausgehen.

Die kommunikative Aufgabenstellung der Deutschen Bank nach dem Fall Schneider heißt: die kritische, sich verändernde, Einstellung der breiten Öffentlichkeit, insbesondere der verschiedenen Zielgruppen und Teilöffentlichkeiten, zu kennen, zu verstehen und auch zu akzeptieren. Und in einem weiteren Schritt danach zu handeln. Entscheidend ist, das Wissen um und das Verständnis für die Bedürfnisse der Öffentlichkeit zu kommunizieren, so daß Vertrauen aufgebaut bzw. erhalten bleibt.

Die Kommunikationsstrategie muß folgendes berücksichtigen:[109] Basis ist u.a. eine breitangelegte Imageuntersuchung. Daraus ergibt sich ein Stärken-Schwächen-Profil des Außen- und Innenbildes, das mit der Positionierung der Deutschen Bank verglichen wird. Durch die Imageanalyse sind die Imagefaktoren quantifiziert und qualifiziert worden. Danach werden die Ziele festgelegt: sollen die Stärken stärker kommuniziert oder die Schwächen beseitigt werden? In einem weiteren Schritt können nur die Ziele auf die jeweiligen Zielgruppen und Teilöffentlichkeiten zielgruppengerecht angewandt und kommuniziert werden. Durch die Korrelierung der öffentlichen Meinung und Sozialdaten in der Imageuntersuchung wird deutlich, welche Segmente der Öffentlichkeit besonders anzusprechen sind. Danach wird der Maßnahmenkatalog entwickelt, die Umsetzung folgt aus den spezifisch geplanten Aktivitäten. In einem letzten Schritt, der Evaluation, werden dann die kommunikativen Zielsetzungen mit den erreichten Ergebnissen korreliert.

4.5 Presse- und Öffentlichkeitsarbeit

Die Vehemenz der öffentlichen Kritik, so die These der Verfasserin, hätte die Deutsche Bank mildern können, wenn man die „Spielregeln" der Krisen-PR beherzigt hätte: Sie hätte schneller und umfassender intern und extern informieren müssen.

Ungeachtet der möglichen Ergebnisse einer grundlegenden Imageuntersuchung hat der Fall Schneider und die nur zögerliche Informationspolitik der Deutschen Bank gezeigt, daß die Bank ihre Kommunikationsarbeit verändern muß. Bei den im Rahmen dieser Arbeit interviewten Journalisten steht sie in dem Ruf, defensiv und reaktiv zu sein. Ziel der Bank sollte sein, eine aktive, eher offensive, dialogisch orientierte Presse- und Öffentlichkeitsarbeit zu entwickeln.

4.5.1 Zielgruppenspezifischer Maßnahmenkatalog

Medien (Print/AV/ Hörfunk):

- Regelmäßige Information der Medien über bankeninterne, branchenspezifische und wirtschaftliche Themen in allgemeinverständlicher Sprache.

---

[109] Aufgrund mangelnder empirischer Daten kann dieser Teil nur theoretisch angeführt werden.

- Regelmäßige Journalistengespräche mit den wichtigsten Vertretern der Print- und AV-Medien. Ziel ist, Verständnis für die komplexe Materie einer Bank bei Journalisten zu erreichen, die keine Finanzexperten sind. Einmal im Jahr eine Tagung zu bankspezifischen und übergeordneten Fragestellungen.
- Jährliches Seminar mit Nachwuchsjournalisten.
- Mehr Präsenz in den wichtigsten Medien (Print, AV, Hörfunk) mit breiter Publikumswirksamkeit: Meinungsbeiträge, Interviews, Stellungnahmen zu bestimmten Fragen, Fernsehauftritte.
- Medientraining Kopper: anzuraten ist ein spezifisches Training für die besonderen Anforderungen des Mediums.
- Persönlicher informeller Kontakt zu den wichtigsten Journalisten (nicht nur zu den eingeweihten Wirtschaftsjournalisten des Börsenblatts).

Kunden:

- Die Bank könnte eine „Reihe" entwickeln über Bankthemen, die für den Laien in verständlicher Sprache geschrieben ist: z.B. „Alles über Geld", „Die Rolle der Bank im Wirtschaftsleben", Wörterbuch „Das Banken-ABC".
- Eine Kundenzeitschrift entwickeln, da Kunden wichtige Multiplikatoren sind und gleichzeitig auch Rezipienten der Medien, die zum Teil kritisch über das Geschäftsgebaren der Deutschen Bank schreiben. Die Kundenzeitschrift könnte eine Mischung aus Image- und Informationsbroschüre sein (kundenorientiert im Sinne eines „objektiven" Dienstleistungsratgebers).

Politiker:

- Verstärkte Lobbyarbeit für die Teilöffentlichkeit Politiker.

Sponsoring:

- Ihre gesellschaftspolitische Verantwortung sollte die Deutsche Bank mehr via Sponsoring kommunizieren.

Ziele die damit erreicht werden sollen, sind:

- Verbesserung des Verhältnisses zu den wichtigsten Medien: zum einen der Wirtschaftsredaktionen und zum anderen zu den Publikumsmedien.

- Banken in ihrer Funktion, Arbeitsweise und Aufgabe als Dienstleistungsunternehmen für Wirtschaft und Gesellschaft deutlicher machen.
- Unkenntnisse über ökonomische Sachverhalte, Finanzierungs- und Geldanlageprobleme abbauen.
- Vertrauen in und Identifikation mit der Deutschen Bank; Verbesserung des bislang elitären Images.
- Die abstrakte Tätigkeit und Dienstleistung, die komplizierten Sachverhalte und die emotionalisierende Wirkung des „Produktes“ Geld könnten dadurch transparenter gemacht werden. Damit könnten langfristig die Vorurteile der öffentlichen Meinung gegenüber der Bank abgebaut werden.
- Aufgrund des zunehmenden stärkeren Wettbewerbsdruck, könnte die Bank durch einen persönlicheren Kontakt mit Kunden mehr „objektive“ Beratungsfunktion einnehmen.

4.6 Unternehmenskommunikation

Mit PR-Arbeit allein ist dies nicht zu schaffen: „Noch immer weckt das große Geld beim Bürger die Vorstellung konzentrierter und unkontrollierter Macht. Eine offenere und offensive Transparenz und Vertrauen schaffende Informationspolitik reicht in dieser Situation nicht allein aus.“[110] Auch Kopper ist hier derselben Ansicht, wenn er postuliert, daß das „öffentliche Bild der Banken nicht nur ein PR-Problem“ ist.[111] Die große Rolle der Bank in der bundesrepublikanischen Wirtschaft muß deutlicher und klarer kommuniziert werden. Auch der Diskussionsdauerbrenner über die Macht der Banken sollte von der Bank offensiv aufgegriffen werden: hier könnte die Bank ihr gesellschaftspolitisches Verantwortungsbewußtsein und ihre Wirtschaftsethik artikulieren und positionieren.[112]

Mehr *Dialog* heißt das in die Zukunft weisende PR-Instrument. Denn mit mehr Information oder mit „richtiger Information“ wird nicht automatisch „mehr Vertrauen“ entwickelt.[113] Entscheidend ist, die richtigen Kommunikationsinstrumente zielgruppenspezifisch anzuwenden. „Vertrauen erwirbt man sich, man wird vertrauenswürdig, wenn man kompetent ist, ehrlich

[110] Eglau, Hans Otto (1989).
[111] Vortrag Koppers, S. 12.
[112] Weidemann, Kurt (1990).
[113] Bentele, Günter (1994).

und offen kommuniziert. (...) Vertrauen kann also nicht aus Senderperspektive durch den Einsatz kommunikativer Sozialtechniken ‚beliebig' hergestellt werden, Vertrauen stellt sich bei den Teilöffentlichkeiten aufgrund eines bestimmten Verhaltens von selbst ein."[114] Das hat auch Hilmar Kopper erkannt, wenn er sagt: „Über Wohl und Wehe einer Bank entscheidet auch heute noch, was sie tut und was sie läßt."[115]

Damit ist die grundsätzliche Aufgabe für die Unternehmenskommunikation umrissen: die „corporate communication" müssen innerhalb der „corporate identity" der Deutschen Bank wesentlich verbessert werden. Dabei wird das Unternehmen das dialektische Verhältnis zwischen Bankgeheimnis/ Diskretion als Geschäftsgrundlage und den Legitimationszwängen der Öffentlichkeit ausloten müssen.

Den Weg in die Zukunft seines Hauses hat Kopper selbst umrissen: „Bescheidenheit, Offenheit und Transparenz"[116] und beschreibt damit das Ziel, das von PR-Wissenschaftlern anvisiert wird: „Praktiziertes offenes und transparentes Kommunikationsverhalten ist als soziale ‚Einrichtung' notwendig, um auftauchende Kommunikationsprobleme und Interessensunterschiede lösbar zu machen."[117]

Was „Offenheit" und „Transparenz", also dialogorientierte PR konkret heißen mag, kann im Rahmen dieser Arbeit nicht im Einzelnen aufgezeigt werden. Wegweisend sind jedoch die Gedanken von Günter Bentele zu diesem Aspekt: „Wichtiger als der praktische Einsatz dialogischer PR-Instrumente ist die Denkhaltung oder die Kommunikationsphilosophie, die hinter der praktischen PR steht: sind Organisationen offen genug und bereit, nicht nur nach Krisen, sondern auch innerhalb der ‚normalen' PR-Arbeit dialogisch zu handeln und zu kommunizieren? Was heißt ‚dialogisch' in diesem Zusammenhang? Heißt es nur, daß gegenseitig Informationen und Argumente ausgetauscht werden können, letztlich aber die Positionen der jeweiligen Kommunikationspartner unverändert bestehen bleiben oder heißt Dialog eine kommunikative Auseinandersetzung mit der Möglichkeit

[114] Ebenda.

[115] Vgl. Vortrag Koppers, S. 12. Allerdings meint er im selben Satz, daß die nicht abhängt von der „Art und Weise, wie die Öffentlichkeit dies wahrnimmt". Von einem kommunikativen Gesichtspunkt aus betrachtet, irrt er hier.

[116] Vortrag Koppers, S. 13.

[117] Bentele, Günter (1994)

bzw. mit dem Ziel der tatsächlichen Infragestellung, Annäherung und Veränderung der jeweiligen Positionen?"[118]

5. Schlußbetrachtung

„Mich beschleicht der Verdacht, daß Hilmar Kopper jenen Prestige- und Imageverlust, den derzeit das deutsche Kreditgewerbe erleidet, nicht begreifen und schon gar nicht erklären kann."[119] Liegt es an dem jahrzehntelangen „Gefühl der Unfehlbarkeit" der Deutschen Bank und an der „Erfolgsarroganz"?[120] Oder daran, daß der Führungsspitze, die „täglich mit Millionen und Milliarden jongliert",[121] die Bodenhaftung fehlt: „Wenn ein Vorstandsvorsitzender jeden Morgen im Panzerwagen in seine Bank fährt, dann fragen Sie den mal, was ein Stück Butter und eine Milch kostet. Die (gemeint sind die Banker - Anm. der Verfasserin) haben den Bezug zur Wirklichkeit verloren. Die leben in einer vollkommen anderen Welt und wissen nicht, was die Leute berührt."[122]

Eine Antwort auf die Frage, weshalb gerade die Nr. 1 des Geldgewerbes den größten Imageschaden erlitt, ist ein wenig komplexer als solch griffige Bilder und Schlagworte suggerieren. Es sind wohl viele verschiedene Faktoren, die bei der Deutschen Bank im Fall Schneider zusammen kamen. Bankgeheimnis und Diskretion, Unerfahrenheit im Umgang mit Krisen, Mangel an Krisenkommunikationsmanagement, eine prinzipiell defensiv ausgerichtete Öffentlichkeitsarbeit, mangelnde Sensibilität gegenüber dem „Sparbuchinhaber", Verkennung der teilweise großen Vorbehalte gegenüber den Banken in der öffentlichen Meinung und damit einhergehend Verkennung des Interesses der „veröffentlichten Meinung".

Ob der Imageverlust nur ein Kratzer am Lack von „Soll und Haben" ist, wie die beiden Frankfurter Deutsche-Bank-Türme im Volksmund genannt

---

118 Ebenda.

119 Rolf Schneider „Geld oder Liebe", in: Die Woche, 6. Juni 1994.

120 Die Zeit, Nr. 22, 27. Mai 1994, Gefahr im Konsens. Der Artikel ist ein Auszug aus einem betriebswirtschaftlich-wirtschaftspsychologischen Forschungsprojekt. Die These der Wissenschaftler: „Werden Unternehmensentscheidungen wie bei der Deutschen Bank getroffen, sind Fehler unvermeidlich." Eine interessante Studie zu internen Entscheidungsvorgängen, die es zu verifizieren gelte.

121 Bittner im Gespräch am 25. Juli 1994.

122 Bittner im Gespräch am 25. Juli 1994.

werden, oder einen längerfristigen Schaden bedeutet, kann zu diesem Zeitpunkt und ohne Untersuchung nicht endgültig geklärt werden.

Der Nimbus der Unfehlbarkeit der Deutschen Bank ist seit dem Fall Schneider zerstört. Die Folge? „Die Deutsche Bank muß lernen wie ein normales Unternehmen betrachtet zu werden“[123] – ein neuer, veränderter Weg kann in Zukunft eingeschlagen werden. Chance und Herausforderung für die Deutsche Bank, eine aktive, offensive und dialogisch orientierte Presse- und Öffentlichkeitsarbeit zu positionieren.

6. Nachtrag aus aktuellem Anlaß

Des Schneiders neue Kleider

Am 7. April 1994 tauchte Dr. Jürgen Schneider unter. Er floh vor seiner enormen finanziellen Verantwortung mit 5.8 Milliarden Mark Schulden bei mehr als 2000 Gläubigern. Exakt 4 Jahre später - am 7. April 1998 – meldet die Tagespresse: "Baulöwe Schneider wird Freigänger." Der seit Januar 1998 wegen Betrugs inhaftierte frühere Bauunternehmer und Milliarden-Pleitier könne, so die Pressemeldung, nach "einer viermonatigen Erprobungsphase möglicherweise den Freigängerstatus erhalten." Laut Klaus Wiens, Sprecher für Strafsachen am Landgericht Frankfurt, habe Schneider einen Vertrag vorgelegt, nach dem er eine Arbeitsstelle als kaufmännischer Angestellte in einer Schreinerei gefunden habe.

Der inzwischen 63jährige hat am 22. Januar 1998 seine Gefängnisstrafe im Gustav-Radbruch-Haus in Frankfurt angetreten. Unter Anrechnung der Auslieferungs- und Untersuchungshaft sowie einer Zwei-Drittel-Bewährung für den Ersttäter kann er hoffen, an Weihnachten 1999 endgültig aus dem Gefängnis entlassen zu werden. Gegen Schneider und seine Ehefrau Claudia Schneider-Granzow ist jedoch beim Landgericht noch eine Klage wegen Bankrotts anhängig. Dabei geht es um etwa 245 Millionen Mark "Fluchtgeld", das Schneider rechtzeitig vor dem Zusammenbruch seines Immobilien-Imperiums im Frühjahr 1994 noch beiseite geschafft haben soll.

Der Milliardenbetrüger Dr. Jürgen Schneider auf dem Weg zu einem "rechtschaffenen" Arbeitnehmer? Das scheint der Schlußstrich unter dem Kapitel "Deutsche Bank und der Immobilienspekulant Schneider" zu sein.

---

[123] Georg Giersberg im Gespräch am 25. Juli 1994.

Nur vier Jahre sind vergangen zwischen Schneiders spekatulärer Flucht und seiner möglichen "Freilassung"? Was ist in diesem Zeitraum geschehen?

Von Miami zum Main

Nach Schneiders überraschender Flucht befaßte sich die Presse 13 Monate lang immer wieder mit wilden Spekulationen über seinen möglichen Aufenthaltsort: Mal wurde er in Paraguay vermutet, mal in Südafrika, am Persischen Golf, in St. Petersburg oder in einem Sanatorium in der Schweiz. Die Gerüchteküche beflügelte die Phantasie der Gazetten.

Als Schneider - ohne Toupet und lässig-ferienhaft in Boxershorts gekleidet – dann am 18. Mai 1995 gemeinsam mit seiner Ehefrau vom FBI in Miami, Florida, verhaftet wurde, generierte der distinguierte und smarte Liebhaber exklusiver historischer Immobilien zur Witzblattfigur der Medienwelt. Die Aktualität und Brisanz des Themas ausnutzend, erschienen in dieser Zeit publizistische Schnellschüsse. Und nicht zuletzt fand die Jürgen Schneider-Affäre eine Übersetzung in die cineatische Welt: "Peanuts – Die Bank zahlt alles" – eine brillante Komödie mit hochkarätiger Besetzung – Ulrich Mühe, Iris Berben und Marita Marschall in den Hauptrollen –, die Ende März 1996 in den deutschen Kinos anlief. Vergeblich bemühten sich Schneider und seine Frau den Film per Gericht zu stoppen.

Nachdem die Frankfurter Staatsanwaltschaft bei den US-Behörden die Auslieferung des Ehepaares am 26. Mai 1995 beantragt hatte, wurden sie bei ihrer Ankunft am Frankfurter Flughafen am 22. Februar 1996 verhaftet. Am 17. Dezember 1996 reichte die Staatsanwaltschaft beim Landgericht in Frankfurt die Anklage wegen Kreditbetrugs, Urkundenfälschung und Konkursbetrugs gegen Dr. Jürgen Schneider ein.

Am 6. Januar 1997 veröffentlichte die Staatsanwaltschaft die 450 Seiten umfassende Anklageschrift. Im darauffolgenden Juni werden erstmals Gläubiger aus der Konkursmasse bezahlt.

Der größte Wirtschaftsprozeß in der Geschichte Deutschlands

Am 30. Juni eröffnet die 29. Strafkammer des Landgerichts Frankfurt die Hauptverhandlung. Die Urteilsverkündung fand am 23. Dezember 1997 statt. Das Strafmaß: Sechs Jahre und neun Monate Haft. Für Überraschung sorgte, daß der gescheiterte "Immobilien-Hai" das Weihnachtsfest zuhause verbringen durfte, da, so der Vorsitzende Richter am Landgericht, Heinrich Gehrke, "aus Sicht der Kammer keine Fluchtgefahr bestehe."

In seiner mündlichen Urteilsverkündung fand der Richter scharfe Worte für die Kreditbanken, die sich vom einstigen Frankfurter "Baulöwen" blenden ließen. Dem Angeklagten billigte Gehrke echte Einsicht in sein "strafwürdiges Verhalten" zu, den Leichtsinn der Banken wertete die Strafkammer als schuldmindernd. Wenngleich Schneiders Verhalten kriminell eingestuft wurde, sei er jedoch kein raffinierter Großbetrüger, sondern ein "durch und durch schlichter Mann". Sein "Imperium der Hoffnungswerte" sei – auch aufgrund seiner persönlichen Biographie – immer mehr zu einem "Imperium der Hoffnungslosigkeit" geworden.

Und die Deutsche Bank?

Die Deutsche-Bank-Gruppe, mit zeitweise 1,5 Milliarden Mark Schneiders größte Kreditgeberin unter verschiedenen Finanzinstituten, hatte durch den Zusammenbruch des Immobilien-Imperiums einen Verlust von rund einer halben Milliarde Mark erlitten.

Um den Fall Schneider prozeßökonomisch durchzuführen, hatte sich das Gericht auf fünf Fälle beschränkt. Das Gericht attestierte der Deutschen Bank in bezug auf die Frankfurter Einkaufspassage Zeil-Galerie "beinahe sträflich nachlässig" gehandelt zu haben. Immerhin, betonte der Richter, habe die Deutsche Bank im Prozeßverlauf Fehler eingeräumt und auch personelle Konsequenzen gezogen, "wenngleich nicht bis hinauf in die Vorstandsebene."

Die Deutschen Bank und der Prozeß gegen Schneider

Als am 24.12.1997 das Urteil gegen Schneider verkündet und damit der größte Wirtschaftsprozeß in der Geschichte Deutschland nach nur sechs Monaten beendet wurde, lehnte die Deutsche Bank eine Stellungnahme ab.

Im Prozeß gegen Schneider jedoch sagte Hilmar Kopper aus – nun allerdings als ehemaliger Deutsche-Bank-Chef, denn im Mai 1997 war er nach siebeneinhalb Jahren von seinem Amt als Vorstandsvorsitzender der Deutschen Bank zurückgetreten. Laut Kopper habe die Deutsche Bank rechtzeitig die Bremse bei der Kreditvergabe an Schneider gezogen, da der Vorstand der größten Bank Deutschlands bereits im zweiten Halbjahr 1991 beschlossen hätte, das Engagement bei Schneider auf 1,2 Milliarden Mark zu begrenzen. Ausschlaggebend seien aber nicht Zweifel an der Person Schneider oder seiner Bonität gewesen, sondern die Einschätzung der künftigen Entwicklung des Immobilienmarktes. Aus seiner Sicht sei dieser Beschluß vernünftig gewesen. "Das unterscheidet den guten vom schlechten Banker – das Fingerspitzengefühl" – so Kopper. Er räumte allerdings ein, daß bei der Kreditvergabe an Schneider Fehler gemacht worden seien, die einerseits auf einzelne Mitarbeiter als auch auf Lücken in der Struktur zurückzuführen seien. Lapidar erklärt Kopper dem Gericht: "Aber wenn das Kind in den Brunnen gefallen ist, ist man immer klüger." Den Vorstand des Geldhauses träfe aber keine Schuld. Kopper saß im Gerichtssaal erstmals dem Baulöwen Schneider persönlich gegenüber.

Einen zweiten Fall Schneider kann und will sich die Deutsche Bank nicht leisten. Alle Geschäftsbereiche und Tochterunternehmen unterstehen seither dem Geschäftsbereich "Gewerbliche Immobilien", für den Vorstandsmitglied Michael Endres verantwortlich ist.

Der Rücktritt Koppers von einem der einflußreichsten Posten der deutschen Wirtschaft mag nicht in unmittelbaren Zusammenhang mit der Schneider-Affäre stehen, dennoch wird ihm mehr oder weniger offen angelastet, daß durch ihn das Geldhaus nicht den besten Ruf in der Öffentlichkeit genieße. Koppers saloppe Formulierung "Peanuts" – das Wort des Jahres 1994 – ist noch immer nicht in Vergessenheit geraten.

Die Deutsche Bank steht wie viele Global Players der deutschen Wirtschaft sehr exponiert im Rampenlicht der Öffentlichkeit. Aus den Schlagzeilen kam die Deutsche Bank auch nach der Schneider-Affäre nicht: Metallgesellschaft, Sachsenmilch, Kloeckner-Humbolt-Deutz oder Traub-Heckert – Pannen und Pleiten bei Unternehmen, die im Einflußbereich der Frankfurter stehen.

Chancen genutzt? Die Kommunikation der Deutschen Bank nach dem Fall Schneider

Auf die aktuelle Nachfrage der Autorin bei der Geschäftsführung der BANA Immobilien GmbH, einer Tochter der Deutschen Bank, die sich u.a. mit der Abwicklung des "Schneider-Nachlasses" beschäftigt, sowie beim Pressesprecher der Deutschen Bank (Walter Schumacher), ob und inwieweit die Deutsche Bank ihre Kommunikationspolitik seit dem Fall

Schneider geändert hat, will kein Verantwortlicher Stellung nehmen. Berührungsängste auch nach vier Jahren?

Es scheint noch ein langer Weg zu sein, bis sich die Deutsche Bank aktiv, offensiv und dialogisch mit der kritischen Öffentlichkeit auseinanderzusetzen vermag – und dies als Herausforderung und Chance für ein ethikbewußtes PR-Management – und damit als unerläßliche Qualität dialogischer Unternehmenspolitik – begreift.

Quellenverzeichnis

Apitz, Klaas (1987): Konflikte, Katastrophen: Präventivmaßnahmen gegen Imageverlust. Wiesbaden: Gabler.

Backhaus, Erika (1990): Krisenprävention und Krisenmanagement – eine grundsätzliche Zukunftsaufgabe. In: *Dörrbecker*, Klaus/Thomas *Rommerskirchen*, (Hg.): Blick in die Zukunft: Kommunikationsmanagement. Perspektiven und Chancen der PR. Remagen-Rolandseck: Rommerskirchen.

Beger, Rudolf/Hans-Dieter *Gärtner*/Rainer *Mathes* (1989): Unternehmens--kommunikation. Grundlagen, Strategien, Instrumente. Wiesbaden – Frankfurt 1989: Gabler; Verlagsgruppe Frankfurter Allgemeine.

Bentele, Günter (1994): Öffentliches Vertrauen - normative und soziale Grundlage für Public Relations. In: *Armbrecht*, Wolfgang/Ulf *Zabel* (Hg.): Normative Aspekte der Public Relations. Grundlegende Fragen und Perspektiven. Eine Einführung. Opladen: Westdeutscher Verlag. S. 131-159.

Eglau, Hans Otto (1989): Wie Gott in Frankfurt. Die Deutsche Bank und die deutsche Industrie. München: Heyne.

Jeske, Jürgen (1994): „Ein Fall für Fünf" in: pr magazin, 5/1994, S. 30-32.

Kriebel, Wolf-Henning (1994): Erdnüsse, Hilmar Kopper und der Schneider-Skandal. In: pr magazin 7/1994. S. 28-30.

Lambeck, Alfred (1992): Die Krise bewältigen. Management und Öffentlichkeitsarbeit im Ernstfall. Ein praxisorientiertes Handbuch. Frankfurt/ Main: Institut für Medienentwicklung & Kommunikation GmbH in der Verlagsgruppe Frankfurter Allgemeine.

Moeller, Klaus-Ulrich (1993): Störfall-PR: Ist der Ruf erst ruiniert. In: Harvard Business Manager. 15. Jg. 1993, IV. Quartal. S. 23-33.

Möntmann, Hans Georg (1993): Raubritter in Glaspalästen. Wien: Fischer.

Ogger, Günter (1994): Das Kartell der Kassierer. Die Finanzbranche macht Jagd auf unser Geld. Obskure Praktiken in der Kreditwirtschaft. München: Droemer Knaur.

Ogger, Günter (1992): Nieten in Nadelstreifen. München: Droemer Knaur.

Peimann & Peimann (1993): Banken im Zwielicht. Hamburg: Jahn & Ernst.

Pfeiffer, Hermannus (1993): Die Macht der Banken. Frankfurt/Main: Campus.

Piwinger, Manfred/Wolfgang *Niehüser* (1991): Skandale: Verlauf und Bewältigung, Strukturen und Funktionen indiskreter Kommunikationsformen. (Hrsg. von der DPRG-Landesgruppe Nordrhein-Westfalen). Wuppertal.

Vak, Karl (1994): Gefährliche Zukunft. Banken in der Informationsgesellschaft. Bensheim: Bollmann.

Weidemann, Kurt (Hrsg.) (1991): Alfred Herrhausen: Denken, Ordnen, Gestalten. Reden und Aufsätze. Berlin: Siedler.

Lambert Müller

DER FALL DAIMLER-BENZ UND DIE A-KLASSE

Außer Spesen - nichts gewesen?

Die A-Klasse: Schnell scheinen die Stürme des 97'er-Herbstes vergessen, wenn ein halbes Jahr später mit dem Frühling auch erster Verkaufserfolg ins Haus steht. War also auch das ungestüme Rauschen im Blätterwald nur eine periodische Petitesse? Der Image-GAU von Mercedes - vorbei, lediglich ein kleiner Mißgriff, ein Strohfeuer, ein Sturm im Wasserglas? Doch Vorsicht, dies war beileibe keine der inzwischen üblichen Auto-Rückrufaktionen; vor allem die – für manche gar nicht so wahrgenommene – Sekundär-Krise der Kommunikation hat Deutschlands größtes Industrieunternehmen noch längst nicht ausgestanden!

Vielleicht lag oder liegt ja auch gar keine echte Krise vor? Krise – der Begriff wird doch gerne und oft überstrapaziert, unreflektiert, undifferenziert und leider häufig ohne Substanz. Scheinen doch Konflikte, Krisen und Katastrophen[1] nicht mehr Ausnahmeerscheinungen zu sein, sondern das tägliche Geschehen entscheidend mitzuprägen. Doch längst nicht jede schwierige Situation, kleine Affäre oder ein gänzlich unpassender Skandal entwickelt sich wirklich zu einer Unternehmens- oder gar Branchenkrise - auch wenn die Telefone einmal heißlaufen und die Medienmeute sich überschlägt.

Der Terminus Krise impliziert nicht automatisch – anders als die umgangssprachliche Verwendung – Scheitern oder Versagen. Vielmehr steht die *crisis* seit Hippokrates als medizinischer Ausdruck für den Wende- und Höhepunkt bei Krankheiten, also die Entscheidungssituation zwischen Tod und Genesung eines Patienten. Zugleich steht sie aber auch für eine neue

---

1 Die Alliteration ist der Titel eines Praktiker-Standardwerkes: Apitz, Klaas (1987): Konflikte, Krisen, Katastrophen - Präventivmaßnahmen gegen Imageverlust; Frankfurt/Main. 1987.

Chance, wie das Bild vom Phönix aus der Asche zeigt. Der ursprünglich auf Individuen bezogene Begriff wird mit der Übernahme in andere Wissenschaften auch schon lange auf Organisationen aller Art, also auch auf Unternehmen, übertragen.

1. Was macht Krisen aus?

Gleichwohl schwingt bei der Erwähnung des Wortes Krise immer der Eindruck der Nichtbeherrschbarkeit mit, und tatsächlich stellen Krisen Unternehmen vor Anforderungen, die weit über den Alltag hinausgehen, laufen sie doch unter Unsicherheitsfaktoren ab wie die nur dürftige Kenntnis von Ursachen, Ablauf und Folgen, fast immer ergänzt von einem hohen Zeit- und damit Entscheidungsdruck und immer häufiger begleitet von starkem öffentlichen Interesse. Diese Kombination bedeutet deshalb auch normalerweise für das betroffene Unternehmen die unmittelbare Gefährdung der eigenen Existenz[2].

Die Krise entsteht zwar auf den ersten Blick innerhalb der jeweiligen Organisation oder zumindest innerhalb ihres Einflußbereiches, aber sie wird in der Regel definiert von den Medien und der Öffentlichkeit. Und gerade beim heutigen Grad der allgemeinen Sensibilisierung von breiten Gesellschaftsschichten in Sachen Kritik und Krisen sowie bei der bestehenden Informationsdichte muß jede wie auch geartete Krise mindestens auch als latente Imagekrise des Unternehmens begriffen werden. Denn fast immer ist ohne großes Zutun der Betroffenen mit dem Einsetzen der Berichterstattung automatisch eine zweite Front eröffnet, wobei sich der öffentliche Druck schnell zu einer Sekundärkrise auswachsen kann[3]. Es gibt Fälle, in denen diese Sekundärkrise die eigentliche Ausgangskrise sogar übertrifft – besonders wenn das Management die Krise und ihre allgemeine Relevanz falsch einschätzt und die falschen Kommunikationsentscheidungen trifft –, was oft geschieht.

---

2 vgl. Müller, Lambert (1993): Krisen-Public Relations: Public Relations von Energieversorgungsunternehmen in der Bundesrepublik Deutschland unter besonderer Berücksichtigung von aktuellen krisenhaften Erscheinungen; Dissertation Salzburg 1993, S. 55 ff.

3 vgl. Moeller, Klaus-Ulrich (1993): Störfall-PR: Ist der Ruf erst ruiniert, in: Harvard Business Manager 4/1993; S. 23-33, hier: S. 24.

Grundsätzlich lassen sich ein paar Perzeptionsfaktoren im Rahmen des Krisenpotentails definieren, die zusammenkommen müssen, ehe ein öffentliches Krisenbewußtsein überhaupt erst entsteht: die Nähe zum Verbraucher, eine emotionale Vorbelastung des Produktes, der Ort des Ereignisses, die Größe des betroffenen Unternehmens, der erstmalige oder erneute Eintritt von Stör- oder Zwischenfällen, die Gefahr einer Wiederholung und ähnliches mehr[4]. Daß das Ereignis in der Regel plötzlich und unerwartet aufzutreten scheint und über dem unmittelbaren Moment hinaus oft schwerwiegende mittel- beziehungsweise langfristige Folgen haben kann, verstärkt die Brisanz für die Öffentlichkeit zusätzlich.

Spektakuläre Aufnahmen, der Bruch mit gewohnten Weltbildern, sensationelle Wortmeldungen - das garantiert eine Langlebigkeit im kollektiven Gedächtnis. Bhopal, Biblis, Birkel, Borken und Brent Spar, Seveso und Sandoz, Tschernobyl und Challenger - das sind denn auch Symbole, die für Ereignisse stehen, die Glaubwürdigkeit und Vertrauen nachhaltig erschütterten. Und die ihre volle Sogwirkung überhaupt erst entfalten konnten, weil das Management in den Kommunikationsangelegenheiten ausgesprochen dilettantisch und konfus vorging.

2. Image-GAU - Konsequenz Rücktritt ?

Als das internationale Paradebeispiel eines solchen verfehlten PR-Verhaltens galt bislang die mangelnde Krisenkommunikation nach der Havarie des Öltankers Exxon Valdez: Nicht das Unglück an sich, sondern die Reaktion danach waren das, was die wahre Krise hervorrief. Und obwohl eigentlich fast alle Faktoren gegeben waren, um die Krise rasch zu bewältigen, gelang es Exxon dennoch, tagelang den Eindruck hervorzurufen, die Konzernleitung sei völlig überfordert[5]. Ähnlich unprofessionell gab sich auch Hoechst, als man die rund zehn Tonnen des am 22. Februar 1993 entwichenen o-Nitroanisol nach unerträglicher Zeitverzögerung als "minder giftig" deklarieren ließ - auch hier lassen sich Ignoranz und Inkompetenz in den Kommunikationsdingen diagnostizieren[6].

---

4 vgl. ebenda.

5 vgl. ebenda, S. 25.

6 vgl. Müller, Lambert (5/1993): Minder giftig - minder wichtig? in: PR-Magazin 5/1993; S. 30-33, hier: S. 30.

Doch jetzt scheint es, als könnte es Daimler Benz gelingen, diese Fälle von Versagen noch zu toppen. Eine einzigartige Kette von Kommunikationsfehlern wirft ernsthaft Fragen auf: nach dem Stellenwert von Öffentlichkeitsarbeit bei Mercedes und Daimler Benz insgesamt, aber auch nach dem Wollen um den öffentlichen Dialog überhaupt.

Dabei hat es in der öffentlichen Diskussion ja nicht an aktuellen Hinweisen um die Relevanz eines solchen Dialogs gefehlt; daß diese anscheinend in Stuttgart ignoriert oder zumindest nicht hinreichend gewürdigt werden, läßt den Eindruck aufkommen, entscheidende Leute würden ihre Hausarbeiten nicht machen. Damit erhält auch die Frage nach personellen Konsequenzen entscheidende Nahrung.

Eine gerade solche hat ja unlängst - in Form seines Rücktritts - ein anderer Vorstandsvorsitzender ziehen müssen, nämlich Jürgen Sarrazin von der Dresdner Bank. PR-Versäumnisse spielen dabei eine entscheidende Rolle, wie den durchaus den Großunternehmen nahestehenden Medien zu entnehmen war. So wurden ihm "gravierende Fehler in der Öffentlichkeitsarbeit und verschiedene Mißgriffe bei der Selbstdarstellung der Bank nach außen hin angelastet ... Negativ wurde auch vermerkt, daß die Dresdner Bank – etwa im Gegensatz zur Deutschen Bank – es versäumt habe, sich mit ihrer Vergangenheit im Dritten Reich auseinanderzusetzen"[7]; "vor allem hat er als Vorstandssprecher ... Öffentlichkeitswirkungen in der heutigen Medienwelt sträflich unterschätzt"[8]. Daß von einem Großunternehmen derart *coram publico* die Beziehungen zur Öffentlichkeit eingefordert werden, ist neu in Deutschland, darf aber durchaus positiv zu denken geben.

Und nur ein paar Tage später taucht in der öffentlichen Diskussion erneut der konkrete Hinweis auf die Notwendigkeit von Dialog und Vertrauen auf, nämlich in der Weihnachtsansprache des Bundespräsidenten Roman Herzog[9]: "Wir brauchen das Gespräch ... Gemeinsamkeit und Dialog aber haben eine unabdingbare Voraussetzung: Ob wir wollen oder nicht, wir sind auf Vertrauen angewiesen ... Die Politiker wissen, wie wichtig das Vertrauen der Bürger für das Funktionieren der Demokratie ist, und die Wirtschaft weiß inzwischen, daß Vertrauen sogar ein entscheidender ökonomischer Faktor sein kann ... Wer Vertrauen gewinnen will, braucht

7 Handelsblatt v. 17.12.1997, S. 1.

8 Frankfurter Allgemeine Zeitung v. 17.12.1997, S. 22.

9 mit immerhin 6,39 Millionen Zuschauern auf Platz 4 in der Rangliste der meistgesehenen Sendungen vom Donnerstag, den 25.12.1997.

Klarheit und überzeugende Argumente"[10]. Falls sich die Stuttgarter an dieser Stelle nicht persönlich angesprochen fühlen, sollten sie sich das Gesagte schleunigst ins Stammbuch schreiben.

3. Krisen kündigen sich an!

Selbst im Unternehmen Daimler Benz hat es an deutlichen Frühwarnzeichen für die heraufziehende Krise nicht gefehlt; auch wenn Krisen scheinbar plötzlich auftreten[11], heißt das ja nicht, daß sie nicht vorhersehbar wären – nicht einmal ein Vulkanausbruch ereignet sich ohne Vorwarnungen[12]. Aber es bedarf selbstverständlich feiner Antennen und geschliffener Sensibilitäten, will man erkennen, daß der Nimbus angekratzt wird, an einem Mythos der erste Lack blättert, der Koloß schließlich wankt.

Die Vorgeschichte der Krise beginnt bei Daimler Benz mit der scheinbar harmlosen Gleichzeitigkeit von zwei Vorfällen. Im Juli 1995 wird Jürgen Schrempp, der Vorstandsvorsitzende, nach einer Feierlichkeit in Rom an der Spanischen Treppe aufgegriffen – in Begleitung von Mitarbeitern mit einer Flasche Rotwein in der Hand. Im Polizeiwagen fallen von Schrempps Seite unschöne Äußerungen – so etwas wie "policia stupido" steht im Raum, die Gruppe muß von der Wache abgeholt werden. Nur wenige Tage später erscheint die August-Ausgabe des "Manager Magazin" mit einem 76-seitigen Dossier des Ex-Finanzvorstandes Gerhard Liener, in dem der mit dem ehemaligen Vorstandsvorsitzendem Edzard Reuter abrechnet. Dies läßt zum ersten Mal öffentlich die Frage nach Image und Kultur des Kon-

---

[10] zit. nach Frankfurter Allgemeine Zeitung v. 24.12.1997, S. 2.

[11] vgl. dazu etwa Armstrong, Michael (1990), ebenso banal wie zutreffend: "Es gibt ein Phänomen, das man einen Krisenrutsch nennen könnte. Schrittweise, unmerklich und unaufhaltsam schließen die Ereignisse aneinander an. Die Regenfälle werden heftiger, der Fluß geht über seine Ufer und vereinigt sich mit anderen Flüssen, die ebenfalls überfluten; der Druck wird größer. Die Gewalt des Wassers läßt sich kaum noch bewältigen, sie wächst ins Unermeßliche, und schließlich hält der Damm nicht mehr. Das Krisenmanagement hätte natürlich in dem Moment einsetzen müssen, ab dem die ungewöhnlichen Regenfälle beobachtet wurden." in: Armstrong, Michael: Die Geheimnisse erfolgreicher Manager - erprobte Techniken und Strategien von A-Z; Wien 1990, S. 141.

[12] vgl. ebenda.

zerns laut werden – und das ausgerechnet von der FRANKFURTER ALLGEMEINEN ZEITUNG, einer generellen Daimler-Opposition bestimmt unverdächtig.

"Was wird sich ein kleiner, von Sorge um seinen Arbeitsplatz bewegter Daimler-Angestellter denken, wenn er von den Querelen in der Spitze seines Unternehmens liest? ... Sieht so die feinste deutsche Industrieadresse aus? Natürlich ist ein Blick hinter die Kulissen überall ernüchternd. Doch wenn Anspruch und Wirklichkeit so weit auseinanderklaffen wie jetzt bei Daimler, nehmen Unternehmenskultur und die Moral der Truppe, nimmt das Ansehen der ganzen Industrie insgesamt Schaden. Da nützt dann auch Hochglanz-PR nichts mehr"[13]. Die Kombination der zwei Ereignisse erweist sich also – bei Licht betrachtet – als ziemlich fatal, und sie getrost als der Auslöser einer kritischeren Berichterstattung über den Konzern gesehen werden.

So werden denn auch in der Berichterstattung der Meinungsführer in den nächsten zwei Jahren zunehmend negative Tendenzen erkennbar[14], inhaltlich sind die Beiträge überwiegend gekennzeichnet von dem Kampf an der Spitze, der Umstrukturierung des Konzerns und der Demissionierung Helmut Werners; auch die Person des Vorstandsvorsitzenden Schrempp gerät immer wieder ins Kreuzfeuer der Kritik – wie etwa bei der Kürzung der Lohnfortzahlung im Krankheitsfall[15] oder der Diskussion um den umstrittenen Begriff des "shareholder value"[16]. Doch anscheinend steigert dergleichen im Konzern die Sensibilitäten in Sachen Kommunikation kaum.

---

[13] Frankfurter Allgemeine Zeitung v. 27.07.1995, S. 12.

[14] Präzise Angeben müßte bereits eine Medientrendanalyse der tonangebenden deutschen Tages- und Wochenpresse liefern können, etwa vergleichbar mit Vollbracht, Matthias: In den Schlagzeilen, in: PR-Magazin 12/1997, S. 30-31. Oder selbstverständlich eine umfassende Inhaltsanalyse.

[15] vgl. dazu den Spiegel: "Schrempp ... bekam von der IG Metall den Beinamen 'Rambo der Nation'. Er selbst beschreibt sich so: 'Ich bin nicht auf diesen Stuhl gesetzt worden, weil ich ein feiner Pinkel bin'", in: Der Spiegel 44/1996, S. 118.

[16] vgl. dazu die Welt: "Schrempp selber hat inzwischen die Notwendigkeit zu einer Imagekorrektur erkannt: Er verpflichtete, zunächst bis Weihnachten, Detmar Grosse-Leege als persönlichen Medienberater. Der PR-Profi war Chef der Öffentlichkeitsarbeit bei der Daimler-Tochter Dasa unter Schrempps Ägide", in: Die Welt v. 23.10.1996, S. 13.

4. Phase I: Tannishus, Tokio, Turbulenzen ...

Damit aber noch nicht genug der Vorwarnungen: Am 23. September wird in Tannishus in Dänemark ein Test zur Vorbereitung der Wahl des "Auto des Jahres" durchgeführt, bei dem zwei A-Klasse-Wagen bei zügiger Kurvenfahrt mit je zwei Rädern abheben. Eilig reist ein Team von Experten aus Stuttgart an und behebt – wie auch immer – den Schaden über Nacht. Gleichzeitig weist der ebenfalls mitgereiste PR-Mann Wolfgang Inhester den Verdacht anwesender Journalisten, irgend etwas sei möglicherweise manipuliert worden, als "unbeweisbare Unterstellung" zurück[17]. Warum an dieser Stelle ein solches juristisch anmutendes Totschlagsargument? Und dann noch gegenüber Journalisten?

Dies ist der erste große Fehler der Stuttgarter Führungsetage: die dortige technische Panne nicht genügend analysiert beziehungsweise nicht berücksichtigt, die Warnung aus Dänemark also nicht ernst genommen, keine Feinfühligkeiten gegenüber den Medien erkennen lassen oder diese wenigstens später entwickelt – kurz gesagt: nichts gelernt aus Tannishus!

Mitte Oktober läuft in Tokio die Internationale Motor Show, auf der Daimler Benz das Konzept für die neue Luxuslimousine Maybach vorstellt. Augenscheinlich sind zu diesem Ereignis sämtliche Vorstände und Kommunikationsleute angereist, eine Stuttgarter Stallwache für eine Krisensitutation scheint nicht vorhanden. Dieser Ernstfall tritt dann jedoch prompt ein.

Am Dienstag, den 21. Oktober, nur drei Tage nach dem ersten Verkaufstag und sechs Tage nach der öffentlichen Einweihung des Werkes Rastatt, in dem die A-Klasse produziert wird, kippt der Wagen in Schweden bei einem Test aufs Dach, den wir alle später den Elchtest nennen werden. Der Test erscheint im HANDELSBLATT am Mittwoch, den 22.10., und läuft dann über sämtliche Agenturen. Stuttgart reagiert in den ersten Tagen – bis auf eine simple Bestätigung des Testverlaufs – praktisch nicht, in Tokio dagegen kanzelt Wolfgang Inhester anwesende Journalisten mit den Worten ab: "Der Vorstand hält es nicht für notwendig, ein offizielles Statement abzugeben, bloß weil irgendwo ein Auto umgekippt ist"[18]. Das ist der zweite Fehler, eigentlich gleich ein Doppelfehler: blanke Krisenignoranz, dazu zu

---

17 vg. Der Spiegel: Mercedes A-Klasse: Stern mit Schrammen, Anatomie eines Debakels (Titel), in: Der Spiegel 45/1997; S. 248-257, hier: S. 249.

18 zit. nach Münchener Abendzeitung v. 30.10.1997, S. 3.

Hause Sprachlosigkeit, in der Fremde Dummheit in der Ansprache der Journalisten, wenn nicht sogar kalte Arroganz.

Dabei liegt nun spätestens jetzt die Krise unwiderruflich klar zutage. Aber augenscheinlich wird genau das im Hause Daimler Benz nicht erkannt, obwohl doch nahezu sämtliche klassischen Krisen-Präferenzfaktoren vorliegen: was ist näher am deutschen Verbraucher als sein liebstes Kind – das Auto? Welches Auto des Jahres 1997 ist emotional ähnlich hoch belastet wie die neue Mercedes A-Klasse, die der Marke ganz neue Käuferschichten erschließen soll und das Image insgesamt modernisieren? Bürgt ein fehlgeschlagenes Ereignis an einem einsame Ort in Schweden nicht die Möglichkeit zu gleichsam mystische Assoziationen in sich? Gibt es ein größeres deutsches Industrieunternehmen als Daimler Benz? Kann sich das Überschlagen des Autos nicht jederzeit wiederholen? Was müßte denn noch passieren, damit die Mercedes-PR-Leute aufwachen?

Wie also kann es sein, daß nicht spätestens jetzt in Stuttgart die Alarmsirenen schrillen, und zwar sämtliche? Oder wird die Krise wirklich nicht erkannt? Oder, wenn die Krise als solche erkannt wird, wird sie dann vielleicht nicht oder nur ungenügend entsprechend einer psychologischen Krisenlogik behandelt?

5. Phase II: Ausweichen, Abwiegeln, Ablenken

Inzwischen fahren Deutschlands Journalisten von AUTO BILD bis zum STERN den Test durch Gummihut-Schikanen aller Art nach, zeigen groteske Bilder blaue Exemplare der Baby-Benze im freien Flug[19], gehen die unglaublichen Fotos rund um die Welt. Aber als wäre dergleichen bislang nicht gewesen, erscheint am Sonntag, 26.10., in der WELT AM SONNTAG ein Interview, in dem Jürgen Hubbert, Mercedes-PKW-Vorstand, auf die Frage, ob denn die A-Klasse nachgebessert werden müsse, erklärt: "7,5 Millionen Erprobungskilometer und mehr als 400.000 Testkilometer der internationalen Fachpresse ergeben ein klares positives Urteil. Dabei sind unsere Erprobungsergebnisse durchgehend bestätigt worden"[20]. Dieses Argumentationsschema wird Hubbert in den nächsten Tagen beibehalten und gebetsmühlenartig wiederholen, wodurch es selbstverständlich weder besser noch glaubwürdiger wird – der dritte Fehler: Ausweichen.

---

19 vgl. Der Spiegel 45/1996, S. 250 und 252.

20 Welt am Sonntag v. 26.10.1997, S. 57.

Am Montag, 27.10., steht die Story in SPIEGEL und FOCUS: "Mercedes geht davon aus, daß dieser Unfall nur aufgrund einer 'extremen Fahrsituation' passieren konnte ... Daimler Benz weist die 'rufschädigenden Äußerungen' des Reporters entschieden zurück und erwägt rechtliche Schritte"[21]. Das ist ein ganz grober Kommunikationsschnitzer, Fehler Nummer Vier, schlimmer kann man es in so einer Situation eigentlich kaum noch machen. Denn wenn es etwas gibt, was einen Robert Collin von TEKNIKENS VÄRLD – den schwedischen Autotester – bis ins Mark trifft, treffen muß, dann ist es die Androhung des Rechtsweges. Will man Journalisten mundtot machten, die Wahrheit gar gerichtlich verbieten lassen? Spätestens jetzt hat man die gesamte Medienlandschaft gegen sich: einmal wegen des Solidarisierungseffektes der Journalisten untereinander, wenn einem der ihren mit dem Rechtsweg gedroht wird, aber auch wegen einer geradezu klassischen David-gegen-Goliath-Konstellation: Collin contra Konzern.

Ebenfalls an diesem Montag zitiert der SPIEGEL Hubbert mit den Worten: "Zu denken, wir würden unseren Kunden ein unsicheres Auto anbieten – das ist hirnrissig"[22]. Am Dienstag, 28.10., berichtet die FRANKFURTER ALLGEMEINE ZEITUNG über Probleme der Mercedes-PR-Leute: "Die Presseabteilung kam aus dem Telefonieren nicht mehr heraus ... Das Umfallen der A-Klasse nimmt man gleichfalls gelassen. Jedes Auto der Welt könne man aufs Dach werfen, wenn man es darauf anlege. Dieses Einzelereignis habe keinerlei Auswirkungen auf den eben angelaufenen Serienstart des neuen Mini-Mercedes ... Nach Auskunft der Mercedes-Techniker sei die A-Klasse trotz ihrer Höhe nicht mehr kippgefährdet als beispielsweise eine C-Klasse"[23]. Wohlgemerkt, hier spricht nicht irgend ein Bandarbeiter aus Rastatt, sondern die PR-Leute! Das ist Abwiegeln par excellence, der fünfte schwere Kommunikationsfehler. Und retrospektiv läßt sich ebenfalls schlußfolgern, daß zu diesem Zeitpunkt die Führung des Konzerns und damit auch die PR-Verantwortlichen die Krise noch gar nicht begriffen – im Sinne von verinnerlicht – haben, also fortgesetzte Krisenignoranz und -inkompetenz.

---

21 Fokus 44/1997, S. 11.
22 Der Spiegel 44/1997, S. 121.
23 Frankfurter Allgemeine Zeitung v. 28.10.1997, S. T 3.

6. Phase III: Der seltsame Spagat

Am Mittwoch, 29.10., tritt Hubbert zu einer unsäglich unglücklichen Pressekonferenz in Stuttgart vor die Medien, und es gelingt ihm sogar noch, den Eindruck zu verstärken, der Konzern habe seine Kommunikation in keiner Weise im Griff. Hubbert spreizt einen seltsamen Spagat zwischen Sicherheit und Nachrüstung: die A-Klasse sei "absolut sicher", Änderungen am Chassis seien nicht notwendig, gleichwohl werde man künftig die elektronische Regelung der Fahrwerksdynamik – ESP – in der Serienausstattung liefern, bereits ausgelieferte Wagen würden nachgerüstet. Und Reifen der Marke "Goodyear" würden nicht mehr für die A-Klasse freigegeben[24].

Am Donnerstag kommen nahezu sämtliche Blätter der Republik auf der Titelseite mit dem Thema, die Schlagzeilen reichen von der BERLINER MORGENPOST – "Mercedes rüstet für 100 Millionen die A-Klasse nach"[25] – bis zur MÜNCHENER ABENDZEITUNG – "Der Mercedes-Flop – Die Welt lacht sich schief"[26]. Augenscheinlich war die Pressekonferenz vom Vortag nicht sonderlich erfolgreich: das merkwürdige Sowohl-als-auch, auch noch holprig vorgetragen, wird als solches dechiffriert, die Hinweise auf die Reifen werden durchweg negativ wahrgenommen. Warum gerät die Pressekonferenz den Stuttgartern derart zum Flop?

Zur professionellen Krisenbewältigung gehört auch die Ebene der Emotionen: derjenige, der vor die Kameras und Mikrophone tritt, muß vor allem persönlich glaubhaft wirken, muß deshalb auch vom Stil her Betroffenheit und Nachdenklichkeit signalisieren. "Das hat einfach etwas mit natürlichem Empfinden zu tun ... Betroffenheit zu kommunizieren heißt, sich um Geschädigte zu kümmern, um betroffene Verbraucher, Mitarbeiter und deren Angehörige. Mit Nachdenklichkeit ist die Sorge um die Zukunft des Unternehmens gemeint, auch das kommunikative Signal, daß man sich in der Verantwortung für Mensch und Umwelt sieht. Glaubhaftes Verhalten kommt in Emotionen und Bildern zur Geltung"[27]. Was an dieser Stelle vor allem zur Glaubwürdigkeit fehlt, ist ein klares und uneingeschränktes Schuldeingeständnis Hubberts, noch besser Schrempps für den gesamten

---

24 vgl. etwa Wiesbadener Kurier v. 30.10.1997, S. 1.

25 Berliner Morgenpost v. 30.10.1997, S. 1.

26 Münchener Abendzeitung v. 30.10.1997, S. 1.

27 Moeller, Klaus-Ulrich (1993), S.26.

Konzern. So gerät jedoch die ganze Pressekonferenz lediglich zu einer kontraproduktiven Veranstaltung: der sechste Kommunikationsfehler.

Als fatal entpuppt sich zusätzlich der Hinweis auf die mangelnde Qualität der Reifen, der in den Medien durch die Bank weg als erneuter Ablenkungs- oder Abwiegelungsversuch charakterisiert wird. Auch hier läßt sich eine direkte Parallele zu Exxon ziehen: "So meinte etwa der Chef von Exxon nach dem Tankerunfall in Bezug auf die toten Seevögel daran erinnern zu sollen, in welcher Zahl doch täglich Vögel im Mississippi-Delta durch die Jäger abgeschossen werden"[28]. Das ist genau das, was in einer Krise keiner hören will – unnötige Relativierungsversuche.

Auch PR-Mann Inhester beteiligt sich am Abwiegeln: "Wenn der Fahrer bereits während des Schleuderns gebremst hätte, wie es der Normalfahrer macht, dann wäre es nicht zum Überschlag gekommen"[29]. Diese Testschelte muß zum jetzigen Zeitpunkt längst am Publikum vorbeigehen, hat sich doch mittlerweile selbst ein eigener Name für diesen Test durchgesetzt – nämlich Elchtest.

Man wird den Verdacht nicht los, daß hinter dieser öffentlich aufgebauten Ablehnungsfront System steckte – abstreiten, abwiegeln, ablenken, auch um den Preis der eigenen Glaubwürdigkeit: Sicherheit zwar gegeben, Nachrüstung kommt aber trotzdem. Der Fehler Nummer Sieben: das muß zu diesem Zeitpunkt der Eskalation wie konsequentes Leugnen und Lügen, wie systematisches Herunterspielen und vorsätzliches Täuschen der Öffentlichkeit wirken.

7. Phase IV: Schrempps Chefsache

Am Freitag, 31.10., erklärt Jürgen Schrempp die A-Klasse zur offiziellen "Chefsache", kann aber damit die Kette der Negativberichterstattung – in die sich jetzt auch zunehmend ein höhnischer Grundton mischt, auch in den durchaus seriösen Medien – dadurch nicht beenden: "Mercedes hat den Schaden – und braucht für den Spott nicht zu sorgen ... Ist damit der Erfolg der A-Klasse vorbei, bevor er begonnen hat?"[30]; "Die Debatte, die schon zu

[28] ebenda, S. 28.
[29] Stern 45/1997, S. 32-38, hier: S. 34/35.
[30] Bild am Sonntag v. 2.11.1997, S. 10/11.

ersten Stornierungen der Kunden geführt hat, scheint damit noch nicht beendet"[31]; "Doch beinahe über Nacht blamierte das vermeintliche Wunderwerk seine Schöpfer bis auf die Knochen. Daimler Benz, die Urmutter des Kraftwagenbaus, hat ein krankes Kind geboren – ein Auto, das umfällt. Am vergangenen Mittwoch stellten sich sichtbar blasse und niedergeschlagene Daimler-Benz-Vorstände der internationalen Presse und versuchten zu retten, was zu retten ist"[32]. Zunehmend mischen sich in den durchweg kritischen Chor auch Stimmen der Sorge um die Zukunft des Autos und das Schicksal des gesamten Konzerns.

"Es ist wie an der Börse: Weniger die Tatsachen entscheiden über die Kurse als der Vers, den sich die Leute darauf machen. So wird es interessant sein – und für Daimler-Benz eine schicksalhafte Frage –, ob das Getöse um die Fahrsicherheit der A-Klasse das Käuferverhalten nachhaltig beeinflußt"[33]; "Krankes Baby: Nach dem Desaster mit der Mercedes-A-Klasse drohen dem Konzern nun Milliardenverluste ... Wer den Schaden hat, braucht für den Spott nicht zu sorgen. Und der Schaden ist immens: Seit sich die Mercedes-A-Klasse ... überschlug, verlor die Aktie der Daimler Benz AG bis zu 14 Prozent ihres Wertes, stornierten die Kunden reihenweise ihre Bestellungen oder baten um Bedenkzeit"[34]; "Der Elch des Jahres: Kriegt Daimler-Benz mit seiner neuen A-Klasse noch die Kurve? Das jüngste Mercedes-Modell ist zum Gespött der Nation geworden"[35]; "Hilflos nach dem Überschlag – Daimler Benz beschönigt die Fehler der Mercedes A-Klasse, statt rückhaltlos aufzuklären"[36]. Die Summe der Beispiele zeigt, wie sehr sich inzwischen der öffentliche Druck zu einer oben definierten Sekundärkrise ausgeweitet hat.

---

31 Welt am Sonntag v. 2.11.1997, S. 34.
32 Der Spiegel 45/1997, S. 248.
33 Frankfurter Allgemeine Zeitung v. 4.11.1997, S: T 1.
34 Wirtschaftswoche 46/1997, S. 88.
35 Die Zeit v. 6.11.1997, S. 1 (Titel).
36 ebenda, S. 29.

Abbildung 1: DIE ZEIT vom 6.11.1997

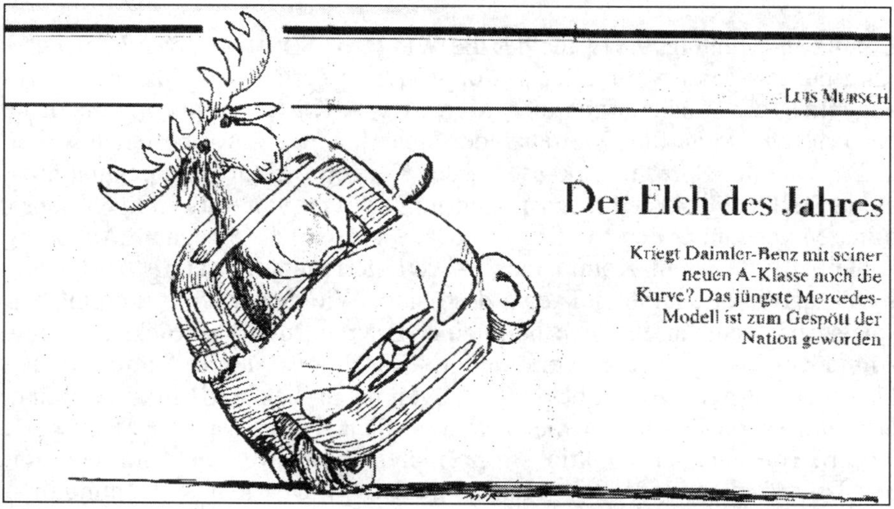

Glaubt man den vagen Formulierungen des STERN, dann scheint das in Stuttgart jetzt auch die Führung mitbekommen zu haben: "Die Sache ist eine Katastrophe, heiße es im Umfeld von Schrempp ... Mit Blick auf Hubbert ... soll Schrempp gesagt haben, mit Technik allein lasse sich die Unsicherheit in der Bevölkerung nicht beseitigen. Wichtig sei jetzt vor allem, was die Öffentlichkeit denke"[37]. Wenn nun aber das Thema endlich erkannt ist – nämlich Emotionen, auf die es zu reagieren gilt –, warum reagiert Schrempp dann mit seinen Kommunikationsprofis nicht endlich angemessen, warum braucht er noch zusätzlich ein paar Tage, um die Sprachlosigkeit des Konzerns zu überwinden? Wo bleibt endlich die *mea culpa*, und zwar offen und unmißverständlich? Der achte Kommunikationsfehler: Schrempp übernimmt zwar das Management persönlich, die öffentliche Kommunikation indes kommt weiterhin zu kurz. Und obwohl jetzt der Vorstandsvorsitzende persönlich für die A-Klasse verantwortlich zeichnet, unterlaufen den Stuttgartern in den nächsten Tagen noch mal zwei weitere dicke Fehler.

[37] Stern 46/1997, S. 246

8. Phase V: Arroganter Auslieferungsstopp

Bereits am Sonntag, 9.11., meldet die WELT AM SONNTAG: Wird Auslieferung der A-Klasse vom Chef gestoppt? Der Vorstandsvorsitzende ... will angeblich die Auslieferung der Mercedes A-Klasse stoppen, falls trotz Nachrüstung weiterhin Zweifel an der Sicherheit des Autos bestehen sollten ... Ein Daimler-Sprecher erklärte ..., der Konzern nehme 'zu Spekulationen keine Stellung'"[38]. Auch hier ist noch immer nicht von notwendigen Sensibilitäten gegenüber den Medien zu spüren, eine solche arrogante Äußerung – ähnlich wie "kein Kommentar" – verärgert unnötig sämtliche Journalisten, die gerade an dem Thema dran sind. Wie derart wirkt, kommt beispielsweise sehr anschaulich bei Heiner Bremer zum Ausdruck, der seine Anmoderation nach der Verkündung des Stopps durch Schrempp am Dienstag mit den Worten beginnt: „Lügen haben bekanntlich kurze Beine, Dementis auch. So haben die Verantwortlichen von Daimler Benz noch gestern von einem Produktionsstopp nichts wissen wollen. Und jetzt soll der Dornröschenschlaf drei Monate dauern"[39]. Der neunte Kommunikationsfehler: arrogantes Dementieren gegenüber der Presse.

Dies wirkt um so schwerer, als daß der Auslieferungsstopp richtig ist – er kommt nur erheblich zu spät – und als daß Schrempp selber zu diesem Zeitpunkt durchaus die richtigen Worte findet, und er sie auch durchaus glaubwürdig zu vermitteln in der Lage ist, wenn er etwa im Abendfernsehen erklärt: "Wir werden uns die Prozesse angucken, und mögliche Fehlentwicklungen werden wir abstellen und Konsequenzen ziehen ... Es ist die Kunst eines Unternehmens, aus Fehlern zu lernen ..."[40]; "wir bedauern das sehr, ich persönlich bedauere das sehr ... Ja, da ist eine Schwäche, die müssen wir abstellen ...Wir wollen aus einer temporären Schwäche wieder eine große Stärke machen ..."[41].

Hier ist endlich, nach drei Wochen, das längst fällige Schuldeingeständnis, hier ist endlich Betroffenheit und Nachdenklichkeit zu spüren. Warum aber diese eigentümliche Diskrepanz zwischen der positiven Erklärung Schrempps und dem negativen Dementi der PR-Leute? Läuft die Kommunikation im Hause vollkommen unkoordiniert, weiß die linke Hand – PR – nicht, was die rechte – Vorstandsvorsitzender – tut, am nächsten Tag

[38] Welt am Sonntag v. 9.11.1997, S. 4.
[39] RTL-Nachtjournal v. 11.11.1997, 24:00 Uhr.
[40] ZDF Heute-Journal v. 11.11.1997, 21:45 Uhr.
[41] ARD Tagesthemen v. 11.11.1997, 32:00 Uhr.

verkünden wird? Oder darf der Auftritt des großen Vorsitzenden nicht durch die auch nur geringste Andeutung im Vorfeld getrübt werden, selbst um den Preis weiteren Imageverlustes? Oder ist zum Zeitpunkt der Anfrage immer noch nicht die Krise als eine solche begriffen worden, und Schrempp entscheidet erst im letzen Moment aus dem Bauch heraus und trifft eher zufällig den richtigen Ton? Sehr unwahrscheinlich beim Naturell Jürgen Schrempps, aber auch sehr unwahrscheinlich bei der Größe des Konzerns. Nein, wahrscheinlich ist leider, daß man sich der Krise immer noch nicht voll bewußt war, kombiniert mit der gewachsenen Arroganz eines in der Vergangenheit sehr erfolgreichen Hauses – was nichts an der Schwere des Kommunikationsfehlers mindert.

Abbildung 2: FRANKFURTER ALLGEMEINE ZEITUNG vom 12.11.1997

Daimler unterbricht die Auslieferung der A-Klasse

Neue Fahrwerksabstimmung soll Mängel beheben / Produktion gedrosselt / Gewinneinbußen

mib. STUTTGART, 11. November. Die Daimler-Benz AG, Stuttgart, zieht aus den Diskussionen über Sicherheitsmängel der Kleinwagenbaureihe A-Klasse die Konsequenzen und unterbricht die Auslieferung bis voraussichtlich Anfang Februar 1998. Zur Begründung der spektakulären Maßnahme heißt es, man habe eine völlig neue Fahrwerksabstimmung entwickelt, die das Auto auch extreme Fahrmanöver problemlos meistern lasse. Im Daimler-Werk Rastatt und bei den Zulieferern soll sofort mit den Vorbereitungen für die Einführung dieser Modifikationen begonnen werden, so daß vom Februar 1998 an die Autos mit der neuen Fahrwerksabstimmung ausgeliefert werden können. Mit der neuen technischen Lösung besteht die A-Klasse nach Angaben von Daimler-Benz auch sogenannte Elch-Tests ungebremste Slalomfahrten selbst unter erschwerten Bedingungen.

Ende Oktober war die A-Klasse bei einer entsprechenden Testfahrt des Redakteurs einer Automobilzeitschrift umgekippt. In der Folge ließen auch andere Magazine das Auto diesen Test machen, wobei es abermals Schwächen zeigte. Daimler-Benz versuchte zunächst, die Diskussion Ende Oktober durch die Zusicherung zu beenden, man werde ohne Aufpreis die Fahrdynamikregelung ESP, die bei anderen Modellen 1700 DM kostet, einbauen und eine bestimmte Reifenart nicht mehr verwenden. Die Kosten für die Umrüstung wurden damals auf 50 Millionen DM beziffert. Die serienmäßige Ausstattung mit ESP, so hieß es, koste 100 Millionen DM im Jahr. Der Auslieferungsstopp kostet Daimler-Benz nun weiteres Geld. Das Betriebsergebnis (Operating Profit) des Jahres 1997 wird nach Schätzung des Unternehmens durch die zugesagte Nachrüstung und die Unterbrechung der Auslieferung mit 100 Millionen DM belastet. Da die Produktion im nächsten Jahr erst später als ursprünglich geplant hochgefahren werden kann und die Mehrkosten aus den beschlossenen Maßnahmen anfallen werden, geht Daimler-Benz für 1998 von einer Ergebnisbelastung von bis zu 300 Millionen DM aus.

Auf Grund der neuen Fahrwerksabstimmung wäre ESP nach Einschätzung von Daimler-Benz eigentlich nicht unbedingt erforderlich. Dennoch wird das System serienmäßig eingebaut. Jürgen Hubbert, im Daimler-Vorstand für die Personenwagen zuständig, begründete dies damit, daß es für Daimler-Benz nicht genüge, das Niveau anderer Hersteller zu erreichen. Nach seiner Darstellung meistert die neue Version der A-Klasse nunmehr Situationen bei Eis, Schnee und Nässe, die mit anderen Fahrzeugen dieser Klasse nicht bestanden werden können. So setze die A-Klasse bei der aktiven Sicherheit neue Standards, heißt es. Der Vorstandsvorsitzende Jürgen Schrempp wird mit den Worten zitiert, Daimler-Benz nehme die Kritik und vor allem die Sorgen der Kunden sehr ernst. Niemand bedauere mehr als das Unternehmen, daß die A-Klasse eine Schwäche bei Extremtests gezeigt habe. Entsprechend groß war die Verunsicherung im Konzern. Ursprünglich wollte Daimler-Benz am Dienstag im Rahmen einer auf zwei Tage angelegten Veranstaltung über Innovationen des Konzerns auch über die A-Klasse berichten. Die gesamte Veranstaltung wurde vor kurzem „aus organisatorischen Gründen" abgesagt.

Die Tagesproduktion im Werk Rastatt, die Mitte Oktober nach damaligen Angaben bei 300 Autos am Tag lag, wurde auf nur noch 200 Autos gedrosselt. Dieses Niveau soll bis Februar beibehalten werden. Erst dann erfolge die Steigerung auf die maximale Ausbringung von 800 Autos, die ursprünglich so schnell wie möglich vorgenommen werden sollte. Die bereits ausgelieferten 2600 Fahrzeuge sollen in speziell vorbereiteten Servicezentren nachgerüstet werden. Auf Wunsch kann die A-Klasse auch sofort zurückgegeben werden. Bis zur Umrüstung, so heißt es, erhalte der Kunde ein anderes Mercedes-Benz-Modell.

Das Medienecho am nächsten Tag ist wiederum gewaltig, neben den Berichten auf den ersten Seiten der Presse wird fast überall breit kommentiert: "Dieser in der Konzerngeschichte einmalige Vorgang zeigt derweil den rechten Weg aus dem Dilemma: Vertrauen wieder herstellen und konsequent alles aufdecken, was zu dem Desaster führte ..."[42]; "Genug der Häme. Angesichts des gestern vollendeten Eklats nur Schadenfreude zu empfinden, das wird den Mühen nicht gerecht, die Tausende von Beschäftigten über Jahre hinweg in Entwicklung und Bau des Kompaktwagens gesteckt haben. Sie, die Öffentlichkeit und die Kunden stehen nun vor einem Scherbenhaufen, den zusammenzukehren die Firma viel Arbeit und eine stattliche Menge Geld kosten wird. Wieder einmal, wie schon oft in den vergangenen Jahren wegen technischer Pannen, Personalquerelen und Skandalen, sitzt die Stuttgarter Nobelfirma in der Patsche ... Der Lack ist zwar nicht ab, hat aber sehr häßliche Kratzer bekommen. Die A-Klasse sollte neue Kundenkreise gewinnen. Nun wird sie erst einmal rote Zahlen produzieren, aufgrund des technischen Mehraufwandes und der Werbemillionen, die demnächst fällig werden wg. Neulackierung des Images"[43].

Die bilanzierenden Bewertungen der überregionalen Tageszeitungen gelten vor allem der Sekundärkrise, dem fortgesetzten Kommunikationsdesaster: "Die A-Klasse ... ist in den letzten Wochen zur Lachnummer geworden ... Daimler-Benz hat mit seiner kaum nachvollziehbaren Aufklärungsstrategie einen Gutteil dazu beigetragen ... Diese neueste Wendung auf dem Schlingerkurs, den die Stuttgarter Autobauer auf dem Weg zur Schadensbegrenzung beschritten haben, kann den entstandenen Imageverlust kaum noch wettmachen ... Der Vertrauensverlust bei Kunden und Autofahrern in aller Welt beruht auf dem häppchenweise präsentierten Eingeständnis, das Fahrverhalten der A-Klasse nicht eingehend genug untersucht zu haben ... Schwerer als der wirtschaftliche Schaden durch den Lieferstopp wiegt der Ansehensschwund für den Konzern: Die erheblichen Kratzer im Chrom des Sterns dürften so schnell nicht auszupolieren sein ..."[44]; "Mercedes-Benz hat die Vorgänge um das labile Verhalten der A-Klasse bei dem sogenannten Elch-Test nicht in den Griff bekommen. Alle Versuche, das Image des zum Umfallen neigenden Gefährts wieder aufzurichten, sind nicht besonders erfolgreich gewesen ... In der Öffentlichkeit wird das konzeptionell zukunftsträchtige Automodell bereits mit Spott bedacht ... Das Fahrzeug droht zum Schleudertrauma eines vom Erfolg verwöhnten Konzerns zu werden ... Die Reaktion des Publikums konnte auch mit klassischer Öffentlichkeitsarbeit nicht mehr beeinflußt werden"[45].

---

[42] Wiesbadener Tagblatt v. 12.11.1997, S. 2.

[43] Frankfurter Rundschau v. 12.11.1997, S. 13.

[44] Süddeutsche Zeitung v. 12.11.1997, S. 3.

[45] Frankfurter Allgemeine Zeitung v. 12.11.1997, S. 13.

Gewürdigt wird in den Wochenzeitungen Schrempps harter Schnitt, aber auch seine Gesamtverantwortung: "Die Flucht nach vorn ... ist Vorstandschef Schrempp bestimmt nicht leicht gefallen. Er beendet damit wochenlange, aber erfolglose Versuche seiner Vorstandskollegen Jürgen Hubbert und Dieter Zetschke, die peinliche Affäre mit Beschwichtigungen und Teilwahrheiten aus der Welt zu schaffen. Schrempps Remedur ... verstärkt zwar kurzfristig das Negativgetöse um die A-Klasse ... Aber mittelfristig ist nur so ein dauerhafter Schaden an der Marke Mercedes zu vermeiden ... Der Auslieferungsstopp für die A-Klasse kam zu spät"[46]; "Da wären die Firmensprecher: Sie haben das Problem zunächst verharmlost, als Ende September erstmals ein 'Baby-Benz' von der Fahrbahn abhob. Zudem haben sie unterschätzt, zu welcher Schadenfreude Autofahrer anderer Marken fähig sind, wenn es bei Daimler einmal nicht so läuft wie geplant. Und schließlich wäre da noch der Vorstand: Er trägt die Gesamtverantwortung für eine Unternehmenskultur, in der Bedenken entweder nicht geäußert oder aber nicht ernstgenommen werden"[47].

9. PR-Versagen auf breiter Front

Einig sind sich also die führenden Kommentatoren über die selbstverursachten Imageschäden, generell positiv dagegen wird der Auslieferungsstopp selbst gewürdigt. Damit hat Daimler Benz endlich das Heft des Handelns an sich gerissen, kann agieren, statt nur noch zu reagieren, und endlich passiert etwas, um Mercedes aus den Negativschlagzeilen herauszubringen. Und noch etwas fällt auf: Es dominiert bei näherem Hinsehen der Eindruck, als habe Daimler mit Schrempps Schuldeingeständnis den Zenit der Krise überschritten.

Trotzdem bliebt verwunderlich, warum diese Entscheidungen so lange auf sich warten ließen. So fragt FOCUS denn auch im Interview: "Gab es nicht eine zu lange Zeit des Schweigens, die manche als Hochmut ausgelegt haben?" Schrempp: "Wir kommunizieren erst, wenn wir klare Fakten haben. Die Nachricht überraschte uns auf der Motorshow in Tokio. Wir mußten zuerst die Sache sauber analysieren, dann sind wir sofort an die

[46] Die Zeit 47/1997, S. 25.
[47] Welt am Sonntag v. 9.11.1997, S. 9.

Öffentlichkeit gegangen"[48]. Diese Taktik bestätigt Roland Klein, Leiter Unternehmenspresse bei Daimler Benz und Mitglied des Krisenstabs Kommunikation: "Die Strategie hieß von Anfang an: Erst die Fakten auf den Tisch, dann reden"[49]. So wurde noch in Japan ein Krisenstab gebildet, dem auch PR-Mann Wolfgang Inhester angehörte. Dennoch bleibt die Frage, warum auf den Tag genau drei Wochen an Zeit vergehen mußten, ehe der Konzern angemessen reagierte und seine Kommunikation wieder in den Griff bekam. Von einem "sofort", wie Schrempp es sieht, kann also nicht im mindestens die Rede sein.

Der letzte große Kommunikationsfehler fällt ebenfalls auf den Mittwoch, 12.11.: die einseitige Anzeige von Springer und Jacoby, die in den großen Tageszeitungen Deutschlands erscheint, Headline: "Wir wollen die Diskussion um die Sicherheit der A-Klasse beenden. Endgültig"[50]. Was wahrscheinlich ursprünglich gut gemeint war, wirkt in der momentanen Krise mit ihrer Zuspitzung in der Kommunikationssituation doppelt negativ: kein Unternehmen kann ja von sich aus das Ende einer öffentlichen Diskussion verkünden, und schon gar nicht endgültig. Das wirkt, ja, muß wirken wie Anmaßung, Arroganz, Anordnung von oben herunter, wie "Schluß, aus, vorbei". Der zehnte und letzte große Kommunikationsfehler: die fehlgetextete anmaßende Anzeige.

---

[48] Focus 47/1997, S. 355.

[49] zit. nach "Das Schleudertrauma", in: PR-Magazin 1/1998; S. 18-20, hier: S: 18.

[50] vgl. z.B. Frankfurter Allgemeine Zeitung v. 12.11.1997, S.21.

Abbildung 3: Daimler-Benz Anzeige

▶ Ob die A-Klasse auch den sogenannten Elch-Test besteht, ist schon keine Diskussion mehr: Am 26.10.97 und am 5.11.97 haben TÜV und ADAC die A-Klasse diesem Test unterzogen und bestätigt, daß unser Auto den Test genauso besteht wie alle anderen in dieser Klasse. Andere Fachleute sind inzwischen zum gleichen Ergebnis gekommen – teilweise mit eingebautem ESP (Elektronisches Stabilitätsprogramm), teilweise auch ohne. Bei einigen Tests ohne ESP, aber mit deutlich höherer Geschwindigkeit, kam es dagegen zu kritischen Situationen. Es geht hier nicht um die Frage, ob solche Extremtests überhaupt etwas bedeuten, wie andere Autos dabei abschneiden, ob das beim nächsten Test genauso ausgehen würde, ob ESP das verhindern kann usw.

Allein schon die Tatsache, daß die Sicherheit eines Mercedes angezweifelt wird, ist mit unserer Haltung grundsätzlich nicht vereinbar.

▶ Deshalb wollen wir jetzt die Diskussion beenden. Mit einer Lösung, wie sie sich für eine Marke wie Mercedes-Benz gehört: Wir haben eine völlig neue Fahrwerksabstimmung entwickelt, mit der die A-Klasse jetzt auch extreme Tests so gut meistert wie alle anderen Fahrzeuge dieser Klasse.

▶ Und wir gehen noch einen Schritt weiter und rüsten die A-Klasse mit einem weiterentwickelten ESP aus. Damit besteht die A-Klasse dann auch Situationen, die kein anderes Fahrzeug dieser Klasse meistert: auf Eis, auf Schnee, auf Nässe. Denn jetzt nur auf das Sicherheitsniveau aller anderen zu kommen, erschien uns zuwenig. Von Mercedes-Benz erwarten Sie mehr – und das zu Recht.

▶ Daß wir in der Sicherheit bei der A-Klasse eine Schwäche gezeigt haben, daß unsere Tests in die Diskussion geraten sind, bedauert sicher niemand mehr als wir selbst. Jetzt bieten wir Ihnen aber eine Lösung an, die das Problem endgültig aus der Welt schafft.

▶ Um diese Lösung in Serie produzieren zu können, brauchen wir ca. 12 Wochen. Bitte geben Sie uns diese Zeit und haben Sie etwas Geduld – auch wenn Sie vielleicht unsere Maßnahmen für etwas übertrieben halten, da für Sie die A-Klasse schon jetzt in allen Verkehrssituationen vollkommen sicher ist (was uns übrigens die 1.400 Tester der Autopresse in der ganzen Welt schon vor Monaten bestätigt haben).

Trotzdem: Wir unterbrechen die Auslieferung der A-Klasse für diese kurze Zeit. Denn unsere Haltung verbietet es uns, ein Auto auszuliefern, von dem wir heute wissen, daß wir es besser machen können.

▶ Damit sind hoffentlich alle Diskussionen beendet, und Sie sehen bei der A-Klasse wieder das, was alle Welt an diesem Auto begeistert: die Ideen, die Form, die Technik und das Gefühl, hier ein Stück Zukunft des Automobils vor sich zu haben.

Mercedes-Benz

Läßt man nun die Fehler noch einmal Revue passieren und bündelt sie, so lassen sich – nur ganz grob gerastert – vier Vorwürfe an Daimler herausfiltern: Die Kommunikation war

- unaufrichtig,
- unkoordiniert,
- arrogant und
- verspätet.

Betrachtet man dazu die Zielgruppe der A-Klasse und der intendierte Image-Transfer auf die Gesamtmarke Mercedes, dann wird noch deutlicher, wie groß das Kommunikationsfiasko realiter eingeschätzt werden muß – und wie es gleichzeitig leichtfertig das Werbekonzept zur Einführung konterkariert – immerhin eine Kampagne, die rund 200 Millionen schwer sein dürfte[51].

10. Krise ist Psychologie!

"Wir haben die Emotionalität der Journalisten unterschätzt"[52], so Roland Klein. Kann das ausreichen zur Begründung? Nein, kann es nicht, denn jeder, der sich einmal mit Krisen befaßt hat, weiß ja, daß es genau dieses unkalkulierbare Moment an Emotionen ist, daß die Krise entscheidend mitbestimmt. Krisen sind nämlich "auf gar keinen Fall ein rationaler Diskurs oder eine akademische Auseinandersetzung, sondern eine rhetorische Kommunikation, die mit einem klaren Ziel geführt wird: das Publikum von der Richtigkeit der eigenen Positionen und Argumente zu überzeugen. Die Vorstellung, daß sich im öffentlichen Konflikt die Macht des rationalen Arguments durchsetzen wird oder daß die Fakten überzeugen, dürfte kaum Erfolg haben. Recht haben und Recht bekommen sind zwei sehr unterschiedliche Dinge, wobei das eine nicht notwendigerweise das andere nach

[51] vgl. Der Spiegel 45/1997, S.252.

[52] zit. nach "Das Schleudertrauma", a.a.O., S. 18.

sich zieht"[53]; "wenn Verantwortungsbewußtsein und Anteilnahme kommuniziert werden, ist der wichtigste Teil ... geleistet[54].

Es geht also in der Krise um eine Art der psychologischen Kriegführung um die öffentlich Meinung. Es geht gerade nicht darum, die möglichen Ansprüche aus juristischen Verfahren so gering wie möglich zu halten, um dem Unternehmen jeden möglichen Penny zu sparen[55]; es geht vielmehr darum, den oft irreparablen Vertrauensschaden vom Image der Firma abzuwenden, es geht um die künftige Reputation des Unternehmens[56].

Krisen folgen ihren eigenen Gesetzen, über die oft viel zuwenig bekannt ist und die dementsprechend häufig ignoriert werden. Als wichtigste Regel gilt: Krisen müssen durchlebt, durchlitten werden, damit sie bewältigt werden können. Sie verlaufen nach einem bestimmten Ablaufmuster, einer Art inneren Logik – unabhängig davon, ob ein Angestellter wegen Ehescheidung oder Arbeitslosigkeit zu schlingern beginnt oder ein Großunternehmen sein Waterloo erlebt.

Jede Krise beginnt mit der Stufe eins, der Wahrnehmung, am besten gekennzeichnet durch das Schlagwort „Alarm“. Betroffene schildern ihren ersten Eindruck mit Statements wie „Ich kann das Ganze hier noch überhaupt nicht fassen“ oder „Für mich kam diese Sache wie ein Blitz aus heiterem Himmel“, so daß sich zur Charakterisierung Adjektive wie „unglaublich“ oder „plötzlich“ anbieten. Auf der psychologischen Ebene herrschen vor allem der Schock, Unglaube und Empörung vor.

Die zweite Stufe, der Rückzug, ist gekennzeichnet von dem, was umgangssprachlich so gerne mit dem „Schwarzen Loch“ umschrieben wird – ein Terminus, der vor allem für die Hilflosigkeit stehen soll, die die Krisen-

---

53 Beger, Rudolf/Hans-Dieter Gärtner/Rainer Mathes (1989): Unternehmenskommunikation: Grundlagen, Strategien, Instrumente; Wiesbaden 1989, S. 152.

54 Backhaus, Erika (1990): Krisenprävention und Krisenmanagement – eine grundsätzliche Zukunftsaufgabe, in: Dörrbecker, Klaus/Klaus Rommerskirchen,: Blick in die Zukunft – Kommunikations-Management: Perspektiven und Chancen der Public Relations; Remagen-Rolandseck 1990; S. 148-155, hier: S. 150.

55 vgl. Meyers, Gerald C./John Holusha (1989): Bevor die Fetzen fliegen – die typischen Unternehmenskrisen erkennen, meistern und nutzen; Frankfurt 1989, S: 59/60.

56 vgl. Backhaus, Erika (1990), S. 154.

geschüttelten erleben, aber auch für Gefühle von Wertlosigkeit, Sinnlosigkeit, sich selber überflüssig vorkommen. Zu hören sind denn auch vor allem Sätze wie „Ich fühle mich absolut ohnmächtig dieser Situation gegenüber“ oder „Alles ist vorbei“, gepaart mit der Frage „Warum muß ausgerechnet mir das passieren?“. Neben Ablehnung und Angst können durchaus depressive Momente auftauchen, das Individuum isoliert sich, bei Organisationen läßt sich parallel eine Wagenburgmentalität diagnostizieren.

Die Krise steigt weiter an zur dritten Stufe: die Analyse oder der „Weg nach innen“, der gekennzeichnet ist von Zweifeln, Selbstvorwürfen und Schuldgefühlen. Die Betroffenen stellen sich – unsicher und selbstquälerisch – Fragen wie „Was stimmt denn nicht mit mir?“ oder „Wie konnte es nur dazu kommen?“ Die Stufe vier steht für den Kulminationspunkt der Krise. Das Eingeständnis, die „mea culpa“, wenn offen und ehrlich festgestellt wird: „Ja, so war es“; für die Betroffenen dominieren zu diesem Zeitpunkt immer noch Negativgefühle wie Selbstoffenbarungsängste und Scham.

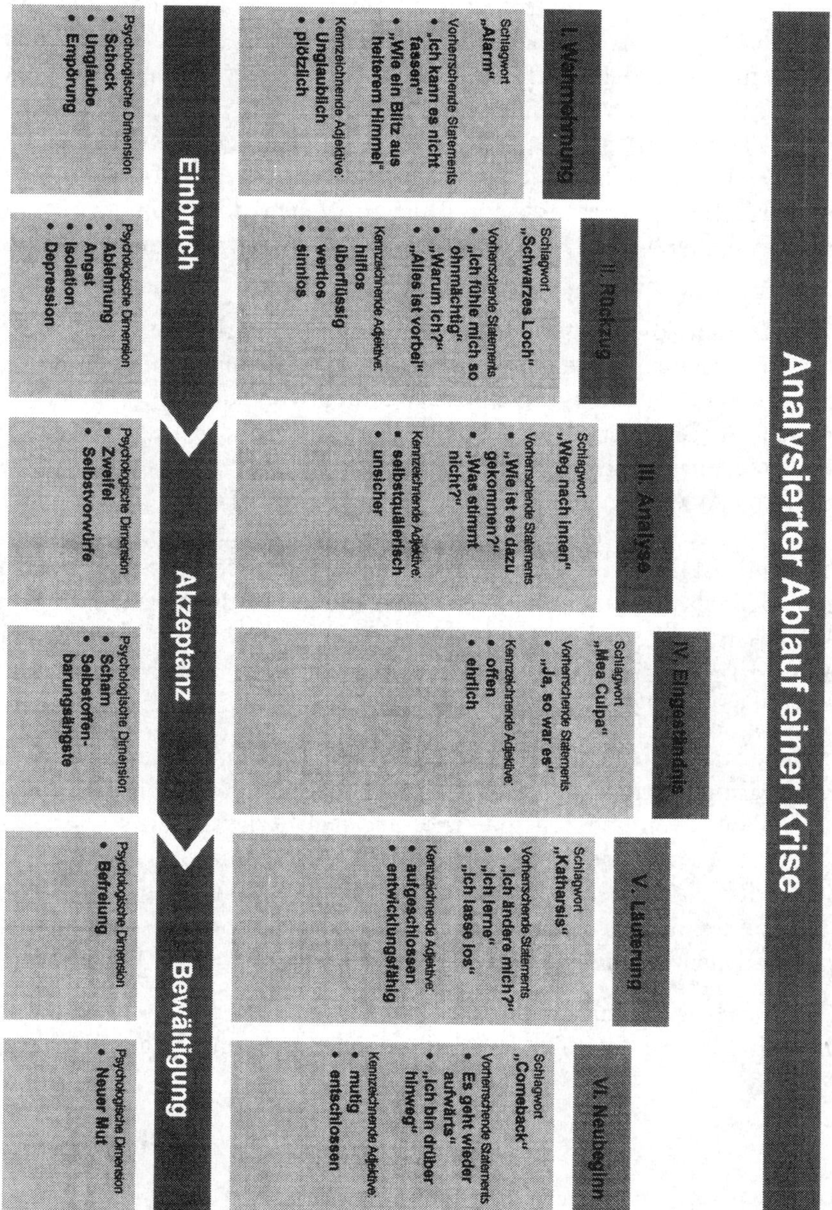
Analysierter Ablauf einer Krise
I. Wahrnehmung
Schlagwort
„Alarm"
Vorherrschende Statements
• „Ich kann es nicht fassen"
• „Wie ein Blitz aus heiterem Himmel"
Kennzeichnende Adjektive:
• Unglaublich
• plötzlich
Psychologische Dimension
• Schock
• Unglaube
• Empörung
II. Rückzug
Schlagwort
„Schwarzes Loch"
Vorherrschende Statements
• „Ich fühle mich so ohnmächtig"
• „Warum ich?"
• „Alles ist vorbei"
Kennzeichnende Adjektive:
• hilflos
• überflüssig
• wertlos
• sinnlos
Psychologische Dimension
• Ablehnung
• Angst
• Isolation
• Depression
III. Analyse
Schlagwort
„Weg nach innen"
Vorherrschende Statements
• „Wie ist es dazu gekommen?"
• „Was stimmt nicht?"
Kennzeichnende Adjektive:
• selbstquälerisch
• unsicher
Psychologische Dimension
• Zweifel
• Selbstvorwürfe
IV. Eingeständnis
Schlagwort
„Mea Culpa"
Vorherrschende Statements
• „Ja, so war es"
Kennzeichnende Adjektive:
• offen
• ehrlich
Psychologische Dimension
• Scham
• Selbstoffenbarungsängste
V. Läuterung
Schlagwort
„Katharsis"
Vorherrschende Statements
• „Ich ändere mich?"
• „Ich lerne"
• „Ich lasse los"
Kennzeichnende Adjektive:
• aufgeschlossen
• entwicklungsfähig
Psychologische Dimension
• Befreiung
VI. Neubeginn
Schlagwort
„Comeback"
Vorherrschende Statements
• Es geht wieder aufwärts"
• „Ich bin drüber hinweg"
Kennzeichnende Adjektive:
• mutig
• entschlossen
Psychologische Dimension
• Neuer Mut
Einbruch
Akzeptanz
Bewältigung

Die Krise steigt weiter an zur dritten Stufe: die Analyse oder der „Weg nach innen", der gekennzeichnet ist von Zweifeln, Selbstvorwürfen und Schuldgefühlen. Die Betroffenen stellen sich – unsicher und selbstquälerisch – Fragen wie „Was stimmt denn nicht mit mir?" oder „Wie konnte es nur dazu kommen?" Die Stufe vier steht für den Kulminationspunkt der Krise. Das Eingeständnis, die „mea culpa", wenn offen und ehrlich festgestellt wird: „Ja, so war es"; für die Betroffenen dominieren zu diesem Zeitpunkt immer noch Negativgefühle wie Selbstoffenbarungsängste und Scham.

Erst Stufe fünf, die Läuterung oder „Katharsis", macht den Weg frei zu positiven Gefühlen, die in der Regel als Befreiung wahrgenommen werden; die Betroffenen wirken aufgeschlossen und entwicklungsfähig, und so sind denn auch Äußerungen zu finden wie „Daraus lerne ich dies und das" oder „Ich werde mich in den folgenden Punkten ändern", bei Organisationen dominieren Ankündigungen wie „Das haben wir als Fehler erkannt, daraus ziehen wir organisatorisch und personell die folgenden Konsequenzen". Doch damit ist die Krise noch nicht vorbei, erst die sechste Stufe, der Neubeginn oder das „Comeback", schließen die Bewältigung ab: mutig und entschlossen wirken die Krisengebeutelten jetzt wieder, und dementsprechend finden sich auch Statements wie „Ich bin drüber hinweg" oder „Es geht jetzt wieder aufwärts".

Zwar können die einzelnen dieser 6 Stufen – Wahrnehmung, Rückzug, Analyse, Eingeständnis, Läuterung und Neubeginn – unterschiedlich intensiv ausfallen, doch generell gilt, daß eine jede Krise genau so verläuft – grob gesagt in den drei Etappen Einbruch, Akzeptanz, Bewältigung. Das bedeutet für die Krisenbetroffenen: kein Comeback ohne den Weg nach innen, dem definitiven Eingeständnis und einer Läuterung – so schmerzhaft dieser Pfad auch sein mag.

Zu befürchten steht nun, daß die Sekundärkrise, die der Kommunikation, bislang im Hause Daimler-Benz als solche nur ungenügend wahrgenommen und eben bislang nicht bewältigt wurde[57], sondern nur überdeckt, bemäntelt. Auch jetzige und künftige Verkaufserfolge der A-Klasse können und dürfen darüber nicht hinwegtäuschen. Wenn dem so sein sollte, muß und wird sich das rächen – bei den nächsten Anzeichen einer Krise.

Krise als Chance, das gilt auch für die Stuttgarter. Jetzt ist die Chance, Kommunikation nicht mehr nur als bloße Feuerwehrfunktion zu begreifen, sondern als strategische Managementaufgabe zu etablieren – inklusive der Berufung eines Kommunikationsvorstandes. Daimler-Benz sollte diese Chance nutzen!

---

57 Indizien, daß die Sekundärkrise – im Gegensatz zur technischen Krise der A-Klasse selbst – noch lange nicht vorbei ist, finden sich bei genauem Hinsehen genug: „Die schwäbischen Manager bringen es – der Elch läßt grüßen – in puncto Führungsqualität nur auf 57 Punkte .... Nicht das technische Können der Daimler-Mannschaft ist zu rügen, sondern die Überheblichkeit der Spitzenleute“, in: Wirtschaftswoche 3/1998, S. 33; „Elch-Effekt: 16 Prozent ... kreuzten ... bei Mercedes-Benz die Aussage ‘erhält in letzter Zeit viel Kritik in der Öffentlichkeit’ an, als sie nach den speziellen Nachteilen einzelner Marken befragt wurden. Noch im September waren es nur 0,4 Prozent“, in: Frankfurter Allgemeine Zeitung v. 13.01.1998, S. T 4; „Nach der A-Klasse hat auch die Daimler-Aktie den Elch-Test nicht mehr bestanden ...“, in: Welt am Sonntag v.18.01.1998; vgl. auch dazu Manager Magazin 2/1998, S. 56/57.

Michael Huber

PVC im Kreuzfeuer öffentlicher Kritik

Die publizistische Auseinandersetzung über den Werkstoff PVC nach dem Brand am Rhein-Ruhr-Flughafen Düsseldorf

Zu den wichtigsten Faktoren für den Fortbestand einer Organisation gehört heute nicht mehr allein die Qualität ihrer Produkte bzw. Dienstleistungen oder ein perfektes Marketing, sondern immer entscheidender wird ihre Akzeptanz und Glaubwürdigkeit in der Öffentlichkeit. Dieses „öffentlich Bild“ der Organisation wird dabei weitgehend durch die Massenmedien definiert. Insbesondere in Krisensituationen betrachten es die Medien völlig legitim als ihre Pflicht, die Öffentlichkeit umfassend und objektiv zu informieren. Dabei muß das von den Medien anhand von Nachrichtenfaktoren (z.B. Konflikt, Betroffenheit, negatives oder seltenes Ereignis) konstruierte publizistische Bild der Organisation nicht unbedingt der Realität entsprechen.

Publizistische Auseinandersetzungen in Krisensituationen werden nicht rational, sondern emotional geführt. Ebenso gilt, daß Meinungen, auch wenn sie falsch sind, als Fakten angesehen werden. Diese Einsicht ist vielleicht der erste Schritt in Richtung einer erfolgreichen Krisenkommunikation. Um den in einer Krise blitzartig wachsenden Informationsbedarf der Medien gerecht werden zu können, wird eine durch Prävention und Krisenplanung gut organisierte Öffentlichkeitsarbeit benötigt, die umgehend kontinuierliche und leicht verständliche Informationen an die Presse liefern kann. Ansonsten besteht die Gefahr, daß sich die Medien bei anderen, der betroffenen Organisation nicht unbedingt positiv eingestellten Stellen, mit Informationen versorgen. Denn die Konfliktgegner nutzen ihrerseits sehr bewußt die Massenmedien. Welche Folgen eine viel zu vorsichtig geführte publizistische Auseinandersetzung haben kann, mußte die PVC-Industrie nach dem Flughafenbrand in Düsseldorf schmerzhaft erfahren:

Im April 1996 kam es auf dem Düsseldorfer Flughafen zu einer der schwersten Brandkatastrophen in der bundesdeutschen Geschichte. Bereits kurze Zeit später kamen Spekulationen über die Beteiligung von Polyvinylchlorid (PVC) an der Brandentstehung und -ausbreitung auf. Durch eine gute Pressearbeit der Umweltorganisationen und zu späte und unzureichende Kommunikationsangebote seitens der PVC-Industrie wurde PVC von den Massenmedien schnell als Grund für das Ausmaß des Brandes genannt, obwohl es zu diesem Zeitpunkt keine gesicherten Erkenntnisse über die Brandursache gab. Die negative Berichterstattung der Massenmedien führte in der Folge zu Auftragsverlusten und zu ersten Entlassungen. Außerdem wurden in vielen Kreisen und Kommunen ein PVC-Verbot beantragt.

In dieser Arbeit sollen nach einigen theoretischen Vorüberlegungen Themen, Themenkarrieren und regionale Schwerpunkte in den Medien analysiert sowie die Meinungsträger, die Verteilung auf die verschiedenen Medientypen und die Tendenzen der Berichterstattung zur PVC-Debatte nach dem Düsseldorfer Flughafenbrand ermittelt werden.

1. Das Ereignis: Brand des Flughafen Düsseldorf

1.1 Verlauf und erste Reaktionen

Am 11. April 1996 führte ein vom Flughafen Düsseldorf beauftragtes Unternehmen Schweißarbeiten an einer Dehnungsfuge der Zufahrt zur Abflugsebene durch. Die Dehnungsfuge liegt zwischen der Ankunftsebene und dem Parkhaus 1 sowie oberhalb der Ankunftsebene. Innerhalb der Fuge waren zwei Paar vertikal in die Deckenkonstruktion hineinragende Wasserleitbänder befestigt, wovon das untere Band bis an eine längs verlaufende PVC-Regenrinne reichte. Die Flughafenfeuerwehr war entgegen den Vorschriften nicht über die Schweißarbeiten informiert.

Während der Schweißarbeiten tropften Schweißperlen in die Fuge und entzündeten die unteren Wasserleitbänder. Durch die freigesetzte Energie begannen benachbarte Polystyrol-Dämmplatten zu schmelzen. Der Kleber, mit dem eine Aluminiumkaschierung unter dem Polystyrol angebracht war, fing ebenfalls Feuer. Durch die so entstandene Wärme entzündeten sich weitere Dämmplatten. Teilweise floß das flüssige Polystyrol durch Risse in der Aluminiumkaschierung und tropfte durch die abgehängte Decke in die Ankunftsebene. Sowohl das Polystyrol, als auch die Wasserleitbänder sind als normal entflammbar eingestuft, ihr Einsatz verstieß damit gegen die damalige Baugenehmigung.[1]

Abb. 2: Schnitt durch die Deckenkonstruktion im Bereich der Schweißarbeiten (Quelle: UnSaNRW, 1997)

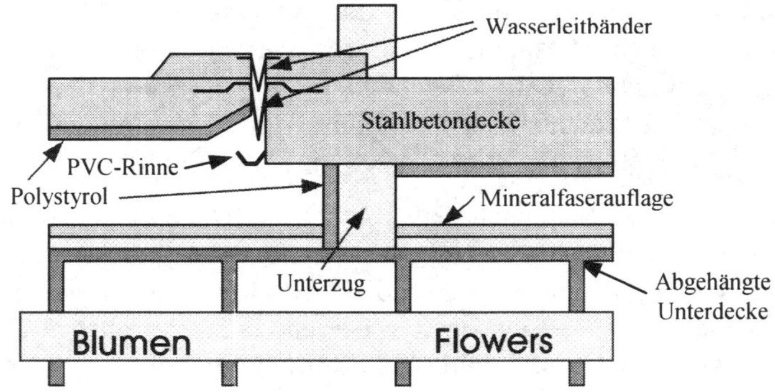

Um 15:31 Uhr wurde die Flughafenfeuerwehr von einem Taxifahrer über einen Brand in der Ankunftshalle informiert. In der Nähe eines Blumenladens kämen hin und wieder „Funken" aus der Decke. Die Feuerwehr rückte eine Minute später mit einem Fahrzeug aus und traf um 15:33 an der Einsatzstelle ein. Bei der Erkundung der Räumlichkeiten entdeckten die Einsatzkräfte die Arbeiter bei den Schweißarbeiten und forderten sie auf, sofort die Arbeit einzustellen. Inzwischen trat Brandrauch aus der Zwischendecke aus und begann die Flugsteige A und B in tiefschwarzen Rauch zu hüllen. Der Berufsfeuerwehr Düsseldorf wurde der Brand um 15:54 gemeldet. Um 15:58 forderte die Flughafenfeuerwehr erstmals Kräfte der Berufsfeuerwehr an. Die Einsatzkräfte trafen um 16:07 Uhr am bereits in dichten Rauch gehüllten Zentralgebäude ein und begannen sofort mit der Menschenrettung. Um 16:15 Uhr wurden schließlich alle verfügbaren Kräfte angefordert. Obwohl die Terminals A und B zu dieser Zeit bereits stark verraucht waren, wurde der Flugbetrieb erst um ca. 16:25 Uhr eingestellt. Um ca. 18:00 Uhr wurden die ersten acht Todesopfer gefunden, davon sieben in Aufzügen und eine Person auf einer Toilette. Nachdem das

[1] Vgl. Unabhängige Sachverständigenkommission beim Ministerpräsidenten des Landes Nordrhein-Westfalen zur Prüfung von Konsequenzen aus dem Brand auf dem Rhein-Ruhr-Flughafen Düsseldorf (UnSaNRW, 1997).

Feuer um 19:20 Uhr unter Kontrolle gebracht wurde, entdeckten Feuerwehrleute bei einem Kontrollgang acht weitere Todesopfer. Um 13:00 Uhr des folgenden Tages wurde der Einsatz schließlich für beendet erklärt. Einige Wochen später starb das siebzehnte Opfer in einem Krankenhaus.[2]

Durch den wohl folgenschwersten Brand der Nachkriegsgeschichte kamen 17 Menschen ums Leben, bei allen ist der Tod eindeutig auf eine Kohlenmonoxidvergiftung durch Brandgase zurückzuführen. Weitere 87 Personen wurden zum Teil schwer und mehrere hundert Personen leicht verletzt. Durch den Einsatz der Feuerwehr konnten ca. 2.000 Menschen aus dem Gebäude gerettet werden. Der Sachschaden belief sich auf etwa 500 Mio. DM und ist zum Großteil auf die notwendige Dekontaminierung zurückzuführen.[3]

Während des Brandes ging von den flüchtigen und akut toxischen Stoffen, wie z.B. Kohlenmonoxid (CO) oder Salzsäure (HCl), die größte Gefahr aus. Das Einatmen von Kohlenmonoxid war auch die Todesursache bei allen siebzehn Opfern. Die Gefahr der durch die unvollständige Verbrennung entstandenen organischen Brandprodukte geht von der Langzeitwirkung dieser oft krebserregenden Stoffe aus. Die hauptsächlich entstandenen organischen Brandprodukte sind polycyclische Kohlenwasserstoffe (PAK) und polychlorierte Dibenzodioxine bzw. –furane (PCDD/F). Die in den Medien ausgiebig diskutierten Dioxine waren mit Sicherheit nicht Ursache der Todesopfer, allerdings wurden die Grenzwerte für PAK und PCDD/F bei weitem überschritten und machten eine aufwendige Sanierung des Flughafengebäudes notwendig.[4]

1.2 Der Sündenbock: Polyvinylchlorid (PVC)

Bereits am Tag nach dem Brand begann die Kontroverse um den Beitrag von PVC an der Ursache und den Folgen des Brandes am Düsseldorfer Flughafen. Auf einer Pressekonferenz der Oberstaatsanwaltschaft und der Polizei wurden durch Schweißarbeiten entzündete PVC-Kabel als Brandursache vermutet. In den folgenden Tagen äußerten sich u.a. BUND, Greenpeace, Die Grünen und eine Reihe von Wissenschaftlern wie bspw. die Professoren Hosser und Wassermann über die angebliche Rolle, die

2 Vgl. Amt für Feuerwehr, Rettungsdienst und Bevölkerungsschutz (1997)
3 Vgl. UnSaNRW (1997)
4 Ebenda.

PVC beim Flughafenbrand gespielt hatte. PVC war demnach Ursache des Brandes, verantwortlich für die Brandausbreitung, Hauptverursacher der Dioxinbelastung der Flughafengebäude und aufgrund entstehender Salzsäure und weiteren giftigen Gase auch für die Todesfälle verantwortlich. Obwohl zu diesem Zeitpunkt die Ursachen für den Brand, die Brandausbreitung und für die Todesopfer wohlgemerkt noch vollkommen ungeklärt waren. Diese Konzentration auf den Werkstoff PVC als „Schuldigen" dominierte auch die Medienberichterstattung der nächsten Wochen. Erst Ende Juni wurde die Berichterstattung nach Beginn des Koalitionsstreits um den PVC-Erlaß des nordrhein-westfälischen Bauministers Michael Vesper etwas neutraler. Nach einer Pro-PVC-Demonstration am 19. September in Düsseldorf war die Medienberichterstattung schließlich überwiegend positiv.

Polyvinylchlorid (PVC) ist ein synthetisch hergestelltes Polymer. Die Ausgangsprodukte für PVC sind Erdöl und Kochsalz, aus denen das Vorprodukt Vinylchlorid (VC) hergestellt wird. Durch das Verfahren der Suspensionspolymerisation wird das VC in PVC umgewandelt. Problematisch ist der Umgang mit Vinylchlorid. VC ist ein farbloses Gas, das in der Luft durch eine Zündquelle explodieren kann und außerdem eindeutig krebserregend ist. Um die Verarbeitung von PVC zu ermöglichen, werden dem Kunststoff Additive, wie bspw. Stabilisatoren (u.a. Blei, Cadmium, Calcium), Gleitmittel oder Weichmacher (z.B. DEHP) beigefügt[5]. Im Brandfall entsteht durch PVC in erster Linie Chlorwasserstoffgas (HCl), das beim Einatmen in Salzsäure umgewandelt wird, und Kohlenmonoxid (CO). HCl reagiert allerdings sehr schnell mit anderen Stoffen in der Rauchwolke oder der Bausubstanz und verliert damit seine toxische Wirkung. Weiterhin entstehen durch verbrennendes PVC die sogenannten Dioxine (PCDD) und Furane (PCDF). Allerdings dient PVC dabei eher als Chlorquelle für andere PCDD/F freisetzende Stoffe, wie z.B. Polystyrol. PVC bildet bei der Verbrennung daher nur wenig PCDD/F, andere chlorierte Stoffe setzen im Brandfall aber wesentlich mehr Dioxine und Furane frei. Aber auch bei einer hohen Konzentration von PCDD/F ist die akute toxische Gefahr als gering einzuschätzen, da PCDD/F im Brandruß und anderen Brandrückständen gebunden ist. Das Problem liegt eher in der Langzeitwirkung dieser Brandprodukte.[6]

---

5 Vgl. PVC und Umwelt Kommunikations GmbH (1996)

6 Vgl. UnSaNRW (1997)

2. Zielsetzung, untersuchte Medien und Untersuchungszeitraum der Analyse

2.1 Untersuchungsfragen

Ziel dieser Medienresonanzanalyse ist die Erfolgsmessung der Kommunikationsmaßnahmen, die die Arbeitsgemeinschaft PVC und Umwelt (AgPU) während der PVC-Debatte nach dem Flughafenbrand in Düsseldorf durchgeführt hat. Unter anderem sollen dabei folgende Fragestellungen beantwortet werden:

- Auf welche Medien, in welche Regionen und auf welche Medientypen verteilte sich die Medienberichterstattung?
- Über welchen Themenkomplex wurde am häufigsten berichtet und wie haben sich diese Themen über den Berichtszeitraum entwickelt?
- Wer waren die Meinungsführer, wie oft wurden sie genannt und welche Meinungen wurden durch sie vertreten?
- In welcher journalistischen Darstellungsform, mit welcher Spaltenanzahl und welchem Bildanteil wurden die Clippings veröffentlicht?
- Welchen Einfluß auf die Medienberichterstattung hatten die Kommunikationsmaßnahmen der verschiedenen Konfliktparteien (AgPU, PVC-Hersteller, Greenpeace, BUND und Die Grünen)?

Analyseobjekt war die Medienberichterstattung in der Zeit vom 12. April 1996 bis zum 14. Oktober 1996. Der außergewöhnlich lange Untersuchungszeitraum von 27 Wochen ist auf mehrere Nachrichteneinschübe zurückzuführen. Zum einen begann am 23. Juni ein Koalitionsstreit um den Kunststoff PVC innerhalb der nordrhein-westfälischen Landesregierung, zum anderen organisierte die AgPU am 19. September eine Pro-PVC-Demonstration gegen die „Lügen über PVC“. Die Medienresonanz des Brandes und dieser beiden Ereignisse wurde in drei jeweils zwei Wochen umfassenden täglichen Analysen untersucht. Die Berichterstattung des gesamten Auswertungszeitraums wurde in einer wöchentlichen Analyse erfaßt. Ausgewertet wurden ausschließlich Printmedien, darunter sowohl Tages-, Sonntags- und Wochenzeitungen, als auch Publikums- und Fachzeitschriften.

2.2 Methodische Erläuterungen

Die Medienberichterstattung wurde einerseits durch die Registrierung quantitativer Merkmale und andererseits durch eine Inhaltsanalyse untersucht. Ein Problem dieser Analyse besteht in der Erfüllung der wissenschaftlichen Kriterien Reliabilität und Objektivität. Da der Autor der einzige Codierer war, konnte die Zuverlässigkeit der Analyse nicht durch Reliabilitätstests nachgewiesen werden. Die Untersuchung der Meinungstendenz ist bei einer Auswertung durch eine Person ebenfalls eher subjektiv.

Die Analyse der Medienberichterstattung wurde auf zwei Ebenen durchgeführt. Die erste Ebene untersuchte das Medium, in dem der zu untersuchende Artikel publiziert wurde. Dazu wurden Zeitungstitel, Erscheinungsort, Erscheinungsweise, Medientyp und Auflage erfaßt. Die zweite Ebene befaßte sich mit dem Artikel selbst. Erfaßt wurden dazu die Schlagzeile, das Erscheinungsdatum, das Thema, der Auslöser, die Spaltenanzahl, die Meinungstendenz, der Bildanteil, die journalistische Darstellungsform und die Initation. Zu den eigeninitiierten Clippings wurden sowohl von der AgPU ausgelöste, also auch von den PVC-Herstellern initiierte Beiträge gezählt. Weiterhin wurden direkte Nennungen der AgPU, der PVC-Hersteller, von Greenpeace, des BUND und der Grünen in den Clippings registriert. Die thematischen Inhalte der Beiträge wurden innerhalb kategorisierter Themengebiete eingeordnet. Die Meinungstendenz der Clippings wurde als negativ, neutral oder positiv erfaßt. Ein Artikel wurde bspw. auch dann als negativ eingeordnet, wenn positive Elemente zwar vorhanden waren, die Negativaussagen aber deutlich überwogen. Der Auslöser eines Clippings wurde mit Hilfe der verfügbaren Presseinformationen und anderen Aussagen der Konfliktbeteiligten ermittelt. Dabei wurde ein Artikel nur dann einem Auslöser zugeordnet, wenn sich der Inhalt des Clippings ausdrücklich auf die Aussage einer Konfliktpartei bezog oder zugeordnet werden konnte. Die Struktur der erfaßten Merkmale kann der folgenden Abbildung entnommen werden:

Abb. 3: Struktur der erfaßten Merkmale

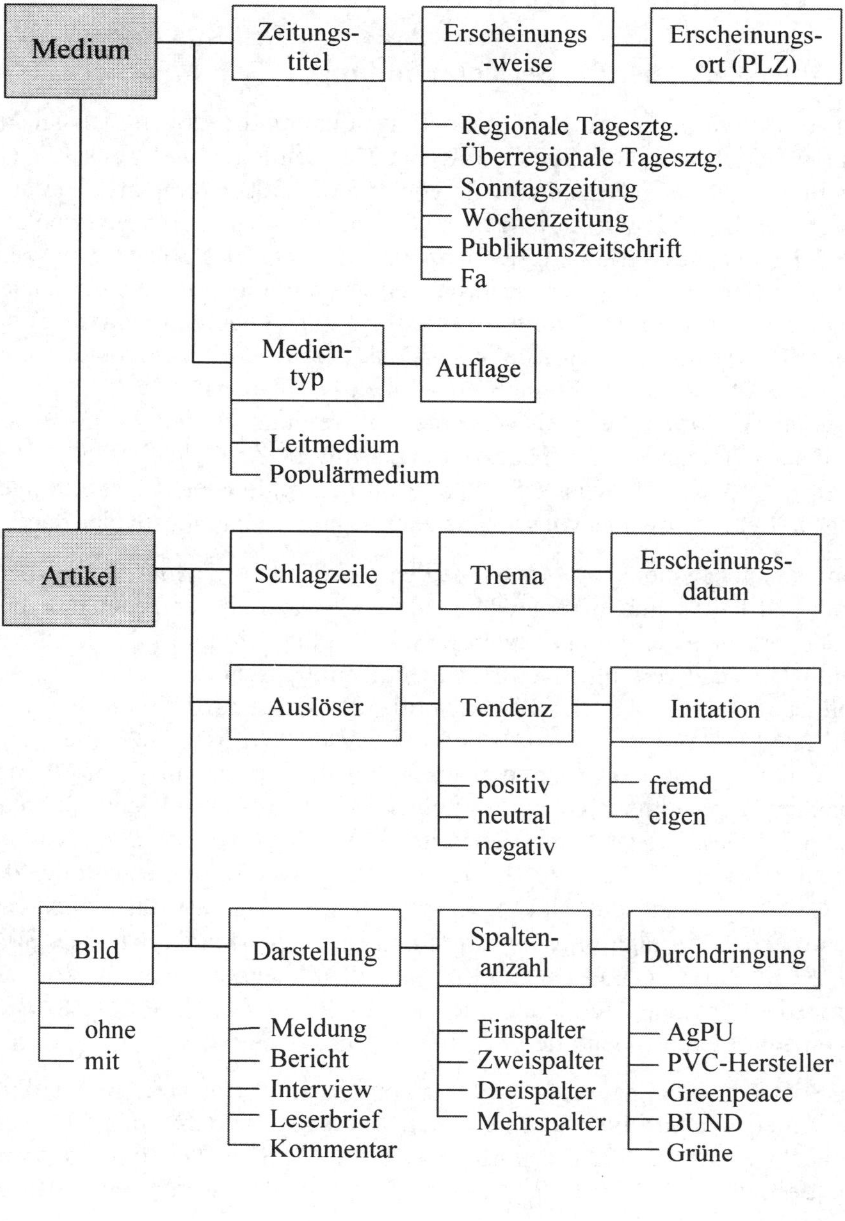

3. Die Medienresonanz im Gesamtüberblick (12.04.96 bis 18.10.96)

3.1 Überblick über die Berichterstattung

Auf die Mitwirkung von PVC beim Flughafenbrand bezogen sich im gesamten Berichtszeitraum 868 Beiträge in 316 Zeitungen und Zeitschriften. Das entspricht einer Gesamtauflage von 185.020.500 Exemplare. Die ausgewerteten Beiträge wiesen eine zu 20,6 % positive, zu 23,3 % neutrale und zu 56,1 % negative Meinungstendenz auf. Während des Auswertungszeitraums entfielen etwa 81 % aller ausgewerteten Clippings auf die regionalen Tageszeitungen, die im Schnitt drei Beiträge zum Thema „Flughafenbrand und PVC" veröffentlichten. Die ortsansässigen Tageszeitungen publizierten dabei erwartungsgemäß die meisten Artikel. Die RHEINISCHE POST produzierte mit 32 Artikel beispielsweise mehr als dreimal so viele Beiträge, wie die unter den auswärtigen Tageszeitungen mit 11 Artikeln führende BERLINER MORGENPOST. Knapp 56 % aller in den regionalen Tageszeitungen ausgewerteten Clippings wiesen eine eher negative Meinungstendenz auf.

Von den überregionalen Massenmedien wurde dem Thema „Flughafenbrand und PVC" eine außergewöhnlich hohe Beachtung entgegengebracht. In den ersten zwei Wochen wurden 10 % aller Clippings in den überregionalen Tageszeitungen veröffentlicht, die durchschnittlich acht Beiträge produzierten. Bemerkenswert ist dabei die sehr große Anzahl von Beiträgen der FRANKFURTER RUNDSCHAU und der TAGESZEITUNG (TAZ), die mit je 17 Artikel – das sind zusammen immerhin 40 Prozent aller von überregionalen Tageszeitungen veröffentlichten Beiträge – die meisten Publikationen aufwiesen. Der Anteil der Beiträge mit negativer Meinungstendenz war mit etwa 75 % sehr hoch. Die negative Berichterstattung der TAGESZEITUNG und des NEUEN DEUTSCHLAND mag ja nicht weiter verwunderlich sein, allerdings veröffentlichten auch Medien wie die SÜDDEUTSCHE ZEITUNG und DIE WELT, weitgehend negative Artikel. Von den Leitmedien bemühte sich einzig die FRANKFURTER ALLGEMEINE ZEITUNG um eine größtenteils neutrale Berichterstattung.

Die Sonntagszeitungen veröffentlichten durchschnittlich etwa zwei Artikel. Der Anteil der positiven und neutralen Beiträge war dabei mit 50 % bemerkenswert hoch. Allerdings trug die WELT AM SONNTAG mit insgesamt vier Beiträgen, von denen 75 % positiv oder neutral waren, erheblich zu dieser Bilanz bei und stellte damit 30 % der gesamten positiven bzw. neutralen Berichterstattung. Interessant ist der Unterschied der Meinungstendenz zwischen der Tages- und der Sonntagszeitung DIE WELT. Im Gegensatz zur Sonntagszeitung überwiegt in der täglichen Ausgabe ganz eindeutig die negative Berichterstattung.

Die Berichterstattung der analysierten Wochenzeitungen war mit durchschnittlich vier Beiträgen etwas höher, als die der meisten anderen Medien. Die Berichterstattung war zwar überwiegend positiv bzw. neutral (62,5 %), allerdings haben die Wochenzeitungen nur einen Anteil von 1,8 % an der gesamten Berichterstattung.

Das Interesse der untersuchten Publikumszeitschriften war mit zwischen einem und zwei veröffentlichten Artikel etwas gering. Die Berichterstattung der ausgewerteten Clippings tendierte mit fast 77 % sehr stark ins negative. Im Gegensatz dazu überwog in den Fachzeitschriften mit 67,7 % die positiven bzw. neutralen Beiträge. Allerdings wurde dem Flughafenbrand mit durchschnittlich einem publizierten Artikel auch von den Fachzeitschriften keine große Bedeutung zugemessen.

Interessant ist auch ein Vergleich der Prestige- mit den Leitmedien. Zu den Prestigemedien gehören neben Zeitungen, wie z.B. die FRANKFURTER ALLGEMEINE ZEITUNG, auch Publikumszeitschriften, wie z.B. DER SPIEGEL oder FOCUS. Obwohl nur ca. 4,4 % aller ausgewerteten Medien zu den Prestigemedien gehören, veröffentlichten sie immerhin 10,3 Prozent aller Beiträge. Die Berichterstattung durch die Prestigemedien war etwas negativer als die der Populärmedien. Außerdem wurden durch die Prestigemedien wesentlich weniger positive aber mehr neutrale Artikel als in den Populärmedien publiziert. Bei der Betrachtung dieser Ergebnisse sollte man bedenken, daß Prestigemedien neben anderen Medien insbesondere die wirtschaftlichen und politischen Entscheidungsträger ansprechen. Dazu gehören bspw. Bürgermeister oder Stadtverordnete, die evtl. über einen Verzichtsantrag in Bezug auf PVC abzustimmen haben.

Tab. 1: Hitliste: Ausgewertete Massenmedien

Zeitungstitel nach Erscheinungsweise		Beiträge	Tendenz in Prozent positiv	neutral	negativ
260 regionale Tageszeitungen		710	20,1	23,7	56,2
1.	Rheinische Post	33	15,2	42,4	42,4
2.	Kölner Stadt-Anzeiger	30	36,7	40,0	23,3
3.	Generalanzeiger Bonn	20	30,	30,0	40,0
11 überreg. Tageszeitungen		84	14,3	21,4	64,3
1.	Die Tageszeitung	17	5,9	11,8	82,4
2.	Frankfurter Rundschau	17	5,9	17,6	76,5
3.	Süddeutsche Zeitung	13	23,1	7,7	69,2
5 Sonntagszeitung		10	40,0	10,0	50,0
1.	Welt am Sonntag	4	50,0	25,0	25,0
2.	BZ am Sonntag	2	0,0	0,0	100,0
4 Wochenzeitungen		16	37,5	25,0	37,5
1.	VDI Nachrichten	11	36,4	36,4	27,3
2.	Die Zeit	2	100,0	0,0	0,0
12 Publikumszeitschriften		17	5,9	17,6	76,5
1.	Der Spiegel	4	0,0	50,0	50,0
2.	Kölner	2	0,0	0,0	100,0
24 Fachzeitschriften		31	41,9	25,9	32,3
1.	Wirtschaftswoche	3	0,0	100,0	0,0
2.	eurodecor	3	66,7	33,3	0,0
Zeitungstitel nach Medientyp		Gesamt	positiv	neutral	negativ
14 Prestigemedien		89	15,7	25,9	58,4
1.	Die Tageszeitung	17	5,9	17,6	76,5
2.	Frankfurter Rundschau	17	5,9	17,6	76,5
3.	Süddeutsche Zeitung	13	23,1	7,7	69,2
4.	Handelsblatt	8	50,0	37,5	12,5
5.	Frankfurter Allg. Ztg.	8	0,0	62,5	37,5
302 Populärmedien		779	21,2	23,0	55,8
1.	Rheinische Post	33	15,2	42,4	42,4
2.	Kölner Stadt-Anzeiger	30	36,7	40,0	23,3
3.	Generalanzeiger Bonn	20	30,0	30,0	40,0
4.	Westd. All. Ztg.	19	21,1	26,3	52,6
5.	Westdeutsche Zeitung	18	22,2	27,8	50,0

Während die Frage nach der Beteiligung von PVC am Flughafenbrand in den ersten zwei Wochen im gesamten Bundesgebiet zu einer hohen Berichterstattung führte, konzentrierte sich die Berichterstattung in den folgenden Wochen erwartungsgemäß auf die Regionen Düsseldorf, Bonn und Köln. Medien in den neuen Bundesländern und in Bayern schenkten der PVC-Diskussion nach den ersten Wochen nur noch relativ geringe Aufmerksamkeit. Der Koalitionsstreit in der NRW-Landesregierung war verständlicherweise eher für die regional ansässigen und in geringerem Ausmaß für die überregionalen Medien von Interesse. Die Pro-PVC-Demonstration wurde von den überregionalen Medien kaum und von regionalen Medien offenbar nur dann beachtet, wenn der Erscheinungsbereich des Medium entweder in der Umgebung von Düsseldorf (Nachrichtenfaktor: geographische Nähe) oder in Gebieten mit einer Produktionsstätte für PVC lag (Nachrichtenfaktor: evtl. Konsequenzen bei Werksschließung). Die unerwartet geringe Medienresonanz im Postleitgebiet 6 ist darauf zurückzuführen, daß mit der FRANKFURTER ALLGEMEINEN ZEITUNG und der FRANKFURTER RUNDSCHAU zwei überregionale Medien bei der Auswertung dieser Region nicht berücksichtigt wurden. Wären beide Zeitungen in das Postleitgebiet einbezogen worden, hätte diese Region mit 70 Beiträgen die dritthöchste Medienresonanz gehabt.

Interessant ist auch die Analyse der Meinungstendenz in den einzelnen Postleitgebieten. Offensichtlich ist die Meinungstendenz der ausgewerteten Clippings in Regionen mit hoher Medienberichterstattung positiver bzw. neutraler, als in Gebieten mit geringer Medienresonanz. Das liegt vermutlich daran, daß die Berichterstattung außerhalb der Postleitgebiete 4 und 5 von Diskussionen um ein PVC-Verzicht auf lokaler Ebene geprägt war. Es muß jedoch geprüft werden, ob die Medienarbeit in den Gebieten mit geringer Berichterstattung eventuell vernachlässigt und dadurch eine tendenziell eher negative Medienresonanz ausgelöst wurde.

Abb. 4: Regionale Verteilung der Berichterstattung (Mit Meinungstendenz in %)

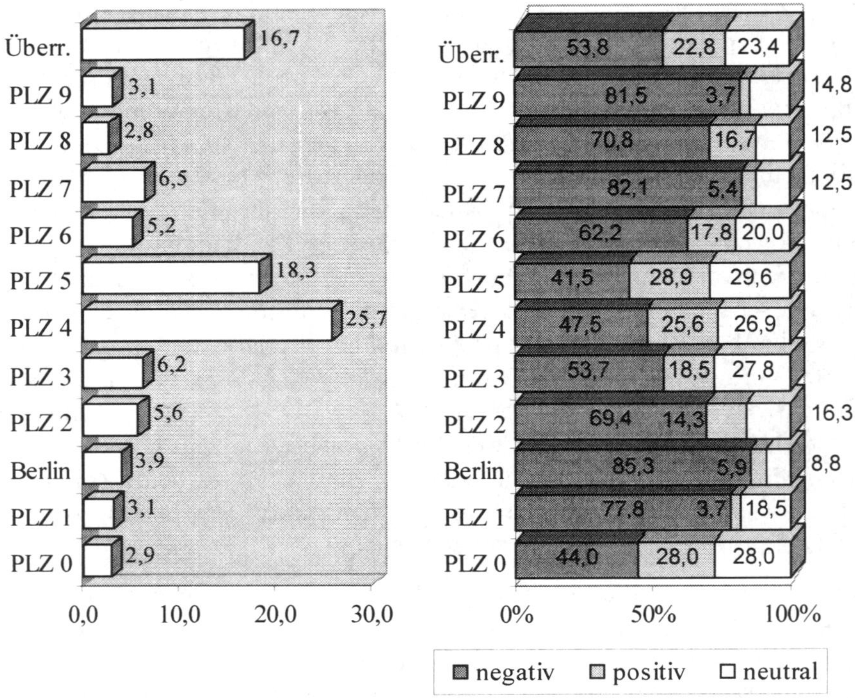

Betrachtet man sich die wöchentliche Medienresonanz, dann fallen besonders zwei „Ausreißer" auf. Nachdem die Berichterstattung in den ersten Wochen kontinuierlich zurückging und dabei erwartungsgemäß negative Beiträge dominierten, verursachte der Koalitionsstreit um Vesper´s PVC-Erlaß in der 11. Woche wieder einen starken Anstieg des Medieninteresses mit einem hohen Anteil an positiven und neutralen Artikel. Nachdem das Interesse am Koalitionsstreit abgeflaut war, wurde die Berichterstattung wieder etwas negativer. Allerdings nicht mehr in dem Ausmaß, wie in den ersten Wochen. Die Medienresonanz während und nach der Pro-PVC-Demonstration wurde dann wieder deutlich von positiver oder neutraler Berichterstattung dominiert. Betrachtet man die Berichterstattung während des gesamten Auswertungszeitraums, dann kann man eine kontinuierliche Steigerung der positiven Beiträge erkennen. Der trotzdem relativ hoch bleibende Anteil der negativen Clippings, läßt auf eine negative Grundeinstellung der Medien gegenüber PVC schließen.

Abb. 5: Medienberichterstattung pro Woche (Meinungstendenz in Prozent)

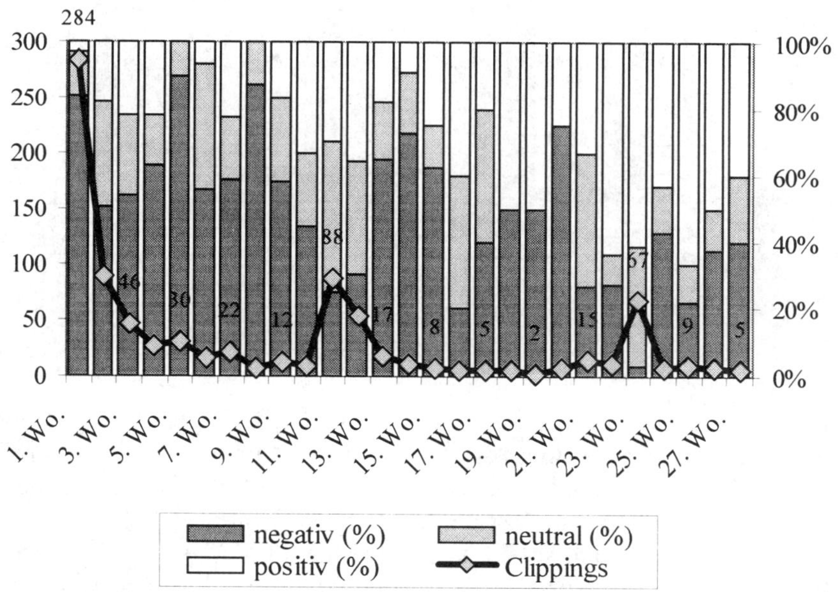

3.2 Initiatoren der Berichterstattung

Wie bereits vorher erwähnt, gehört der Initativquotient zu den wichtigsten Ergebnisse, die eine Medienresonanzanalyse liefert. Betrachtet man sich diesen Quotient für den gesamte Auswertungszeitraum, so ergibt sich mit 18 : 82 auf den ersten Blick ein eher ungünstiges Bild. Zu den 18 % eigeninitiierter Berichterstattung wurden auch von den PVC-Produzenten ausgelöste Beiträge gezählt. Diese sehr hohe Abweichung von der Optimalrelation (70:30) verdeutlicht, daß die AgPU im Krisenfall eben nicht mehr Herr der Berichterstattung war, sondern nur eine von vielen Quellen für die Journalisten darstellte. Zudem wird die betroffene Organisation auch nicht unbedingt als objektivste Quelle angesehen.

Abb. 6: Initativquotient der gesamten Medienberichterstattung (Werte in Prozent)

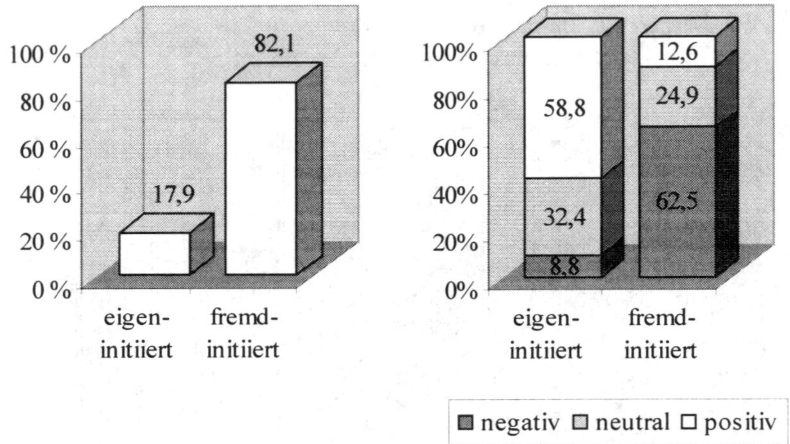

Wenn man sich aber die Initativquotienten der Berichterstattung in den einzelnen Wochen betrachtet, dann er gibt sich ein nicht mehr ganz so schlechtes Bild. Der Anteil der eigeninitiierten Beiträge ist zwar generell relativ gering, steigt aber im Verlauf der Wochen kontinuierlich an. Weiterhin ist zu beachten, daß allein in den ersten fünf Wochen 55 % aller Beiträge veröffentlicht wurden, die zu über 90 % fremdinitiiert waren. Die auch in den folgenden Wochen hohe Anzahl fremdinitiierter Artikel ist einerseits darauf zurückzuführen, daß das Thema PVC durch den Koalitionsstreit in Nordrhein-Westfalen (NRW) zunehmend politisiert und die Berichterstattung daher hauptsächlich von Politikern ausgelöst wurde. Andererseits wurde die Diskussion um einen PVC-Verzicht auf lokaler Ebene sehr häufig von den regionalen Tageszeitungen aufgegriffen. In den letzten fünf Wochen waren dagegen 60 % der Berichterstattung eigeninitiiert, die Optimalrelation wurde also fast erreicht.

Die eigeninitiierten Berichterstattung waren zu etwa 59 % positiv und zu 32 % neutral geprägt. Offensichtlich ist es der AgPU relativ gut geglückt, die gewünschten Botschaften in den eigeninitiierten Berichten zu plazieren. Eigeninitiierte Beiträge mit negativer Tendenz waren mit 8,8 % eher selten. Aber auch 37,5 % der fremdinitiierten Beiträge waren tendenziell positiv oder neutral. Dieser relativ hohe Anteil ist wahrscheinlich auf die überwiegend fremdinitiierte Berichterstattung über den Koalitionsstreit um den PVC-Erlaß in NRW zurückzuführen.

Abb. 7: Anteil der eigen- und fremdinitiierter Berichte pro Woche (Werte in Prozent)

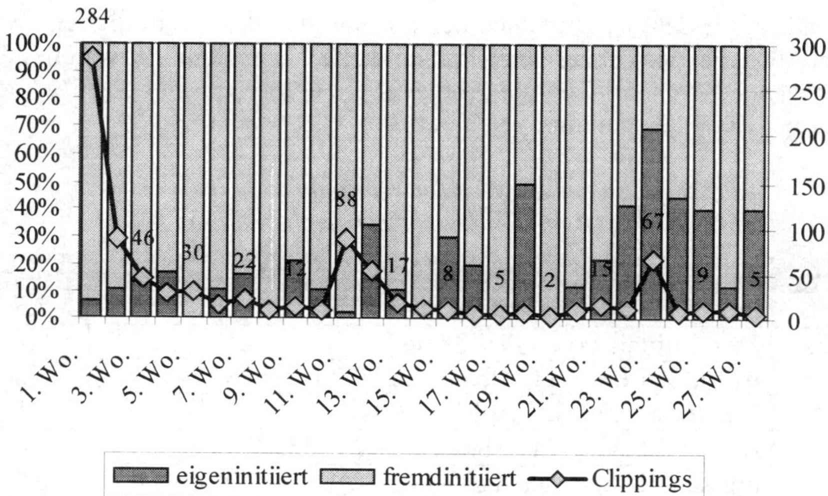

Die eigeninitiierten Berichterstattung waren zu etwa 59 % positiv und zu 32 % neutral geprägt. Offensichtlich ist es der AgPU relativ gut geglückt, die gewünschten Botschaften in den eigeninitiierten Berichten zu plazieren. Eigeninitiierte Beiträge mit negativer Tendenz waren mit 8,8 % eher selten. Aber auch 37,5 % der fremdinitiierten Beiträge waren tendenziell positiv oder neutral. Dieser relativ hohe Anteil ist wahrscheinlich auf die überwiegend fremdinitiierte Berichterstattung über den Koalitionsstreit um den PVC-Erlaß in NRW zurückzuführen.

Weiterhin ist auch eine genauere Betrachtung der Personen und Organisationen interessant, die fremdinitiierte Beiträge ausgelöst haben. Allerdings muß man dabei beachten, daß die Forderung nach einem Verzicht auf PVC auf regionaler oder nationaler Ebene weitaus am meisten fremdinitiierte Berichterstattung auslöste. Ein Großteil dieser Berichte taucht jedoch nicht in der Hitliste der Auslöser auf, da sie von zu vielen verschiedenen Personen oder Organisationen verursacht wurden. Von den Maßnahmen der

AgPU verursachte die Pro-PVC-Demonstration die mit Abstand größte Medienresonanz. Bei der fremdinitiierten Berichterstattung fällt die hohe Anzahl an negativen Beiträgen auf, die die Wissenschaftler Wassermann und Hosser mit ihren Aussagen ausgelöst haben. Wenn man bedenkt, welchen Stellenwert Wissenschaftler als Meinungsführer bei der Bildung der öffentlichen Meinung haben, dann ist dieses Ergebnis besorgniserregend. Interessant ist aber auch der Einfluß, den der Streit um den PVC-Erlaß für die Medienberichterstattung hatte. Die Beiträge waren zwar durchgehend fremdinitiiert, sie führten aber zu überwiegend positiver oder neutraler Berichterstattung.

Tab. 2: Hitliste Auslöser der Berichterstattung (Mit % - Anteil an der gesamten Berichterstattung)

Rang	Auslöser der eigeninitiierten Berichterstattung	Anzahl	Prozent
1.	Pro-PVC-Demonstration am 19.09.96	65	7,5
2.	Pressemitteilung AgPU (28.06.)	16	1,8
3.	Aufruf zur Pro-PVC-Demo. am 19.09. (29.08)	14	1,6
4.	Pressekonferenz der AgPU (12.04)	13	1,5
5.	Hüls-AG beklagt Wortbruch Vesper (28.06.)	12	1,4
6.	Pressemitteilung der AgPU (12.04.)	8	0,9
Rang	**Auslöser der fremdinitiierten Berichterst.**	**Anzahl**	**Prozent**
1.	PVC-Erlaß ab 23.06. (Vesper, Clement)	82	9,4
2.	Vesper beim Interview mit der taz (15.04.)	42	4,8
3.	Toxikologe Wassermann: Dioxingefahr	21	2,4
4.	Pressekonferenz der Staatsanwaltsch. (12.04.)	21	2,4
5.	Rechtsausschuß des Landtag NRW (15.05.)	19	2,2
6.	Pressemitteilung Greenpeace (16.04.)	17	2,0
7.	Mitteilung des Flughafens Düsseldorf (14.04.)	16	1,8
8.	Pressemitteilung Greenpeace (Demo: 19.09.)	16	1,8
9.	ZDF-Reportage: Styropor war Brandursache	15	1,7
10.	Umweltdezernent Düsseldorf (22.05.96)	12	1,4
11.	Agenturbericht Reimann (ap)	12	1,4
12.	Hosser: PVC schwer brennbar (16.4.)	12	1,4

3.3 Themen und Themenverlagerung in der Berichterstattung

Zu Beginn der Berichterstattung dominierten in den Beiträgen die Themen „Giftiger Rauch durch PVC", „PVC sollte verboten werden", „Dioxinverseuchter Flughafen" und „PVC auf regionaler Ebene". Während die Themen „Dioxinverseuchung" und „Giftiger Rauch" aber relativ schnell wieder aus den Medien verschwanden, tauchten die „Forderung nach PVC" und die „Regionale PVC-Debatte" immer wieder in der Berichterstattung auf. Insbesondere Beiträge über die sich im Anschluß an den Flughafenbrand häufenden Anträge bzw. Entschlüsse zu einem PVC-Verbot in Kommunen, Kreisen und Bundesländern bezogen sich immer wieder auf die angeblich verheerende Rolle, die PVC beim Flughafenbrand gespielt haben soll. Dieses Thema tauchte immerhin in 21,5 Prozent aller ausgewerteten Clippings und in manchen Wochen sogar in mehr als 50 % aller Berichte auf und löste damit die meiste Medienresonanz aus. Daß die PVC-Diskussion auf regionaler Ebene die Berichterstattung so dominierte wird verständlich, wenn man bedenkt, daß sich fast jeder von der PVC-Debatte persönlich betroffen fühlte. Zudem ist es natürlich unmöglich, jede sich entwickelnde lokale Diskussion „vorauszuahnen" und die regionalen Tageszeitungen und Meinungsführer entsprechend mit Informationsmaterial zu versorgen. Trotz- dem ist diese Entwicklung besorgniserregend, da die Rubrik Lokales, in der diese Beiträge gewöhnlich erscheinen, von weit über 70 % aller Zeitungskonsumenten gelesen wird.

Tab. 3: Hitliste Themengebiete
(Mit % - Anteil an der Gesamtberichterstattung)

Rang	Thema	Anzahl	Prozent
1.	PVC auf lokaler Ebene	187	21,5
2.	Forderung nach PVC-Verbot	163	18,8
3.	Koalitionsstreit um PVC-Erlaß	124	14,3
4.	PVC erzeugt giftigen Rauch	122	14,1
5.	Pro-PVC-Demonstration	80	9,2
6.	Positive Eigenschaften: PVC	72	8,3
7.	Dioxinverseuchter Flughafen	66	7,6
8.	Ersatzstoffe für PVC	53	6,1

Ende Juni verlagerte sich die Berichterstattung schließlich auf das Thema Koalitionsstreit um den PVC-Erlaß des NRW-Bauminister Michael Vesper. Die Tendenz der Beiträge war zwar wie erwähnt überwiegend positiv oder neutral, allerdings verschwand dieses Thema nach zwei Wochen fast vollständig aus der Medienberichterstattung. Im September war das dominierende Thema dann die PVC-Demonstration, die fast durchgehend positive bzw. neutrale Beiträge zur Folge hatte. Zu dieser Zeit wurde aufgrund von Aussagen der Grünen und von Greenpeace wieder verstärkt über Forderungen nach einem PVC-Verbot berichtet. Allerdings war auch das Thema „Pro-PVC-Demonstration" wieder recht schnell aus den Medien verschwunden. Das einzige positive Themengebiet, das in den Medien über den gesamten Auswertungszeitraum vertreten war, waren Informationen über die positiven Eigenschaften von PVC, wie z.B. die schwere Entflammbarkeit oder die Recyclingfähigkeit.

Abb. 8: Themenentwicklung und –verlagerung in der Berichterstattung

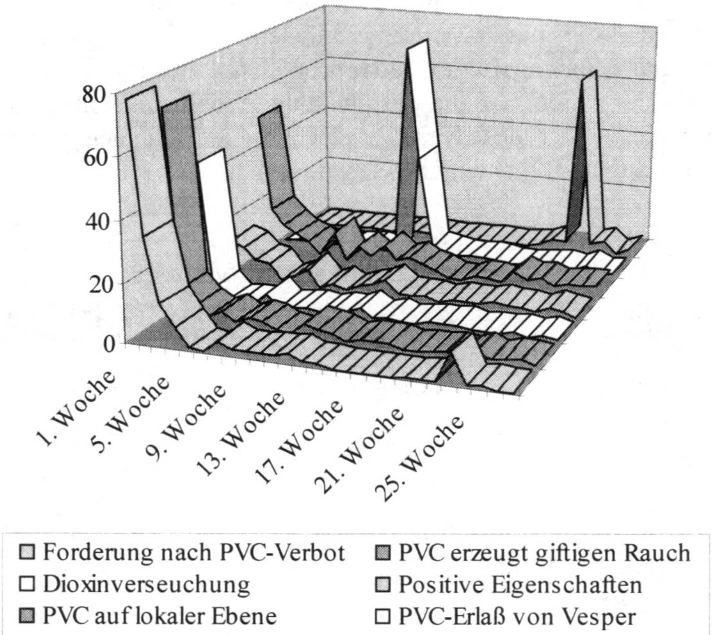

Auffällig war auch, daß unsinnige Behauptungen, wie z.B. „Brennendes PVC ist Ursache für die Todesopfer", nicht aus der Medienberichterstattung zu bekommen waren. Selbst Monate später tauchte dieses Thema immer wieder in den Medien auf. Weitere, in den Medien oft vorkommende Themen, waren Informationen und Spekulationen über die Rolle, die PVC bei dem Brandausbruch am Flughafen gespielt hat. Sehr häufig wurde die PVC-Regenrinne unterhalb der Schweißstelle und verlegte PVC-Kabel als Brandursache oder Grund für die schnelle Brandausbreitung genannt. Daß, wie schon früher bekannt, unzulässig verlegte Styroporplatten und eine Staubschicht für die Brandausbreitung verantwortlich waren, wurde zwar auch von den Medien aufgegriffen, aber leider nicht in dem selben Ausmaß, wie der angebliche Brandverursacher PVC.

3.4 Journalistische Darstellung der ausgewerteten Clippings

Die häufigste journalistische Darstellungsform war mit etwa 56 % Anteil an allen ausgewerteten Clippings der Bericht. Die etwas weniger Aufmerksamkeit erzeugende Meldung folgte mit immerhin noch knapp 28 % Anteil an der Medienresonanz. Die Meinungstendenz in beiden Darstellungsformen war mit knapp über 50 % eher negativ. Obwohl der Bericht in der Regel die Medienresonanz innerhalb des Auswertungszeitraums dominierte, war die weniger ausführliche Meldung während der Pro-PVC-Demonstration die häufigste Darstellungsform. Interessant ist der hohe Anteil der meinungsäußernden Darstellungsformen. Nach der Brandkatastrophe wurde eine ungewöhnlich große Zahl von Kommentaren veröffentlicht, in der ersten Woche waren 13 % und in der zweiten Woche sogar fast 16 % aller ausgewerteten Clippings Kommentare. Die mit 67 % deutlich negative Meinungstendenz dieser Beiträge läßt eine sehr mißtrauische Grundeinstellung der Journalisten gegenüber der PVC-Industrie schließen. Bei den Interviews ließen die Medien offensichtlich sowohl PVC-Befürworter als auch Skeptiker im gleichen Umfang zu Wort kommen. Das läßt sich aus dem sehr ausgeglichenen Verhältnis von Interviews mit negativer (36 %), neutraler (28 %) und positiver (36 %) Meinungstendenz ableiten. Während Interviews und Kommentare allerdings auf die ersten Wochen beschränkt waren, tauchten Leserbriefe während des gesamten Auswertungszeitraums immer wieder in den Medien auf. Das läßt auf ein großes Interesse für die PVC-Diskussion beim Publikum schließen. Auffällig ist der mit etwa 54 % hohe Anteil an positiven Leserbriefen. Allerdings sollte man sich darüber im klaren sein, daß Leserbriefe nicht repräsentativ für die öffentliche Meinung sind. Außerdem muß berücksichtigt werden, ob das Verfassen von Leserbriefen nicht zu den angewendeten Kommunikationsinstrumente gehört hat und man einen Teil der positiven Reaktionen selbst ausgelöst hat. Trotzdem ist der hohe Anteil von günstigen Leserbriefen positiv zu bewerten, da diese Rubrik nach Untersuchungen immerhin von knapp 40 % aller Zeitungskonsumenten gelesen wird.[7]

Abb. 9: Journalistische Darstellung der ausgewerteten Clippings (Werte in Prozent)

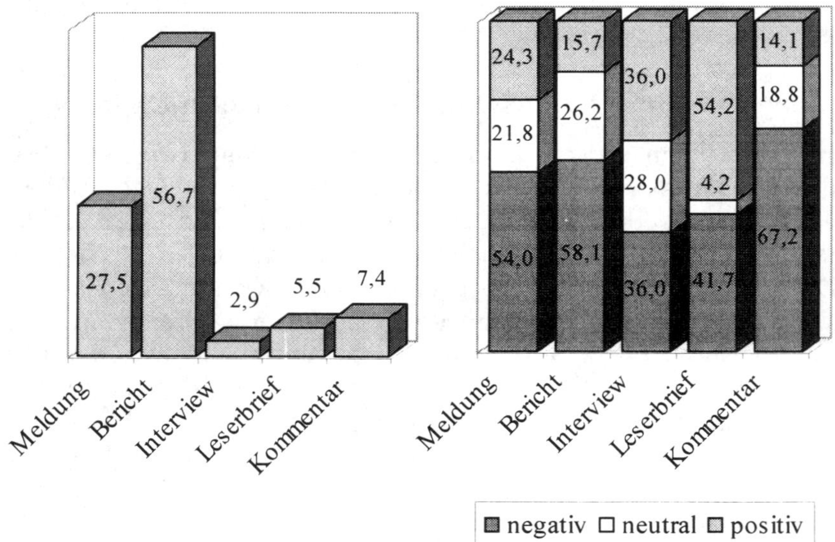

3.5 Umfang und Bildanteil der ausgewerteten Beiträge

Ein wichtiges Merkmal für den Grad der Aufmerksamkeit, den ein Artikel erzeugt, ist der Umfang, der in dieser Analyse über die Spaltenanzahl gemessen wird. Weiterhin ist von Bedeutung, ob ein Beitrag mit oder ohne Bild veröffentlicht wurde. In den ersten Wochen nach dem Unglück war die Berichterstattung aufgrund des hohen Informationsbedarfs der Öffentlichkeit zunächst sehr ausführlich. Dem entsprechend wurden in diesem Zeitraum überwiegend Zwei- und Mehrspalter veröffentlicht. Während die zwei-

[7] Vgl.: Bundesverband Deutscher Zeitungsverleger e.V. (1996).

spaltigen Artikel aber weiterhin recht häufig in den Medien zu finden waren, ging die Anzahl der Drei- und Mehrspalter nach den ersten Wochen stark zurück. Die einzeilige Meldung dagegen war zu Beginn eher selten, sie dominierten allerdings den restlichen Auswertungszeitraum. Während bei zwei-, drei- und mehrspaltigen Artikeln mit etwa 58 % negativer und 42 % positiver bzw. neutraler Berichterstattung eine fast identische Meinungstendenz zu beobachten war, wiesen die Einspalter mit einem Anteil von ca. 50 % positiver und neutraler Beiträge eine deutlich erfreulichere Tendenz auf. Das ist allerdings auf die Zeit der Pro-PVC-Demonstration zurückzuführen, in der die einspaltige Meldung der häufigste Beitrag war.

Abb. 10: Umfang der ausgewerteten Clippings (Gemessen an der Spaltenanzahl/Werte in Prozent)

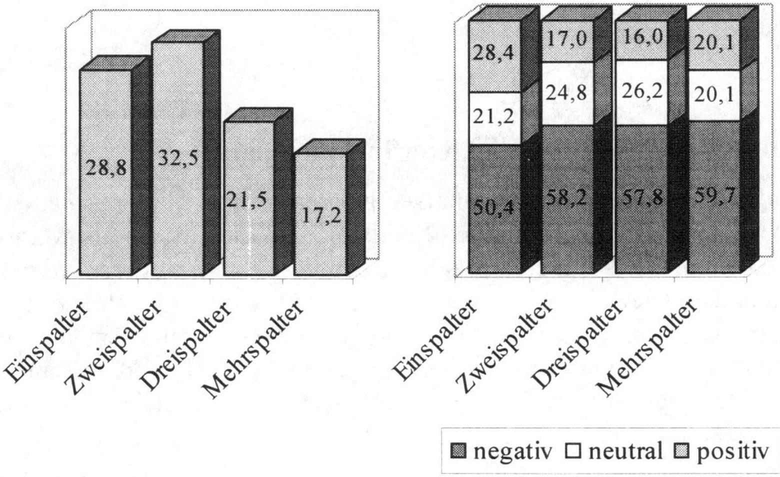

Während des Auswertungszeitraums wurden ca. 26 % aller Beiträge mit einem Bild abgedruckt. Bei der Meinungstendenz war zwischen den Clippings mit Bild und den Beiträgen ohne Bild (ca. 74 %) kein signifikanter Unterschied festzustellen. In beiden Fällen lag der Anteil an tendenziell negativen Artikel bei ca. 56 %. Auch der Anteil der neutralen (ca. 23 %) und der positiven (ca. 21%) Berichterstattung war sowohl bei Clippings mit Bild als auch ohne Bild in etwa gleich hoch. Daß bedeutet, daß durch die mehr Aufmerksamkeit erregenden Bildberichte eine evtl. negative Meinungstendenz nicht weiter verstärkt wurde.

Abb. 11: Bildanteil der ausgewerteten Clippings (mit Meinungstendenz/Werte in Prozent)

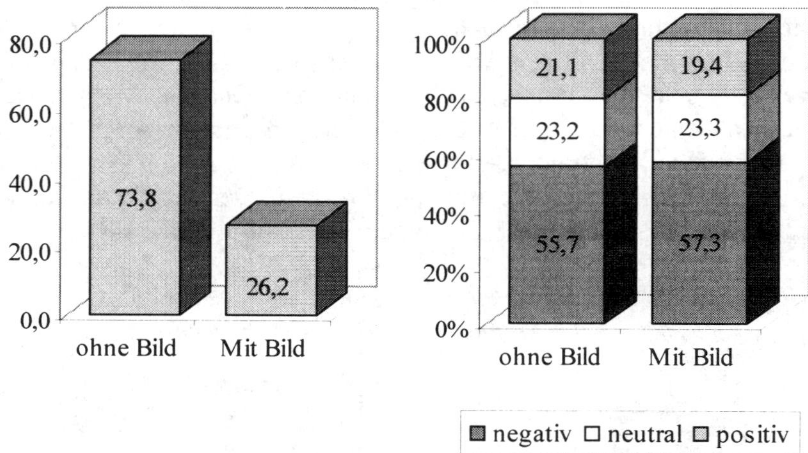

3.6 Direkte Nennungen der Konfliktparteien

Die häufigsten namentlichen Nennungen innerhalb eines Clippings hatten die Grünen vorzuweisen. Das lag einerseits daran, daß die Grünen als politische Partei eine höhere Aufmerksamkeit genießen, als die anderen Konfliktparteien und andererseits an der Rolle, die sie während des Koalitionsstreites innehatten. Der Streit um den PVC-Erlaß ist auch der Grund für den relativ großen Anteil an Clippings mit negativer Tendenz (ca. 21,3 %). Die anderen Konfliktbeteiligten wurden, bis auf den BUND, etwa gleich oft in den Medien genannt.

Die AgPU-Nennungen der ersten Wochen wurden wahrscheinlich durch die ausgegebenen Pressemitteilungen und die abgehaltene Pressekonferenz ausgelöst. Da die AgPU in diesem Zeitraum meist in einem negativen Zusammenhang genannt wurde, läßt sich darauf schließen, daß die Informationsangebote der AgPU von den Medien anfangs eher skeptisch aufgenommen wurden. In den nächsten Wochen und Monaten wurde die AgPU dann aber fast nur noch in Beiträgen mit positiver oder zumindest neutraler Tendenz erwähnt. Die häufigsten Nennungen erhielt die AgPU im Anschluß an die Pro-PVC-Diskussion.

Erstaunlich ist die hohe Zahl der Nennungen von PVC-Produzenten, die fast ausschließlich in Beiträgen mit positiver bzw. neutraler Meinungstendenz vorkamen. Die einzelnen Unternehmen genossen offensichtlich eine höhere Glaubwürdigkeit, als die gemeinsame Interessenvertretung AgPU. Wie auch die Grünen, wurden die PVC-Produzenten während der Debatte um den PVC-Erlaß am häufigsten genannt. Daß ist wohl auf die heftige Reaktion der Hüls AG zurückzuführen. Die Pro-PVC-Demonstration führte ebenfalls zur häufigen Nennung von PVC-Herstellern.

Abb. 12: Direkte Nennungen der Konfliktparteien (Mit Meinungstendenz/Werte in Prozent)

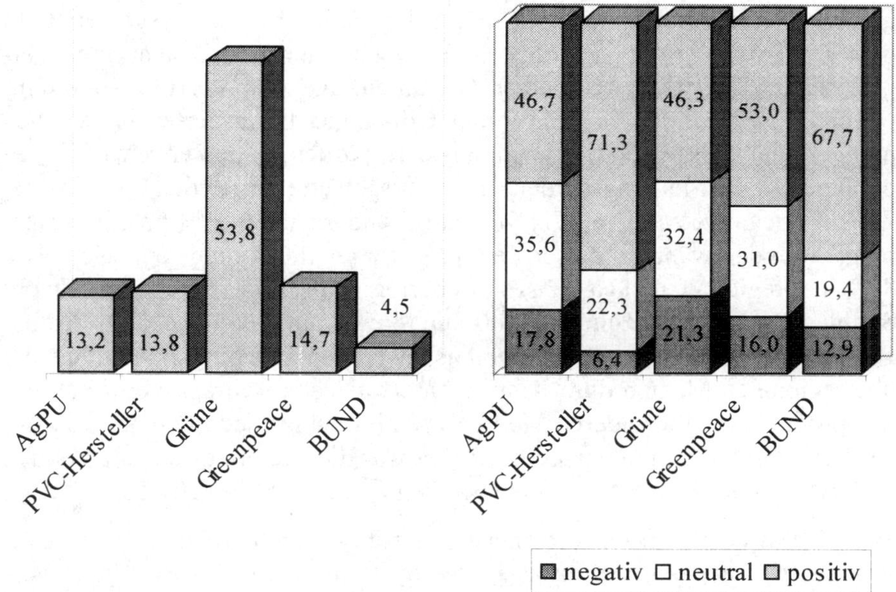

Greenpeace erhielt die meisten Nennungen in der ersten Woche des Auswertungszeitraums. Bis zum September 1996 tauchte Greenpeace namentlich nur sporadisch in der Berichterstattung auf. Erst mit der Pro-PVC-Demonstration war es Greenpeace möglich, ihre Forderung nach einem PVC-Verbot wieder im größeren Umfang in die Medien zu bringen. Während aus Sicht von Greenpeace die Meinungstendenz der Beiträge mit direkter Nennung vor der Demonstration allerdings in der Regel positiv war, dominierten in diesem Zeitraum neutrale oder sogar negative Artikel.

Der BUND schließlich wurde in den Medien am seltensten namentlich genannt und erreichte seine Höchstzahl an Nennungen erst in der dritten Berichtswoche. Während des gesamten Auswertungszeitraums bewegten sich die BUND-Nennungen auf einem sehr niedrigen Niveau, allerdings wurde der BUND in der Regel in einem für ihn positiven Zusammenhang genannt.

4. Die Medienresonanz nach dem Flughafenbrand (12.04.96 - 26.04.96)

4.1 Überblick über die Berichterstattung

In dieser Teilanalyse wird die durch den Flughafenbrand unmittelbar ausgelöste Medienresonanz vom 12.04.96 bis zum 26.04.96 ausgewertet. In dieser Zeit wurden 373 Beiträge in 164 Zeitungen und Zeitschriften veröffentlicht. Dies entspricht einer Gesamtauflage von 91.109.500 Exemplaren. Damit wurden ca. 43 % aller Clippings, die in dieser 27 Wochen umfassenden Gesamtauswertung analysiert wurden, in den ersten 14 Tagen publiziert. Die Meinungstendenz aller ausgewerteten Medien war zu ca. 76,1 % negativ, zu etwa 17,4 % neutral und zu ca. 6,4 % positiv ausgeprägt. Von den während dieser Zeit ausgewerteten Clippings entfielen etwa 83 % auf regionale und ca. 12 % auf überregionale Tageszeitungen. Sowohl Sonntag- und Wochenzeitungen, als auch Publikums- und Fachzeitschriften publizierten jeweils ca. 1 % aller ausgewerteten Clippings. Während die überregionalen Medien durchschnittlich etwa sechs Beiträge veröffentlichten, produzierten die anderen Medientypen im Schnitt lediglich ein bis zwei Artikel. Mit Ausnahme der Zeitschriften war die Meinungstendenz bei den in diesem Zeitraum ausgewerteten Medien zu ca. 80 % negativ geprägt.

Mit 18 Artikeln wurden die meisten Beiträge auch in den ersten zwei Wochen von der regional ansässigen Tageszeitung RHEINISCHE POST veröffentlicht, die mit insgesamt 50 % einen hohen Anteil an positiver und neutraler Berichterstattung aufwies. Die als nächstes folgende überregionale Tageszeitung FRANKFURTER RUNDSCHAU, publizierte immerhin noch 12 Artikel, die allerdings zu über 90 % negativ geprägt waren. Auch der SPIEGEL widmete dem Thema „Flughafenbrand und PVC“ mit immerhin drei Beiträgen in zwei Ausgaben eine relativ hohe Beachtung. Im Gegensatz zu den anderen, weitgehend negativ berichtenden Prestigemedien, war die Berichterstattung des SPIEGEL und der FRANKFURTER ALLGEMEINEN ZEITUNG relativ neutral.

Giftige Dämpfe wurden 16 Menschen zum Verhängnis

Düsseldorf: Ermittlungen gegen Schweiß-Firma / Flüge umgeleitet

DÜSSELDORF/BERLIN (Tsp). Am Tag nach der schlimmsten Brandkatastrophe, die es je auf einem deutschen Flughafen gegeben hat, stand nach offiziellen Angaben fest: Schweißarbeiten an einer Dehnungsfuge an einer Zufahrtsstraße oberhalb der Ankunftshalle lösten das Inferno aus, in dessen giftigen Dämpfen 16 Menschen erstickten. Die Staatsanwaltschaft ermittelt wegen fahrlässiger Brandstiftung und fahr-lässiger Tötung gegen die Düsseldorfer Firma, die ein Subunternehmen engagiert hatte. Es wurde nicht ausgeschlossen, daß Schutzmaßnahmen nicht beachtet wurden. Der Düsseldorfer Flughafen bleibt mindesten das Wochen-ende über geschlossen. In Berlin hieß es, solch ein Unglück könne sich dort nicht ereignen. Die Versicherer bezifferten den Schaden auf mehrere 100 Millionen Markt.

Der Brandschutz in Düsseldorf geriet in die Kritik. Erst vor zwei Wochen waren dem zweitgrößten deutschen Flughafen „optimale Brandschutzvorkehrungen" bestätigt worden. Nach Angaben der Flughafengesellschaft gab es in dem Gebäudeteil außer im Restaurant keine Sprinkleranlage. Es tauchte auch die Frage auf, ob die Feuerwehr rechtzeitig alarmiert wurde. starben in einer Lounge der Air France, andere in einem Aufzug, mit dem sie offenbar vom Parkdeck direkt in die Flammenwand fuhren. Es wurden Sondertelefone eingerichtet. Für die nächsten Tage waren über den größten deutschen Charter-Airport rund 1500 Flüge vorgesehen, die meisten wurden umgeleitet, zum Teil bis nach Amsterdam und Maastricht. Alle Flüge von Berlin nach Düsseldorf gehen in den nächsten Tagen nach Köln/Bonn.

Oberstaatsanwalt Rolf Chanteaux erläuterte, durch Funkenflug seien PVC-beschichtete Kabel in einer Zwischendecke in Brand geraten, giftige Dämpfe entstanden. Den Brand habe ein Taxifahrer um 15 Uhr 31 der Flughafen-Feuerwehr gemeldet. Sofort sei über Lautsprecher zum Verlassen des Gebäudes aufgefordert worden. Die Düsseldorfer Berufsfeuerwehr wurde erst um 15 Uhr 58 alarmiert. Bei Brandausbruch waren rund 2500 Personen im Gebäude. Die meisten hätten sich selbst in Sicherheit gebracht, heißt es. Düsseldorfs Stadtdirektor Bickenbach sagte, einige hätten die Aufforderung zum Verlassen des Gebäudes nicht ernst genommen. Bundespräsident Herzog äußerte sich tief betroffen. Innenmi-

Der Tagesspiegel vom 13.04. 96

Wiederaufbau ohne PVC

Düsseldorfer Flughafen räumt Pannen ein

Der nordrhein - westfälische Bauminister Michael Vesper (Bündnis 90/Die Grünen) hat am Wochenende verlangt, daß beim Wiederaufbau des Düsseldorfer Flughafens keine PVC-ummantelten Kabel mehr eingesetzt werden. Die durch verbrennende Ummantelungen entstandenen giftigen Gase waren eine der Ursachen für den Tod von 16 Menschen bei dem Brand am Donnerstag. Pannen beim Brandschutz und bei der Evakuierung der Passagiere wurden am Wochenende von der Flughafengesellschaft zugegeben. So seien Schweißarbeiten, die vermutlich zu dem Unglück führten, nicht vorschriftsmäßig überwacht worden. Zudem seien während des Brandes zeitweise falsche Warnhinweise verbreitet wor-den. So bestätigte der kaufmännische Geschäftsführer Matthias Tümpel, daß eine Durchsage zeitweise Passagiere direkt in die unten liegende Ankunftshalle geschickt habe, wo das Feuer ausbrach

Junge Welt vom 15.04.96

Kabel waren wie Zündschnüre

Staatsanwaltschaft weitet Ermittlungen zum Düsseldorfer Brand aus

Düsseldorf: Vier Tage nach der Brandkatastrophe von Düsseldorf konzentrieren sich die Ermittlungen der Staatsanwaltschaft immer mehr auf mögliche Verstöße gegen die Bau- und Brandschutzvorschriften am Rhein-Ruhr-Flughafen. Staatsanwalt Jochen Ruhland sagte gestern, die Sachverständigen untersuchen zur Zeit, wie es zu der explosionsartigen Ausbreitung des Feuers habe kommen können. „Die Schweißarbeiten sind wohl nur der kleine Funken, der alles entzündet hat", betonte Ruhland. Die Arbeiten an einer Dehnungsfuge hätten zwar wohl den verheerenden Brand ausgelöst. Doch wäre alles andere in Ordnung gewesen, wäre es vielleicht dennoch nicht zu einer solchen Katastrophe gekommen, meinte der Staatsanwalt. Die am Düsseldorfer Flughafen beschäftigten Schweißarbeiter waren bereits am Wochenende vernommen worden. Sie haben bei ihrer Vernehmung erklärt, nichts von der Gefährlichkeit ihrer Arbeit gewußt zu haben. Die Arbeiter seien möglicherweise nicht richtig eingewiesen worden und hätten geglaubt, an einer normalen Straße zu arbeiten, vermutet Ruhland.

Nach dem Feuerinferno ist das Material Polyvinylchlorid (PVC) in den Brennpunkt der Kritik gerückt. Die PVC-Kabel, die laut Augenzeugen bei der Katastrophe wie Zündschnüre brannten, gelten als schwer entflammbar und erfüllen damit sogar die Auflagen des Brandschutzes für Rettungswege. Umweltverbände und Grünen-Politiker fordern jetzt allerdings, den Stoff nicht mehr als Baumaterial zu verwenden. Fast überall gibt es Ersatzstoffe, die jedoch nach Angaben des Bundesbauministeriums zwei- bis dreimal so teuer sind. Nach den bisherigen Erkenntnissen führten die PVC-ummantelten Kabel in der Zwischendecke erst in die Katastrophe. Die Leitungen entwickelten sofort Dioxindämpfe. An diesem Giftqualm, dem von brennenden Kunststoffen freigesetzten Kohlenmonoxid sowohl der Salzsäuregasen sollen die 16 Opfer qualvoll erstickt sein.

PVC sei zwar schwer entflammbar, könne aber, wenn es einmal brenne, „fein durchzünden", erklärte der Leiter des Institut für Baustoffe, Massivbau und Brandschutz der Technischen Uni in Braunschweig, Prof. Dietmar Hosser: „Das ist das Tückische daran." Zudem sorgt der Kunststoff für ungewöhnlich dichte Rauchwolken. Wenn er verbrennt, ist die Rußentwicklung achtmal stärker als bei anderern Materialien.

Carsten Herz

Deister- und Weserzeitung vom 16.04.96

Tab. 4: Hitliste: Ausgewertete Medien nach Medientyp

Medientyp		Anzahl Clippings	Meinungstendenz in %		
			positiv	neutral	negativ
12 Prestigemedien		47	4,3	23,4	72,3
1.	Frankfurter Rundschau	12	0,0	8,3	91,7
2.	Die Tageszeitung	7	0,0	0,0	100,0
3.	Süddeutsche Zeitung	6	0,0	0,0	100,0
4.	Die Welt	5	0,0	20,0	80,0
5.	Frankfurter Allg. Ztg.	5	0,0	60,0	40,0
6.	Der Spiegel	3	0,0	66,7	33,3
152 Populärmedien		326	6,7	16,6	76,7
1.	Rheinische Post	18	5,6	44,4	50,0
2.	Kölner Stadt-Anzeiger	11	18,2	54,5	27,3
3.	Westdeutsche Zeitung	11	18,2	18,2	63,6
4.	Westdeutsche Allg. Ztg.	10	10,0	20,0	70,0
5.	Neue Rhein/Ruhr Ztg.	9	11,1	0,0	88,9

Bei der Betrachtung der regionalen Verteilung der Berichterstattung zeigt sich wieder die erwartete Konzentration auf die Region Düsseldorf, Köln und Bonn. Neben dem hohen Anteil der überregionalen Medien von etwa 15 % fällt auch die relativ starke Medienresonanz in Berlin auf. Die Anzahl neutraler und positiver Clippings ist sowohl in den Postleitgebieten 3, 4 und 5, als auch in den überregionalen Zeitungen deutlich höher, als in den übrigen Regionen. Offensichtlich hat sich die AgPU bei ihrer Kommunikationspolitik auf die regional ansässigen und überregionalen Tageszeitungen beschränkt. Möglicherweise gehört dieser Umstand zu den Gründen, warum die negative Berichterstattung in einer wichtigen Stadt wie Berlin einen Anteil von 96 % hat. Immerhin sind in den ersten zwei Wochen allein in Berlin knapp über 7 % aller ausgewerteten Artikel erschienen.

Abb. 13: Regionale Verteilung der Berichterstattung (Mit Meinungstendenz in %)

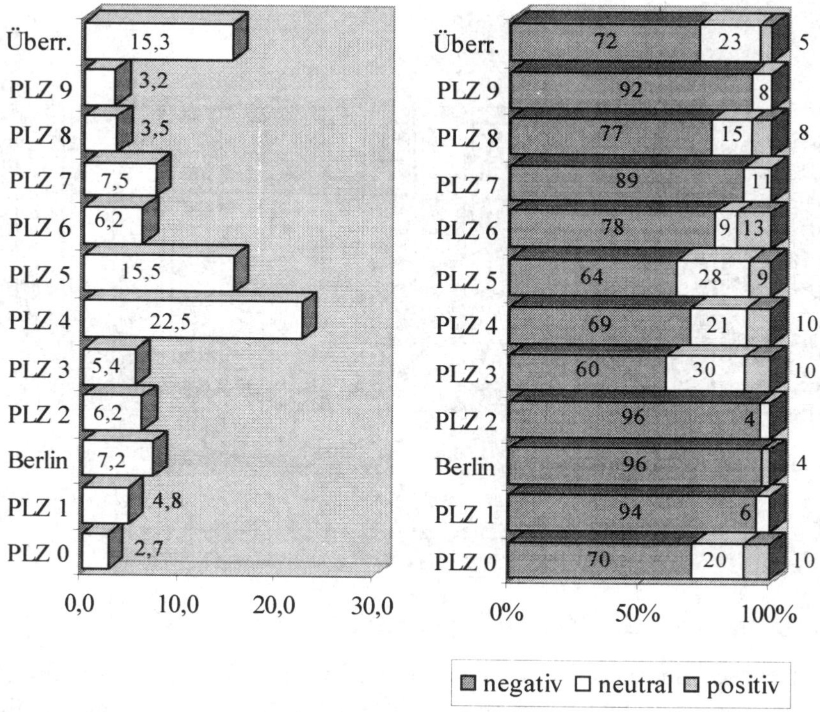

Anhand der täglichen Medienresonanz kann man feststellen, wie die Medienberichterstattung auf die Kommunikationsmaßnahmen der AgPU und der anderen Konfliktparteien reagiert hat. In der folgenden Grafik sind drei peak´s deutlich zu identifizieren: Der erste peak wurde am 13.04.96 durch die Pressekonferenz der Oberstaatsanwaltschaft und der Polizei, der zweite am 17.04.96 hauptsächlich durch ein „taz“-Interview des Bauminister Vesper und durch Äußerungen der Professoren Hosser und Wassermann und der dritte am 25.04.96 durch die Debatten im Bundes- und im nordrhein-westfälischen Landtag verursacht. Weiterhin läßt sich erkennen, daß die in den ersten 5 Tagen fast ausschließlich negative Berichterstattung nach der AgPU-Pressekonferenz langsam aber stetig zurückgeht. Welcher Akteur welche Medienresonanz ausgelöst hat und welche Themen sich wie entwickelt haben, wird im weiteren Verlauf dieser Arbeit noch genauer untersucht.

Abb. 16: Medienberichterstattung pro Tag (Mit Meinungstendenz in %)

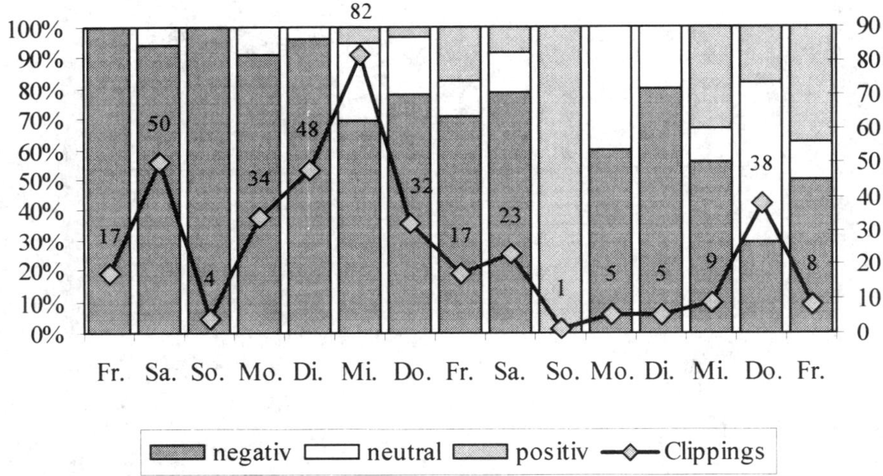

4.2 Initiatoren der Berichterstattung

Die Beiträge der ersten zwei Wochen waren zu etwa 92 % fremdinitiiert. Diese, nach Meinung des Autors selbst für Krisenfälle außergewöhnliche hohe Anteil an fremdinitiierten Clippings, ist auf mehrere Gründe zurückzuführen:

- Das Thema PVC war schon länger Gegenstand der öffentl. Diskussion
- Die Chlorchemie gehört zu den erklärten Gegnern der Umweltverbände
- Das Ausmaß der Katastrophe war sehr groß (17 Tote!)
- Die Vielzahl der Konfliktbeteiligten: AgPU, PVC-Produzenten, Umweltverbände, die Flughafengesellschaft, Polizei und Staatsanwaltschaft und die politischen Akteure.

Auf die Medien stürzte also eine Fülle von Informationen aus einer Vielzahl unterschiedlicher Quellen ein. Das negative Image, mit dem PVC in der Öffentlichkeit und damit auch bei den Journalisten belastet war, führte dazu, daß man den Kommunikationsangeboten der AgPU zu Beginn wenig bis keine Beachtung schenkte. Der Anteil eigeninitiierter Beiträge erhöhte sich mit der Zeit aber etwas. Die Meinungstendenz der eigeninitiierten Berichterstattung war mit je 30 % positiver und negativer Berichterstattung relativ ausgeglichen.

Abb. 17: Initativquotient (tägliche Übersicht und Tendenz in %)

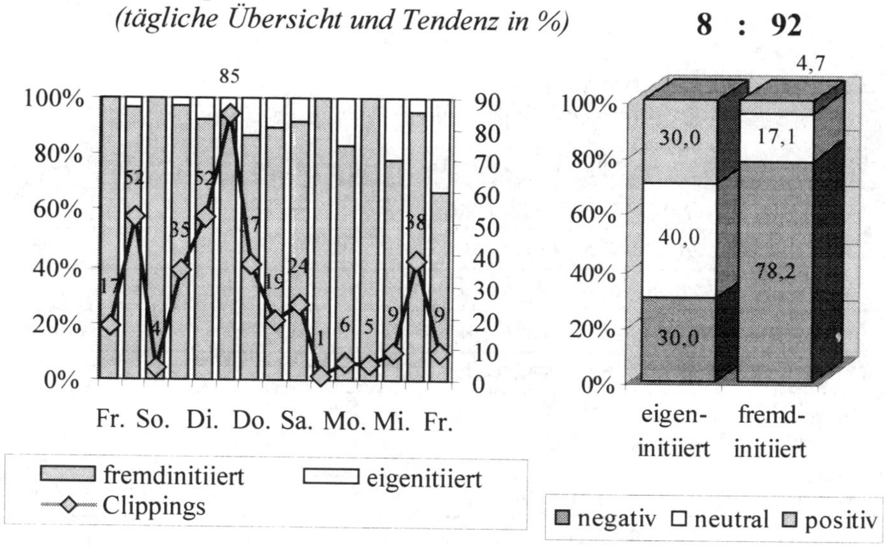

Wie wenig die Medien von den Informationen der AgPU Gebrauch machten, läßt sich auch an den Auslösern der Berichterstattung feststellen. Die meiste Beachtung erfuhr ein Interview mit dem grünen Bauminister Michael Vesper in der TAGESZEITUNG. Anhand dieses Beispiels ist gut zu erkennen, welche Rolle Prestigemedien für die übrigen Medien haben. Ein einziges „TAZ“-Interview führte zu einer Vielzahl von Folgebeiträgen. Von großen Interesse war verständlicherweise auch die Pressekonferenz der Polizei und Oberstaatsanwaltschaft am Tag nach dem Brand. In dieser Veranstaltung wurde PVC zum ersten Mal mit der Brandursache in Verbindung gebracht. Weitere Auslöser für Berichte mit dem Thema „Flughafenbrand und PVC“ waren die Bekanntgabe der Dioxinwerte durch den Flughafen und die Aussagen der Professoren Wassermann und Hosser. Da Wissenschaftler in der Öffentlichkeit eine hohe Glaubwürdigkeit besitzen, sind sie in der öffentlichen Meinungsbildung von besonderer Bedeutung. Von den AgPU-Maßnahmen löste die am 16.4.96 veranstaltete Pressekonferenz die meiste Medienresonanz aus, in der Auslöser-Hitliste landete die Konferenz nur auf dem „10. Platz". Die Demonstration vor der AgPU-Zentrale in Bonn zeigt, daß auch Greenpeace den Wert von Events für die eigene Pressearbeit kennt. Allerdings ist zu vermuten, daß sich Greenpeace von dieser Maßnahme eine etwas höhere Medienresonanz als sieben Artikel versprochen hat. Der Symbolwert dieser Aktion ist aber nicht zu unterschätzen.

Tabelle 5: Hitliste Auslöser (mit %-Anteil an der gesamten Berichterstattung)

Rang	Auslöser	Anzahl	Prozent
1.	Interview mit Vesper (geplant. PVC-Verzicht)	41	10,8
2.	Pressekonferenz Staatsanwaltschaft (12.04.96)	21	5,6
3.	Wassermann: Warnung vor Dioxingefahr	20	5,3
4.	Greenpeace-Pressemitteilung (16.4)	18	4,8
5.	Bekanntgabe Dioxinwerte durch Flughafen	16	4,2
6.	ZDF-Recherche (Ursache.: Styropor/Staub)	15	4,0
7.	Hosser: schwer entflammbar, Zündschnureff.	12	3,2
8.	Agenturbericht Reimann (ap)	11	2,9
9.	Agenturbericht Korinthenberg (dpa)	10	2,6
10.	AgPU-Pressemitteilung und –konferenz (16.4)	10	2,6
14.	AgPU-Pressemitteilung (12.4)	8	2,1
15.	Greenpeace demonstriert vor AgPU-Zentrale	7	1,9

4.3. Die Themen der Berichterstattung der ersten zwei Wochen

Das häufigste Thema innerhalb der Berichterstattung war die Forderung nach einem PVC-Verbot. In fast einem Drittel aller im Untersuchungszeitraum ausgewerteten Clippings kam dieses Thema zur Sprache. Wie auch das zweithäufigste Thema „PVC erzeugt giftiger Rauch", war die Forderung nach einem PVC-Verbot während der gesamten 14 Tage in einer Vielzahl von Beiträgen enthalten. Die Berichterstattung über die Dioxinverseuchung wurde durch eine Pressemitteilung des Flughafens Düsseldorf ausgelöst und konzentrierte sich auf den 15. und 16. April. Das Thema „Vesper will auf PVC in Neubauten verzichten" begann am 15.4. mit dem bereits erwähnten „taz“-Interview, hatte am 17.4. seinen Höhepunkt erreicht und verschwand nach dem 19.4. völlig aus der Berichterstattung. Durch die Pressekonferenz der Polizei und Staatsanwaltschaft wurden Beiträge über die angebliche Rolle des PVC als Brandursache ausgelöst. Daß nach ZDF-Recherchen Styroporplatten und die auf der Decke liegende Staubschicht für den Brand verantwortlich waren, wurde vereinzelt zwar auch berichtet, von vielen Medien aber einfach ignoriert. Interessant ist, wie oft sich auch die falsche Sensationsmeldung „PVC-Kabel brennen wie Zündschnüre“ – das im Flughafen verbaute PVC-Kabel war als schwer entflammbar eingestuft – in den ausgewerteten Medien wiederfand. Die Warnung der AgPU vor Spekulationen findet sich in der Themen-Hitliste erst auf Platz 12.

Tabelle 6: Hitliste Themengebiete (mit %-Anteil an der Gesamtberichterstattung

Rang	Themengebiet	Anzahl	Prozent
1.	Forderung nach Verbot/Verzicht von PVC	113	30,3
2.	Durch brennendes PVC entsteht giftiger Rauch	81	21,7
3.	PVC im Lokalbereich der Zeitung	69	18,5
4.	Flughafen Düsseldorf dioxinverseucht	50	13,4
5.	Vesper will auf PVC in Neubauten verzichten	43	11,5
6.	Rauch durch PVC verursacht Todesopfer	33	8,8
7.	PVC war Brandursache	33	8,8
8.	Styropor und Staubschicht war die Ursache	26	7,0
9.	Positive Eigenschaften von PVC	25	6,7
10.	Halogenfreie Kabel bilden Alternative zu PVC	17	4,6
11.	PVC-Kabel brennen wie Zündschnüre	14	3,8
12.	AgPU warnt vor Spekulationen	12	3,2

4.4. Die journalistische Darstellung der Clippings

Die häufigste Darstellungsform der ersten zwei Wochen war mit einem Anteil von 57,1 % der Bericht: Er dominierte die Berichterstattung der ersten vier Tage. Die Meldung war in den ersten Tagen eher selten in den Medien zu finden und hatte einen Anteil von 20,4 % an der Medienresonanz. Die meinungsäußernden Darstellungsformen Interview und Leserbrief hatten jeweils einen ca. 4,5 % hohen Anteil an der Berichterstattung. Der Kommentar hatte mit 13,7 % einen außergewöhnlich großen Anteil an allen ausgewerteten Beiträgen. Am Samstag nach dem Unglück und am Tag nach den Debatten im Bundes- und NRW-Landtag wurden besonders viele Kommentare veröffentlicht.

Während die Meinungstendenz der ausgewerteten Meldungen zu ca. 89 % negativ und 11 % neutral ausgeprägt war – es wurde keine einzige Meldung mit positivem Inhalt veröffentlicht –, lag der Anteil der positiven sowie neutralen Berichte bei ca. 26 %. Auch der Kommentar hatte mit etwa 76 % einen sehr hohen Anteil an negativer Meinungstendenz. Deutlich positiver dagegen waren die Leserbriefe und Interviews: Der Anteil positiver und neutraler Veröffentlichungen lag bei 41 % bzw. 50 %.

Abb. 18: Darstellungsform der ausgewerteten Clippings (Meinungstendenz in %)

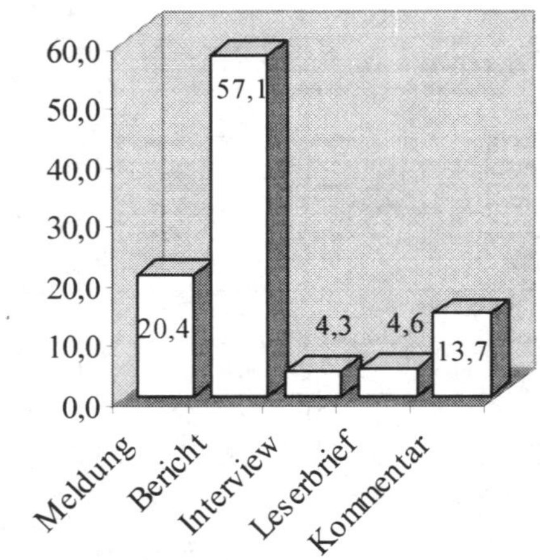

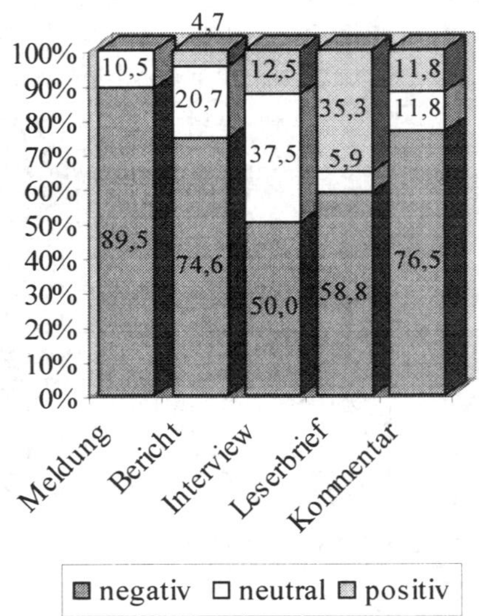

4.5. Umfang und Bildanteil der ausgewerteten Clippings

Der zweispaltige Artikel war mit einem Anteil von 37,3 % an der gesamten Berichterstattung am häufigsten vertreten. Ein-, Drei- und Mehrspalter machten jeweils um die 20 % der Medienresonanz aus. Der Inhalt der Einspalter hatte mit 86 % die negativste Meinungstendenz, was vermutlich auf die ausgesprochen negative Tendenz der Meldungen und Kommentare zurückzuführen ist, die in der Regel als Einspalter veröffentlicht wurden. Demgegenüber waren etwa 75 % der zwei-, drei- und mehrspaltigen Artikel negativ geprägt. Zusammenfassend kann man sagen, daß hinsichtlich dieses Kriteriums zwischen den verschieden umfangreichen Clippings kein großer Unterschied festzustellen war.

Abb. 19: Spaltenanzahl der ausgewerteten Clippings (Mit Meinungstendenz in %)

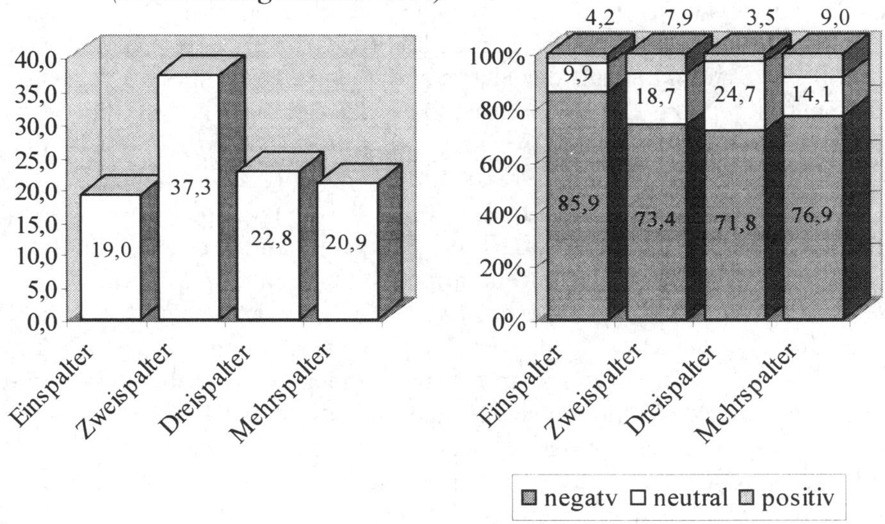

Am Freitag nach der Katastrophe waren knapp zwei Drittel aller veröffentlichten Clippings Bildberichte. Danach ging der Anteil der Beiträge mit Bild etwas zurück, stieg aber im Zusammenhang mit den drei peak´s in der Medienresonanz (Pressekonferenz Staatsanwaltschaft, „taz“-Interview und Politikdebatten) wieder leicht an. Der durchschnittliche Bildanteil in der Berichterstattung lag bei 31,4 %. Bei der Meinungstendenz war mit einem Anteil von 75 % (ohne Bild) bzw. 79 % (mit Bild) negativer Berichterstattung kein signifikanter Unterschied zwischen Text- und Bild-Text-Beiträgen festzustellen.

4.6. Direkte Nennungen der Konfliktparteien

Die Grünen waren die am häufigsten genannte Konfliktpartei der ersten zwei Wochen, sie wurden in 28,2 % aller Beiträge namentlich erwähnt. Die Forderung nach einem evtl. Verzicht auf PVC in öffentlichen Neubauten durch den Bauminister Vesper („taz“, 14.4.) und natürlich die Debatten im Bundes- und NRW-Landtag (24.4.), hatten einen spürbaren Anstieg der Grünen-Nennungen zur Folge. Greenpeace wurde von den Medien in 14,5 % aller ausgewerteten Clippings am zweithäufigsten namentlich erwähnt. Die Greenpeace-Pressemitteilungen vom 16.4. und 17.4. sowie die Demonstration vor der AgPU-Zentrale hatten einen deutlichen Einfluß auf die Zahl der Greenpeace-Nennungen. Wie auch bei den Grünen, waren die Beiträge mit direkter Erwähnung aus der Sicht von Greenpeace zu über 90 % positiv oder neutral geprägt. Die Meinungstendenz der Berichte, in dem die AgPU direkt genannt (6,4 %) wurde, war dagegen zu 62,5 % negativ. Die AgPU-Pressekonferenz (16.4.) und Pressemitteilungen (12.4., 16.4. und 18.4.) hatten zwar einen feststellbaren Einfluß, sie waren jedoch von untergeordneter Bedeutung für die Anzahl der AgPU-Nennungen. Der Inhalt der Beiträge, in denen PVC-Produzenten namentlich erwähnt wurden, war im Gegensatz zur AgPU zu 60 % positiv. PVC-Produzenten wurden in 4 % aller Clippings direkt erwähnt. Der BUND wurde in den ersten 14 Tagen nur in 2,7 % aller Beiträge mit Namen genannt, allerdings war die Meinungstendenz in sämtlichen Beiträgen mit direkter BUND-Erwähnung positiv. Aufgrund der geringen Anzahl an Nennungen waren bei BUND und PVC-Produzenten keine chronologischen Schwankungen bei den direkten Erwähnungen zu ermitteln.

Tab. 7: Direkte Nennungen der Konfliktbeteiligten

	positiv	neutral	negativ	Gesamt
AgPU	4,2	33,3	62,5	6,4
PVC-Hersteller	60,0	33,3	6,7	4,0
Die Grünen	62,9	28,6	8,6	28,2
Greenpeace	74,1	18,5	7,4	14,5
BUND	100,0	0,0	0,0	2,7

5. Die Medienresonanz zum Koalitionsstreit um den PVC-Erlaß des NRW-Bauminister Michael Vesper (22.06.96 – 05.07.96)

Als Konsequenz aus dem Düsseldorfer Flughafenbrand wies der NRW-Bauminister Michael Vesper (Grüne) am 21.05.96 alle Landesbehörden durch den sogenannten PVC-Erlaß an, bei öffentlichen Neubauten künftig nur noch halogenfreie Kabel zu verwenden. Zu diesem Zeitpunkt lagen allerdings noch keine genaueren Erkenntnisse über die Brandursache vor. Die ersten Beiträge über den PVC-Erlaß wurden am 22.06.96 – also rund einen Monat später – veröffentlicht. Am 23.06.96 kam es während einer Kabinettsklausur zu einem Streit zwischen den Ministern Vesper und Clement (SPD). Der NRW-Wirtschaftsminister Wolfgang Clement bezeichnete den PVC-Erlaß als „verfrüht, voreilig und sachlich nicht haltbar“[8] und warf Vesper eine Gefährdung von Arbeitsplätzen vor. Die sich daraus entwickelnde Kontroverse zwischen den Politikern der Grünen und der SPD, der AgPU, der Hüls AG und verschiedener anderer Gruppen führte innerhalb der nächsten Tage zu einer stark erhöhten Medienresonanz zum Thema „Flughafenbrand und PVC“.

5.1. Überblick über die Berichterstattung

In der zweiten Teilanalyse dieser Arbeit wurden in der Zeit vom 22.06.96 bis zum 05.07.96 141 Clippings in 77 Zeitungen und Zeitschriften mit einer Gesamtauflage von 41.403.000 Exemplaren ausgewertet. Während dieser zwei Wochen war die Meinungstendenz der ausgewerteten Beiträge zu 31,9 % positiv, zu 41,1 % neutral und zu 27 % negativ. Die Berichterstattung war also deutlich günstiger als bspw. in den ersten zwei Wochen nach dem Brand. In dieser Zeit entfielen auf die regionalen Tageszeitungen 81,6 % und auf die überregionalen Tageszeitungen 9,2 % aller ausgewerteten Beiträge. Sowohl regionale, als auch überregionale Tageszeitungen veröffentlichten im Schnitt etwa zwei Beiträge. Die Wochenzeitungen sowie die Publikums- bzw. Fachzeitschriften publizierten zusammen 8,4 % der analysierten Clippings, wovon die Publikumszeitschriften mit 3,5 % den größten Anteil hatten.

[8] Clement, Wolfgang: Aussage während einer Kabinettsklausur am 23.06.96 in Düsseldorf

Rot-grüner Streit um PVC-Erlaß geht weiter

Clement und Matthiesen bekräftigen scharfe Kritik an Bauminister Vesper

Düsseldorf (lnw). Der PVC-Streit in der rot-grünen Koalition in Nordrhein-Westfalen geht weiter.

Während Wirtschaftsminister Wolfgang Clement (SPD) seine Kritik an einem Erlaß seines Kabinettskollegen Michael Vesper (Bündnis 90/Die Grünen) bekräftigte, warf Grünen-Parteisprecher Reiner Priggen dem Wirtschaftsminister eine rückwärtsgewandte Standortpolitik vor.

Vespers Erlaß sei falsch und stigmatisiere ohne Not einen Werkstoff, der in Nordrhein-Westfalen viele tausend Arbeitsplätze sichere, sagte Clement in Düsseldorf. Priggen warf dem Wirtschaftsminister vor, sich neuen ökologischen Entwicklungen zu verschließen.

Der Vorsitzende der SPD-Fraktion im NRW-Landtag, Klaus Matthiesen, warf Priggen einen Mißbrauch der Wahrheit „für ideologische Zwecke" vor. Priggens Erklärung „zeigt deutlich, daß man Bündnis 90/Die Grünen die Chemie- und Standortpolitiker in Nordrhein-Westfalen nicht überlassen darf". Ein Bauminister, der ohne ökologische Notwendigkeit das Bauen verteuere, handelt gegen dem Wirtschaftsstandort NRW.

Bauminister Vesper hatte als erste Konsequenz aus der Brandkatastrophe am Düsseldorfer Flughafen, die im April 17 Menschenleben gefordert hatte, die Behörden angewiesen, Bauherren von Großgebäuden den Verzicht auf halogenhaltige Baustoffe zu empfehlen – dazu zählt auch der Kunststoff PVC.

Mindener Tageblatt vom 26.06.96

In der Düsseldorfer Koalition

Heftiger Streit um PVC-Verbot

Erlaß des Grünen-Bauminister erzürnt SPD-Wirtschaftschef

Düsseldorf (dpa) – In der rot-grünen Regierungskoalition Nordrhein-Westfalens ist es im Zusammenhang mit der Brandkatastrophe auf dem Düsseldorfer Flughafen zu handfestem Krach gekommen: Wirtschafts- und Verkehrsminister Wolfgang Clement (SPD) wandte sich scharf gegen einen von Bauminister Michael Vesper (Bündnis 90/Die Grünen) verfügten Erlaß, mit dem der Verzicht auf die Kunststoffolie PVC bei Gebäuden mit großem Publikumsandrang durchgesetzt werden soll. „Es gibt kein PVC-Verbot in NRW, und es wird auch keins geben", sagte Clement. Der Erlaß des Bauministers sei „verfrüht, voreilig und sachlich nicht haltbar". Solange die Ermittlungen der Staatsanwaltschaft zu der Brandkatastrophe nicht abgeschlossen seien, seien Äußerungen zu bestimmten Baustoffen nicht zu verantworten. „Sie helfen niemanden, aber sie gefährden Arbeitsplätze", führte der SPD-Politiker weiter aus. Aus diesem Grund müsse er sich „mit aller Schärfe" gegen den Erlaß des Bauministers aussprechen.

Vespers Anordnung zufolge sollen die Aufsichtsbehörden den Bauherren von Flughäfen, Krankenhäusern, oder Hochschulgebäude nachdrücklich die Verwendung halogenfreier Materialien empfehlen. Wenn dieser Rat nicht gefolgt werde, sollen die Ämter auf geeignete Schutzmaßnahmen hinwirken. Vesper hat die Behörden zudem aufgefordert, Großgebäude intensiv zu kontrollieren.

Süddeutsche Zeitung vom 25.06.96

PVC-Industrie: Vespers Erlaß Lügenkampagne

Düsseldorf (dpa) – Die Chemieindustrie hat NRW-Bauminister Michael Vesper (Bündnis 90/Grüne) wegen seines umstrittenen PVC-Erlasses unter Beschuß genommen. Vesper solle die Anweisung sofort zurücknehmen, forderte am Freitag die Arbeitsgemeinschaft PVC und Umwelt. Der Erlaß sei „Teil der aktuellen Lügen-Kampagne gegen PVC", erklärte der Geschäftsführer des Verbandes, Werner Preusker, in Bonn. Die Hüls AG in Marl sprach von einem „unglaublichen Wortbruch". Der Bauminister hatte die Aufsichtsbehörden angewiesen, Bauherren von Großgebäuden den Verzicht auf halogenhaltige Materialien zu empfehlen

Münstersche Zeitung vom 29.06.96

NRW- Koalitionskrise

Heftiger Streit um PVC-Verbot

Düsseldorf. (dpa) In der rot-grünen Regierungskoalition in NRW ist es im Zusammenhang mit der Brandkatastrophe auf dem Düsseldorfer Flughafen, bei der 17 Menschen starben, zu einem handfesten Krach gekommen. Wirtschafts- und Verkehrsminister Wolfgang Clement (SPD) wandte sich gestern abend mit aller Schärfe gegen einen vom Bauminister Michael Vesper (Bündnis 90/Die Grünen) verfügten Erlaß, mit dem dieser den Verzicht auf die Kunststoffolie PVC bei Gebäuden mit großem Publikumsandrang durchsetzen wollte. „Es gibt kein PVC-Verbot in NRW, und es wird auch keins geben", sagte Clement. Der Erlaß sei „verfrüht, voreilig und sachlich nicht haltbar".

Kölnische Rundschau vom 24.06.96

Bei Betrachtung der Prestige- bzw. Populärmedien wird ein sichtbarer Unterschied in der Meinungstendenz zwischen beiden Medientypen deutlich. Während die Populärmedien das Geschehen aus Sicht der AgPU zu 42,9 % überwiegend neutral darstellten, dominierte in den Prestigemedien mit 46,7 % die positive Berichterstattung. Der Anteil der tendenziell negativ geprägten Berichte lag in beiden Fällen bei ca. 27 %. Da die Berichterstattung sehr stark auf das Land Nordrhein-Westfalen konzentriert war, konnten sich Medienkonsumenten aus den anderen Bundesländern nur über die positiver berichtenden, überregionalen Prestigemedien zum das Thema „PVC-Erlaß" informieren.

Tab. 8: Hitliste: Ausgewertete Medien nach Medientyp

Medientyp		Anzahl Clippings	Meinungstendenz in %		
			positiv	neutral	negativ
7 Prestigemedien (10,6 %)		15	46,7	26,7	26,7
1.	Süddeutsche Zeitung	4	50,0	0,0	50,0
2.	Handelsblatt	3	66,7	33,3	0,0
3.	Die Tageszeitung	3	33,3	33,3	33,3
4.	Welt am Sonntag	2	50,0	50,0	0,0
70 Populärmedien (89,4 %)		126	30,2	42,9	27,0
1.	Westdeutsche Allg. Ztg.	6	33,3	33,3	33,3
2.	Rheinische Post	6	16,7	66,7	16,7
3.	Generalanzeiger Bonn	6	33,3	50,0	16,7
4.	Aachener Nachrichten	6	33,3	50,0	16,7

Da der Koalitionsstreit um den PVC-Erlaß im Grunde nur das Land Nordrhein-Westfalen betraf, dominierten die regional ansässigen Medien die Berichterstattung im noch höherem Maße, als in den vorangegangenen Analysen. 61,7 % aller Clippings wurden in den Postleitgebieten 3 und 4, die zum größten Teil in NRW liegen, veröffentlicht. Die überregionalen Massenmedien publizierten nochmals 16,3 % aller innerhalb des Analysezeitraums ausgewerteten Artikel. Auf die außerhalb von NRW liegenden Postleitgebiete entfielen dagegen nur 21,9 % aller während des Auswertungszeitraums veröffentlichten Beiträge. Der Anteil der Berichte mit positiver Meinungstendenz war in den überregional vertriebenen Massenmedien mit

52,2 % gegenüber 33,3 % deutlich positiver, als in den regionalen Massenmedien der Postleitgebiete 4 und 5. Allerdings ist der Anteil der negativen Berichterstattung bei den überregionalen Massenmedien um ca. 10 % höher als bei den regionalen Massenmedien in NRW. Aufgrund der geringen Medienresonanz wird in dieser Analyse auf die Untersuchung der Meinungstendenz in den anderen PLZ-Gebieten verzichtet.

Abb. 20: Regionale Verteilung der Medienresonanz in % (Mit Meinungstendenz)

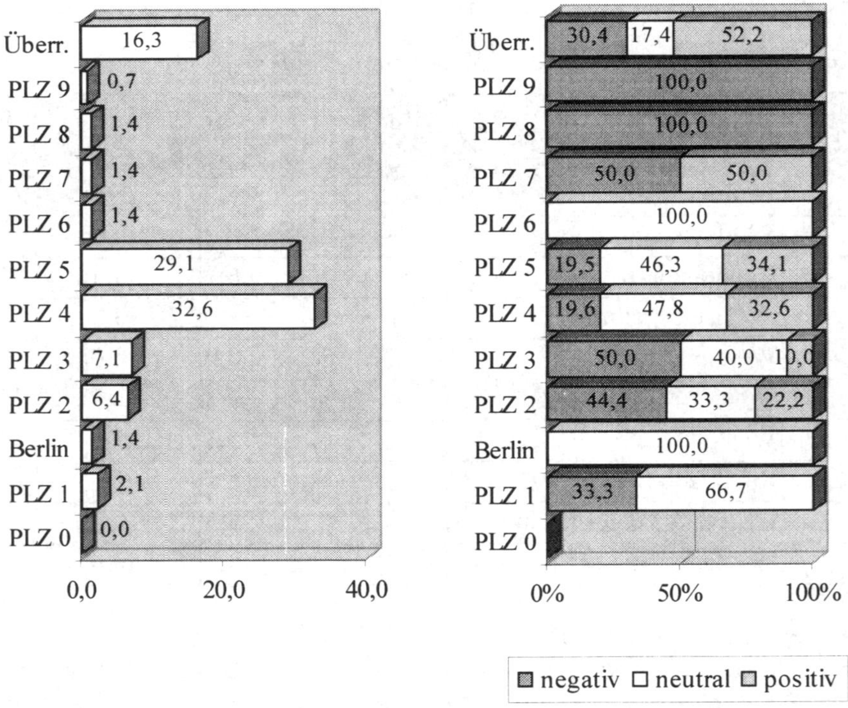

Die Berichterstattung beginnt am 22.06.96 mit ausschließlich negativ geprägten Beiträgen über Vesper´s PVC-Erlaß. In den folgenden Tagen können zwei eindeutige Höhepunkte in der Berichterstattung identifiziert werden:

- Die vom 23.06.96 bis zum 25.6.96 andauernde Kontroverse zwischen Vesper, Clement, Matthiesen (SPD), Linssen (CDU), Westerwelle (SPD) und Priggen (Grüne) um den PVC-Erlaß verursachte eine über drei Tage anhaltende starke Medienresonanz mit überwiegend neutraler und positiver Meinungstendenz. Die Berichterstattung erreichte mit 31 Beiträgen am 25.6.96 ihren Höhepunkt.
- Die danach abflauende Berichterstattung wurde am 28.6.96 durch Pressemitteilungen der SPD, der Hüls AG, der AgPU und des Bauministers Vesper wieder neu entfacht. Die Meinungstendenz der Artikel ist wieder überwiegend positiv und neutral geprägt.

Abb. 21: Medienberichterstattung pro Tag (Mit Meinungstendenz in Prozent)

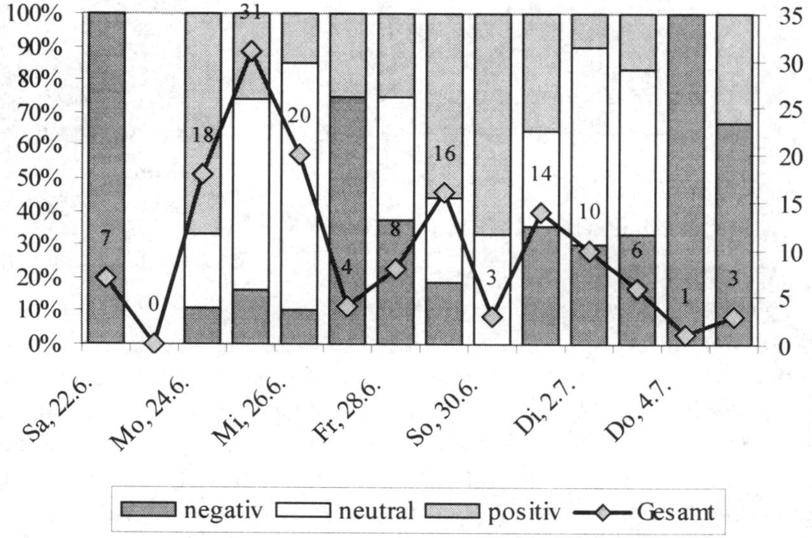

5.2. Initiatoren der Berichterstattung

Obwohl der überwiegende Teil der Berichterstattung positiv oder zumindest neutral (ca. 73 %) war, lag der Anteil der eigeninitiierten Beiträge bei nur 15,3 %. Das liegt daran, daß der Koalitionsstreit um den PVC-Erlaß eine Kontroverse zwischen verschiedenen Landespolitikern war, bei der die AgPU und die PVC-Hersteller zunächst keine direkten Beteiligten waren.

Zum Ende der ersten Woche erhöhte sich der Anteil eigeninitiierter Berichte dann aber doch noch etwas. AgPU und PVC-Produzenten initiierten zwar keine besonders große Anzahl von Clippings, allerdings war die Meinungstendenz dieser Beiträge zu immerhin 78,3 % positiv und 13 % neutral ausgeprägt.

Abb. 22: Initativquotient pro Tag (Mit Meinungstendenz in Prozent)

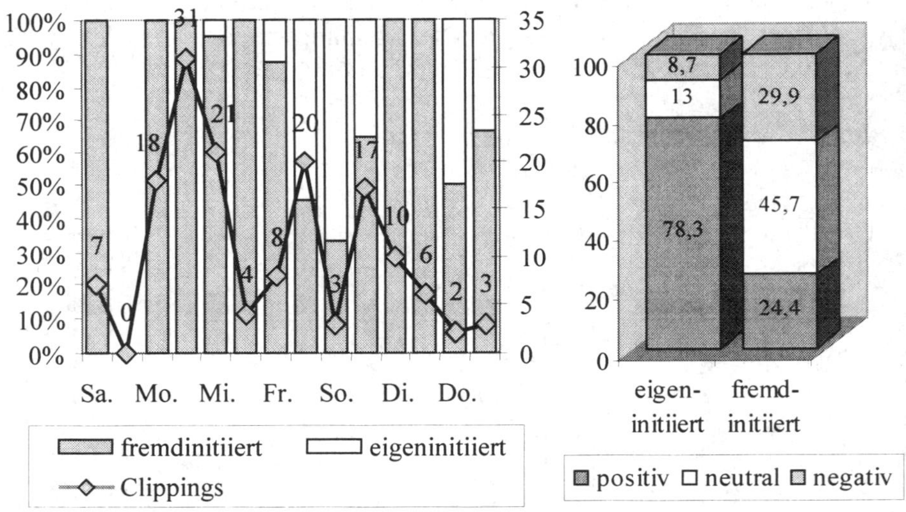

Warum der Anteil eigeninitiierter Berichte so gering war, läßt sich auch anhand der Hitliste der Auslöser erkennen. Zwischen dem 22.6. und dem 5.7.96 werden alleine durch die Politiker Vesper und Clement über 50 % aller ausgewerteten Beiträge mit ausgelöst. Von den ersten acht Rängen der Hitliste werden immerhin sechs durch verschiedene Politiker belegt. Die AgPU und die Hüls AG kommen mit ihre Pressemitteilungen auf die „Plätze“ 4 und 5 in diesem Ranking.

Tabelle 9: Hitliste Auslöser
(mit % - Anteil an der gesamten Berichterstattung)

Rang	Auslöser	Anzahl	Prozent
1.	Bauminister Vesper verfügt PVC-Erlaß (21.5.)	85	60,3
2.	Clement´s Reaktion auf PVC-Erlaß (23.6.)	75	53,2
3.	Priggen´s Reaktion auf Clement (25.6.)	16	11,3
4.	Reaktion der AgPU auf den Erlaß (25./28.6.)	13	9,2
5.	Hüls AG wirft Vesper Wortbruch vor (28.06.)	12	8,5
6.	Matthiesen´s Reaktion auf den Erlaß (25.6.)	11	7,8
7.	Westerwelle fordert sachlichen Dialog (24.6.)	8	5,7
8.	Linssen´s Reaktion auf den PVC-Erlaß (24.6.)	5	3,5

5.3. Die Themen der Berichterstattung vom 22.06.96 - 5.7.96

Zwischen dem 22.06.96 und dem 5.7.96 war der Koalitionsstreit um den PVC-Erlaß das beherrschende Thema in der Berichterstattung. Exakt 78 % aller veröffentlichten Beiträge hatten dieses Thema zum Inhalt. Die PVC-Debatte auf lokaler Ebene wurde von den Massenmedien immerhin in 9,9 % aller, während des Analysezeitraums ausgewerteten Artikel, erwähnt. Mit 8,5 % Anteil an der Medienresonanz erschienen auch eine Reihe von Beiträgen zu den Vorwürfen der Hüls AG, daß Vesper sein Wort gebrochen hätte. Das Thema „PVC erzeugt giftigen Rauch“, wurde mit 5 % Anteil an der Berichterstattung auch nach über zwei Monaten immer wieder von den Massenmedien aufgegriffen. Die Forderung nach einem PVC-Verbot war dagegen in nur 3,5 % aller ausgewerteten Clippings enthalten.

Tab. 10: Hitliste: Themengebiete
(Mit % - Anteil an der Gesamtberichterstattung

Rang	Themenkomplex	Anzahl	Prozent.
1.	Koalitionsstreit um Vesper´s PVC-Erlaß	110	78,0
2.	PVC-Debatte auf lokaler Ebene	14	9,9
3.	Hüls AG wirft Vesper Wortbruch vor	12	8,5
4.	Durch brennendes PVC entsteht giftiger Rauch	7	5,0
5.	Forderung nach Verbot/Verzicht von PVC	5	3,5

5.4. Die journalistische Darstellung der Clippings

In den ersten drei Tagen (22.6. - 24.6.96) des Auswertungszeitraums war die Meldung die häufigste journalistische Darstellungsform. Die dominierende Darstellungsform der folgenden Tage war dann allerdings der Bericht, der einen Anteil von 61 % an der Medienresonanz des gesamten Auswertungszeitraums hatte. Die Meldung wurde dagegen in nur 32,6 % aller Clippings als Darstellungsform gewählt. Auf die restlichen meinungsäußernden Darstellungsformen entfielen nur noch 6,3 % der Medienberichterstattung. Darunter hatte der Kommentar mit 3,5 % den höchsten Anteil.

Den mit 47,8 % höchsten Anteil an positiver Berichterstattung hatte die Meldung, die Meinungstendenz in den Berichten war hingegen nur zu 22,1 % positiv geprägt. Die mehr Aufmerksamkeit erregenden Berichte wiesen also deutlich weniger positive Inhalte auf, als die kürzeren Meldungen. Daß ist jedoch nicht besonders besorgniserregend, da der Anteil an negativen Beiträgen in beiden Fällen lediglich bei ca. 28 % lag. Die Tendenz der meinungsäußernden Darstellungsformen war zu über 88 % positiv oder neutral geprägt. Wahrend des gesamten Analysezeitraums wurde nur ein negativer Kommentar – dieser allerdings im Prestigemedium SÜDDEUTSCHE ZEITUNG – veröffentlicht.

Abb. 23: Darstellungsform der ausgewerteten Clippings (Meinungstendenz in %)

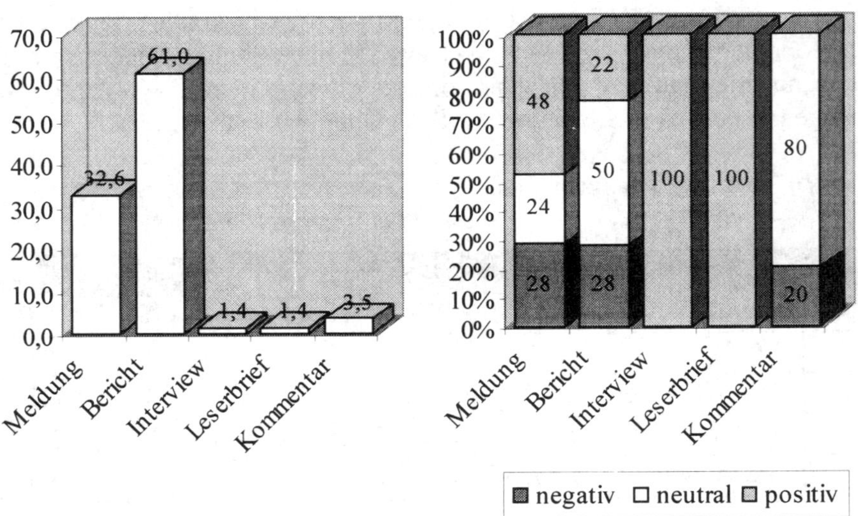

5.5. Umfang und Bildanteil der ausgewerteten Clippings

Der einspaltige Artikel, der meistens als Meldung auftritt, war innerhalb des Berichtszeitraums am häufigsten vertreten. Allerdings hatten die zwei- oder mehrspaltigen Artikel – meistens Berichte – einen Anteil von ca. 65,2 % an der gesamten Medienresonanz. Bemerkenswert ist der mit etwa 50 % hohe Anteil an positiver Berichterstattung bei den Ein-, Vier- und Mehrspaltern. Interessant ist weiterhin die mit 40,7 % hohe Quote an negativen dreispaltigen Beiträgen. Der Anteil der negativen Artikel liegt dagegen bei den Ein- bzw. Zweispalter bei lediglich ca. 25 % und bei den Vier- bzw. Mehrspalter bei nur 16,7 %.

Abb. 24: Spaltenanzahl der ausgewerteten Clippings (Mit Meinungstendenz in %)

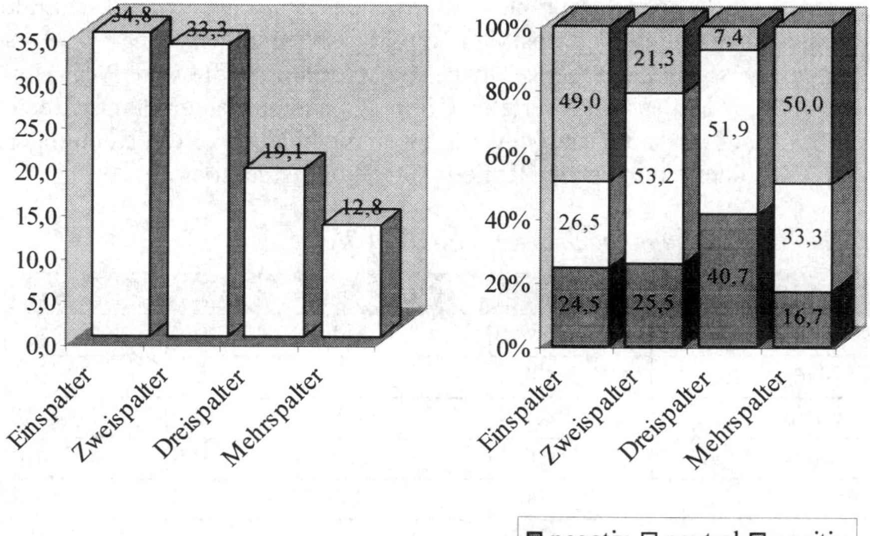

Bildberichte waren mit 21,3 % Anteil an der Medienresonanz innerhalb des Analysezeitraums eher selten. Allerdings war die Meinungstendenz mit 26,7 % positiv (ohne Bild: 33,3 %) und 30 % negativ (ohne Bild 26,1 %) geprägten Beiträgen bei den Bildberichten etwas ungünstiger, als bei den Clippings ohne Bild.

5.6. Direkte Nennungen der Konfliktparteien

Es erklärt sich von selbst, daß die Grünen, mit einer direkten Erwähnung in 85,8 % aller Clippings, während der Berichterstattung zum NRW-Koalitionsstreit die am häufigsten genannte Konfliktpartei war. In den ersten sieben Tagen des Auswertungszeitraums wurde die Grünen in nahezu jeden veröffentlichten Beitrag mit Namen erwähnt. Während die Meinungstendenz in den Beiträgen mit Grünen-Nennung am 22.6.96 noch durchweg positiv war, stieg der Anteil der negativen Artikel am Montag nach der Kabinettsklausur (24.6.96) auf über 70 % an. In den folgenden Tagen ging dieser ab wieder zu Gunsten von neutralen Beiträgen zurück. Am Samstag, den 29.6.96, stieg die Quote der Negativbeiträge aufgrund der Pressemitteilungen von AgPU und PVC-Produzenten aber wieder auf 53,4 % an. Der durchschnittliche Anteil der Clippings mit Grünen-Nennung und negativer Berichterstattung lag 32,2 %. Beiträge mit einer AgPU-Nennung waren dagegen zu 75 % positiv geprägt, die restlichen 25 % entfielen auf neutrale Clippings. Der Anteil der positiven direkten Nennungen von PVC-Produzenten lag sogar bei 88,2 %. Insgesamt wurden AgPU und PVC-Hersteller in 20,6 % aller ausgewerteten Clippings namentlich erwähnt. Greenpeace und BUND kamen auf jeweils zwei für beide positive Nennungen und spielten damit keine große Rolle in der Berichterstattung.

Tab. 11: Direkte Nennungen der Konfliktbeteiligten

	positiv	neutral	negativ	Gesamt
AgPU	75,0	25,0	0,0	8,5
PVC-Hersteller	88,2	5,9	5,9	12,1
Die Grünen	23,1	44,6	32,2	85,8
Greenpeace	100,0	0,0	0,0	1,4
BUND	100,0	0,0	0,0	1,4

6. Die Medienresonanz zur Pro-PVC-Demonstration in Düsseldorf (13.09.96 – 26.9.96)

Aufgrund der anhaltend negativen Medienberichterstattung beschlossen die AgPU, die PVC-Produzenten und die IG Chemie die Veranstaltung einer Demonstration unter dem Motto „Gegen die Lügen über PVC“. Mit der Planung dieses PR-Event wurde die Agentur Reporter PR GmbH beauftragt. Das Ziel der PR-Aktion war, die Öffentlichkeit und die Presse auf die, nach der Meinung der PVC-Industrie, falschen Behauptungen über PVC aufmerksam zu machen. Dazu sollten symbolisch fünf „Lügenballons“ mit den Aufschriften „die Brandlüge“, „die Recycling-Lüge“, „die Energie-Lüge“, „die Giftlüge“ und die „Kostenlüge“ zum Platzen gebracht werden. Nach Angaben der Initiatoren nahmen an der am 29.9.96 veranstalteten Demonstration etwa 6.000 Personen teil.

6.1 Überblick über die Berichterstattung

Zur Ermittlung der Medienresonanz auf die Pro-PVC-Demonstration vom 19.9.96 wurden zwischen dem 13.09.96 und dem 26.09.96 insgesamt 78 Beiträge aus 66 Zeitungen und Zeitschriften ausgewertet. Die analysierten Clippings entsprachen einer Gesamtauflage von 13.275.000 Exemplaren. Während des Analysezeitraums hatten 85,9 % aller Beiträge das Thema „Pro-PVC-Demonstration“ zum Inhalt. Die Meinungstendenz der Artikel war dabei zu 59 % positiv, zu 33,3 % neutral und zu 7,7 % negativ geprägt. Den größten Anteil an der Berichterstattung hatten mit 89,7 % die regionalen Tageszeitungen, die durchschnittlich einen Beitrag veröffentlichten. 57,1 % dieser Clippings wiesen eine positive Meinungstendenz auf. In den überregionalen Tageszeitungen wurden lediglich 5 Artikel – daß entspricht einem Anteil von 6,4 % – veröffentlicht. Allerdings hatten 80 % aller Beiträge in den überregionalen Tageszeitungen einen positiven Inhalt. Der einzige negative Artikel wurde erwartungsgemäß in der TAGESZEITUNG veröffentlicht. Weitere Clippings wurden nur noch von den Wochenzeitungen publiziert. Allerdings war deren Anteil an der gesamten Berichterstattung mit 3,8 % gering. Wie auch von den regionalen Tageszeitungen, wurden von den überregionalen Tages- und den Wochenzeitungen im Schnitt ein Artikel veröffentlicht.

6.000 fordern: PVC und Dioxine sollen bleiben

■ Arbeitnehmer und Unternehmer demonstrieren gemeinsam für die Chlorchemie

Düsseldorf (dpa/rtr) – Mehr als 6.000 Arbeitnehmer, Gewerkschafter und Unternehmer haben laut der deutschen PVC-Industrie am Donnerstag mittag auf dem Düsseldorfer Marktplatz gegen die anhaltende „öffentliche Verleumdung ihres Werkstoffs“ demonstriert und symbolisch fünf „Lügen über PVC zum Platzen“ gebracht.

Zu der Kundgebung hatten auch der Hauptvorstand der IG Chemie-Papier-Keramik gemeinsam aufgerufen. Damit soll nach dem Düsseldorfer Flughafenbrand vom 11. April das schlechte Image von PVC aufpoliert werden. Durch die giftigen Dämpfe der angebrannten Kunststoffe starben 16 Menschen, über 60 wurden verletzt. Bei einem Feuer entstehen aus PVC die hochgiftigen Dioxine und Furane, die laut der Stadt Düsseldorf die Sanierung nun wesentlichen verteuern. Mit dem Brand im Flughafen wurde der seit langem überfällige Verzicht auf PVC in allen Bauten wieder stärker ins öffentliche Bewußtsein gehoben. Laut Eigendarstellung der Branche arbeiten in der PVC-Herstellung 7.000, in der Verarbeitung rund 90.000.

Der nordrhein-westfälische Wirtschaftsminister Wolfgang Clement ließ sich via Satellit aus Rostock auf einen Großbildschirm zuschalten und bekräftigte seine Ablehnung von PVC-Beschränkungen nicht nur in Nordrhein-Westfalen.

Die Tageszeitung (taz) vom 20.09.96

Demonstration für PVC als Werkstoff

Fünf große Luftballons sollten wie Lügen platzen

Mit einer öffentlichkeitswirksamen Schau unterstrich gestern die IG Chemie-Papier-Keramik ihre Kampagne gegen die „Lügen über PVC“, die ihrer Meinung nach verbreitet werden. Fünf große Luftballons ließ sie gestern unter dem Beifall von – laut Gewerkschaft – rund 5000 Demonstranten vor dem Düsseldorfer Rathaus platzen wie die „falschen Behauptungen über PVC“, so Dr. Volker Hofmann, Vorstandsvorsitzender der Arbeitsgemeinschaft PVC und Umwelt (AGPU).

Nach der Brandkatastrophe am Düsseldorfer Flughafen seien die alten Vorurteile wieder veröffentlicht worden, daß PVC wie Zunder brenne und bei der Verbrennung Dioxin freisetze. Hofmann unterstrich, daß selbst der NRW-Justizminister festgestellt habe, daß PVC weder für die Entstehung noch für die Ausbreitung des Brandes ursächlich war

Die Gewerkschaft hatte zu der Demonstration aufgerufen, weil nach der Brandkatastrophe ein Umsatzrückgang von PVC-Produkten zu spüren sei. „Ein Unternehmen mit PVC-Produkten hat sich wegen der Diskussion und wegen der ablehnenden Haltung des NRW-Bauminister bereits nicht in NRW angesiedelt“, sagte AgPU-Geschäftsführer Werner Preusker der Rheinischen Post. Er unterstrich, daß PVC schwer entflammbar sei. Sollte es jedoch einmal in Brand geraten, entstünden zwar Dioxine, doch blieben sie meist am Ruß gebunden. Andere Stoffe im Rauch seien gefährlicher.

Wegen der Demonstration bekräftigte Düsselsdorfs Umweltdezernent Dr. Henning Friege die Ablehnung gegenüber PVC. „Größere Mengen an Kabel-PVC haben auf dem Flughafen gebrannt. Die Analysen bestätigen eine Beteiligung von Kabeln.“ Auch bei Bränden in der Düsseldorfer U-Bahn oder im Klinikum Aachen sei wegen Dioxinentwicklung eine aufwendige Sanierung nötig gewesen.

Die Stadtverwaltung Düsseldorf setzt seit einiger Zeit auf Alternativen zum PVC, beispielsweise bei Sanierung von Schulgebäuden. Bei anderen Materialien seien Folgeschäden im Brandfall geringer. Zudem sei die PVC-Entsorgung in der Müllverbrennungsanlage wegen der aufwendigeren Rauchgaswäsche teurer.

Rheinische Post vom 20.09.96

PVC-Industrie wehrt sich gegen Kritiker

Protest in Düsseldorf

Düsseldorf – Rund 6000 Beschäftigte der Chemie-Industrie haben am Donnerstag in Düsseldorf gegen Kritik am Werkstoff PVC demonstriert. Auf einer Kundgebung forderten sie einen sachlichen Dialog über den Einsatz und die mit dem Werkstoff verbundenen Gefahren. Durch die Anti-PVC-Kampagne nach dem Düsseldorfer Flughafen-Brand sei es zu ersten Entlassungen gekommen. Der aus Rostock zugeschaltete NRW-Wirtschaftsminister Wolfgang Clement (SPD) bestätigte, es gebe keine Anhaltspunkte dafür, daß der Flughafenbrand ohne PVC-Kabel weniger fatale Ausmaße gehabt hätte. Bei dem Brand waren 17 Menschen getötet worden. Greenpeace kritisierte, die Kundgebung sei von der Chlorindustrie finanziert worden. Grüne und Umweltverbände erneuerten ihre Bedenken gegen PVC. (rtr, ap, dpa)

Kölner Stadt-Anzeiger vom 20.09.96

Tab. 12: Hitliste: Ausgewertete Medien nach Erscheinungsweise

Zeitungstitel		Beiträge	Tendenz in %		
			positiv	neutral	negativ
59 regionale Tageszeitungen		70	57,1	35,7	7,1
1.	Recklinghäuser Zeitung	3	100,0	0,0	0,0
2.	Westdeutsche Zeitung	3	0,0	66,7	33,3
3.	Neue Ruhr Zeitung Moers	2	100,0	0,0	0,0
4.	Mitteldeutsche Zeitung	2	50,0	50,0	0,0
5.	Westfälische Nachrichten	2	100,0	0,0	0,0
6.	Wilhelmshavener Zeitung	2	100,0	0,0	0,0
7.	Express Düsseldorf	2	100,0	0,0	0,0
8.	Kölner Stadt-Anzeiger	2	100,0	0,0	0,0
9.	Rheinische Post	2	0,0	100,0	0,0
5 überregionale Tageszeitungen		5	80,0	0,0	20,0
1.	Die Tageszeitung	1	0,0	0,0	100,0
2.	Frankfurter Rundschau	71	100,0	0,0	0,0
3.	Handelsblatt	1	100,0	0,0	0,0
4.	Neues Deutschland	1	100,0	0,0	0,0
5.	Süddeutsche Zeitung	1	100,0	0,0	0,0
2 Wochenzeitungen		3	66,7	33,3	0,0
1.	Die Zeit	1	100,0	0,0	0,0
2.	VDI nachrichten	2	50,0	50,0	0,0

Obwohl sich die Medienresonanz – wie schon in den Vormonaten – mit einem Anteil von 44,9 % auf die Postleitgebiete 4 und 5 konzentrierte, wurde auch in den anderen Regionen eine Reihe von Beiträgen über die Pro-PVC-Demonstration veröffentlicht. Da während des Auswertungszeitraums viele Berichte mit dem Inhalt „Angehörige der Firma XY fahren zur Pro-PVC-Demonstration" veröffentlicht wurden, ist zu vermuten, daß auswärtige Tageszeitungen das Thema dann verstärkt aufgriffen, wenn ein PVC-Produktionsstandort innerhalb des Verbreitungsgebiets angesiedelt war. Der auffällig hohe Anteil an Beiträgen mit negativer Tendenz im Postleitgebiet 6 hatte nicht die Pro-PVC-Demonstration, sondern die PVC-

Debatte auf lokaler Ebene zum Thema. Die Meinungstendenz der Artikel über die Düsseldorfer Demonstration war in allen untersuchten Regionen zum überwiegenden Teil positiv oder neutral ausgeprägt.

Abb. 25. Regionale Verteilung der Berichterstattung (Mit Meinungstendenz in %)

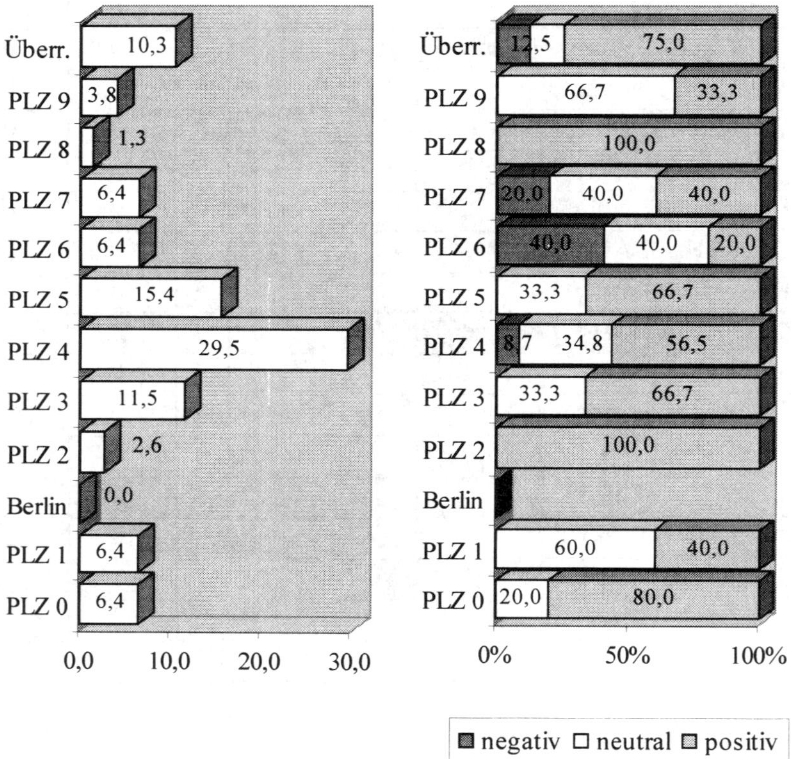

Die Medienresonanz über auf die Pro-PVC-Demonstration begann am 17.9.96 durch einige Vorankündigungen in verschiedenen Massenmedien. Am Tag nach der Demonstration (20.9.96) erreichte die Berichterstattung mit 53 Clippings ihren Höhepunkt. Allerdings sank die Medienresonanz am nächsten Tag wieder auf zwei Beiträge ab und stieg innerhalb des Auswertungszeitraums auch nicht mehr an. Während innerhalb der Vorberichterstattung noch ausschließlich positive Beiträge publiziert wurden, war die

Berichterstattung über die Pro-PVC-Demonstration zu 50,9 % positiv und zu 45,3 % neutral ausgeprägt. Die Clippings des 13.9.96 hatten andere Themen als die Demonstration zum Inhalt.

Abb. 26: Medienberichterstattung pro Tag (Mit Meinungstendenz in Prozent)

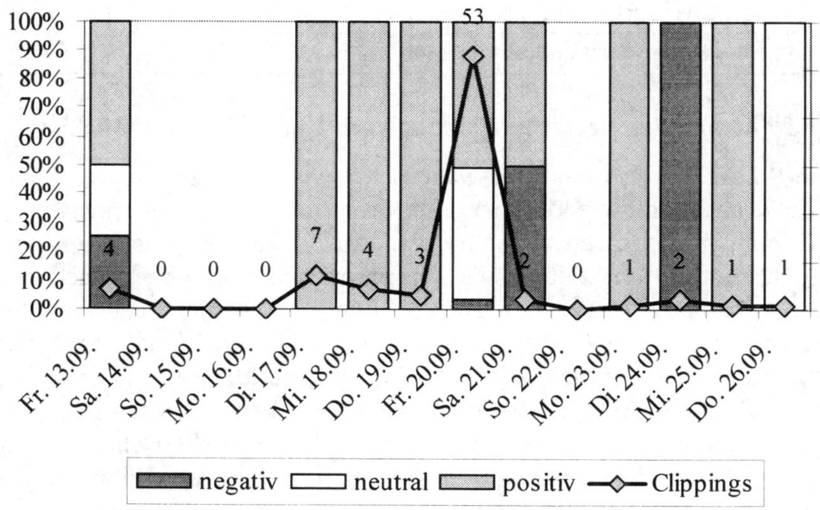

6.2 Initiatoren der Berichterstattung

Mit einem Anteil von 64,2 % eigeninitiierter und 35,8 % fremdinitiierter Berichterstattung wurde die Optimalrelation (70:30) nach der Pro-PVC-Demonstration in Düsseldorf nahezu erreicht. Der Anteil der eigeninitiierten Beiträge mit positiver oder neutraler Meinungstendenz war mit einem Anteil von 98,5 % sehr hoch. Aber auch in der fremdinitiierten Berichterstattung war der Anteil der positiven bzw. neutralen Beiträge mit 86,8 % ausgesprochen günstig. Neben der Pro-PVC-Demonstration lösten noch folgende Personen und Institutionen Beiträge in den Massenmedien aus:

Tabelle 13: Hitliste Auslöser (mit % - Anteil an der Berichterstattung)

Rang	Auslöser	Anzahl	Prozent
1.	Pro-PVC-Demonstration in Düsseldorf	56	71,8
2.	Pressemitteilung: Greenpeace kritisiert Demo	16	20,5
3.	Aufruf zur Pro-PVC-Demonstration (AgPU)	11	14,1
4.	Pressemitteilung: Grüne fordern PVC-Verbot	6	7,7
5.	Justizminister verweist auf Hosser-Gutachten	5	6,4

6.3 Die Themen der Berichterstattung vom 13.9.96 bis zum 26.9.96

Die Pro-PVC-Demonstration war während des Analysezeitraums verständlicherweise das dominierende Thema. In insgesamt 85,9 % aller ausgewerteten Clippings ging es entweder um den Aufruf zur Demonstration oder um die Demonstration selbst. Die Gegenreaktion von Greenpeace und Grüne gehörte dagegen in nur 20,5 % bzw. 7,7 % der ausgewerteten Medienresonanz zu den Themen der Beiträge. Auch fünf Monate nach dem Brand wurden innerhalb des Auswertungszeitraums immerhin noch sieben Artikel (9 %) über die PVC-Debatte auf lokaler Ebene veröffentlicht. Ein weiteres Thema war – mit einem Anteil von 6,4 % an der Berichterstattung – die „PVC-Unschuldserklärung" des NRW-Justizministers Fritz Behrens aufgrund eines Gutachten des Brandschutzexperten Dietmar Hosser.

Tab. 14: Hitliste: Themengebiete (mit % - Anteil an der Berichterstattung)

Rang	Themenkomplex	Anzahl	Prozent.
1.	Pro-PVC-Demonstration in Düsseldorf	55	70,5
2.	Greenpeace kritisiert Demo als Lobby-Veranst.	16	20,5
3.	Aufruf zur Pro-PVC-Demo. in Düsseldorf	11	14,1
4.	PVC-Debatte auf lokaler Ebene	7	9,0
5.	Grüne bekräftigen Forderung nach PVC-Verbot	6	7,7
6.	Justizminister präsentiert das Hosser-Gutachten	5	6,4

6.4 Die journalistische Darstellung der Clippings

Die Meldung und der Bericht waren während des Auswertungszeitraums die einzigen, von den Massenmedien genutzten journalistischen Darstellungsformen. Die Meldung war mit 65,7 % die dominierende Darstellungsform und wurde vor allem für die Berichterstattung nach der Pro-PVC-Demonstration genutzt. 82,6 % aller registrierten Meldungen wurden am 20.9.96 veröffentlicht. Die Meinungstendenz war sowohl bei der Meldung, als auch beim Bericht zum überwiegenden Teil positiv oder neutral ausgeprägt. Allerdings war der Anteil der positiven und negativen Berichterstattung bei dem mehr Aufmerksamkeit erzeugenden Bericht etwas höher, als bei der Meldung.

Abb. 27: Darstellungsform der ausgewerteten Clippings (Meinungstendenz in %)

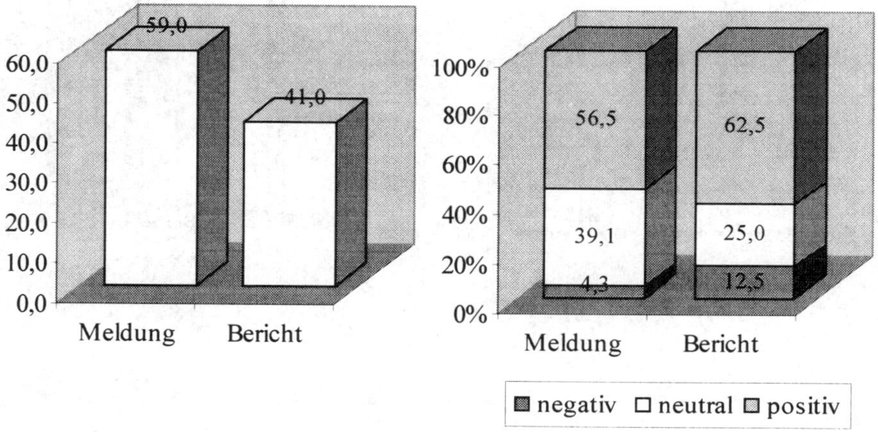

6.5 Umfang und Bildanteil der ausgewerteten Clippings

Zwischen dem 13.09.96 und dem 26.09.96 wurde der einspaltige Beitrag am häufigsten veröffentlicht. Der Anteil von 57,7 %, den der Einspalter an der Berichterstattung hatte, entspricht auch in etwa dem Anteil der Meldungen an der gesamten Medienresonanz. Die zwei-, drei- und mehrspaltigen Clippings waren in der Berichterstattung etwa gleich oft vertreten. Die Meinungstendenz war bei allen Clippings zum überwiegenden Teil positiv bzw. neutral (zu über 80 %) ausgeprägt. Bei den Beiträgen mit negativer Tendenz ist folgendes zu erkennen: Je mehr Spalten ein Artikel umfaßt, desto größer ist auch der Anteil der Clippings mit negativer Meinungstendenz. Allerdings liegt der Negativanteil auch im „schlimmsten Fall" unter 20 %.

Der Bildanteil der Berichterstattung lag innerhalb des Auswertungszeitraums bei 28,2 %. 77,3 % aller Bildberichte handelten von der Pro-PVC-Demonstration. Bemerkenswert ist der mit 68,2 % zu 55,4 % deutlich höhere Anteil an positiven Inhalten bei den Bildberichten. Aber auch negative Beiträge waren unter den Bildberichten seltener zu finden, als bei den Clippings, die ohne Bild veröffentlicht wurden.

Abb. 28: Spaltenanzahl der ausgewerteten Clippings (Mit Meinungstendenz in %)

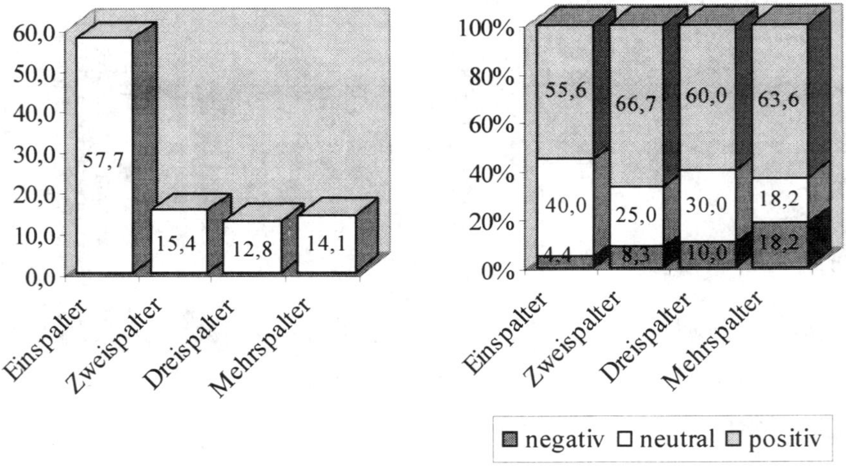

6.6 Direkte Nennungen der Konfliktparteien

Während der Pro-PVC-Demonstration war die Anzahl der direkten Nennungen mir Ausnahme des BUND bei allen Konfliktbeteiligten relativ hoch. Die AgPU wurde in 39,7 % aller ausgewerteten Clippings mit Namen erwähnt, damit war sie die am häufigst genannte Konfliktpartei. PVC-Produzenten wurden immerhin in 23,1 % aller Beiträge mit Namen genannt. Aber auch die Anzahl der Grünen- und Greenpeace-Nennungen war mit 30,8 % bzw. 25,6 % verhältnismäßig hoch. Der BUND spielte in der Berichterstattung über die Demonstration mit nur einer direkten Erwähnung keine große Rolle.

Die Meinungstendenz in den Beiträgen mit namentlicher Erwähnung ist sowohl bei der AgPU, als auch bei den PVC-Herstellern fast ausschließlich positiv und neutral. Bei den PVC-Produzenten beträgt der Anteil der positiven Beiträge mit direkter Nennung sogar fast 90%. Im Gegensatz dazu weisen die Artikel mit Greenpeace- oder Grünen-Nennungen einen sehr hohen Anteil an negativer Berichterstattung auf. Der Anteil der positiven Beiträge mit direkter Nennung liegt bei den Grünen nur bei 16,7 %, bei den Greenpeace-Nennungen waren überhaupt keine Artikel mit positiver Meinungstendenz zu finden.

Tab. 15: Direkte Nennungen der Konfliktbeteiligten

	positiv	neutral	negativ	Gesamt
AgPU	58,1	41,9	0,0	39,7
PVC-Hersteller	88,9	5,6	5,6	23,1
Die Grünen	16,7	37,5	45,8	30,8
Greenpeace	0,0	70,0	30,0	25,6
BUND	0,0	0,0	100,0	1,3

7. Resümee

Vor einer kritischen Würdigung der AgPU-Medienarbeit nach dem Flughafenbrand müssen einige Besonderheiten, die diese Krise ausmachten, beachtet werden:

- Das Ausmaß der Krise war mit 17 Tote, 87 Verletzte und ca. 500 Mio. DM Sachschaden außerordentlich hoch. Und welche Unternehmens- oder Verbandskrise verursacht schon eine Debatte in Bundes- und NRW-Landtag. Außerdem ist es sehr ungewöhnlich, daß eine Krise selbst nach sechs Monaten immer wieder von den Massenmedien aufgegriffen wird
- PVC hatte schon vor dem Flughafenbrand ein eher schlechtes Image in der Öffentlichkeit und den Massenmedien. Dadurch wurden den Äußerungen der AgPU von den Medien oft keinen Glauben geschenkt, sondern als Beeinflussungsversuch verstanden.

- Die Umweltverbände (vor allem Greenpeace und BUND) und die Partei der Grünen sehen in der Chlorchemie, die für die Herstellung von PVC verantwortlich ist, schon seit langen einen ihrer Hauptgegner und versuchten daher, die Brandkatastrophe für ihre Zwecke auszunutzen.
- Die PVC-Krise nach dem Brand war eigentlich eine virtuelle, d.h. künstliche Krise. Obwohl zu Beginn noch überhaupt nicht bekannt war, ob PVC für den Brandausbruch und die Brandausbreitung verantwortlich ist, wurden der Werkstoff durch die Umweltorganisationen vorschnell als Ursache der Katastrophe bezeichnet. Da sich eigentlich auch die Umweltgruppen darüber im klaren sein mußten, daß diese Schuldzuweisungen allenfalls Vermutungen darstellten, war die Kritik am Werkstoff PVC vermutlich ideologisch bedingt.
- Der Flughafenbrand und die darauf folgende PVC-Diskussion lösten in vielen Städten und Kreisen Diskussionen über einen möglichen PVC-Verzicht auf lokaler Ebene aus. Diese lokalen Debatten waren auch die von den Massenmedien am häufigsten veröffentlichten Themen.

Der Flughafenbrand und die dadurch erneut entfachte PVC-Diskussion war also in vielen Belangen eine außergewöhnliche Krise. Und wie man an dem veranstalteten Event „Pro-PVC-Demonstration“ gut erkennen kann, erforderte die Bewältigung dieser Krise auch außergewöhnliche Maßnahmen. Empfehlungen für ein verbessertes Krisenmanagement sind wegen des bereits erwähnten Katastrophenausmaßes einerseits schwer, und, da sie im nachhinein gemacht werden können, andererseits leicht anzubringen. In diesem Sinne einige Anregungen:

- Eine Medienresonanzanalyse als endgültige Erfolgskontrolle der Kommunikationsmaßnahmen ist sicherlich sinnvoll. Besser wäre aber eine begleitende Analyse gewesen, um Themen, Themenkarrieren, regionale Schwerpunkte der Medienresonanz und Meinungsträger schon während der Berichterstattung zu identifizieren und die Öffentlichkeitsarbeit gegebenenfalls korrigieren zu können.
- Die Auswirkungen des Flughafenbrandes auf die lokale Politik und Berichterstattung wurden von der PVC-Industrie sträflich unterschätzt. Auf die immer häufigeren Medienberichte über die bereits erwähnten lokalen PVC-Debatten war die Industrie nicht vorbereitet und konnte aufgrund dessen auch nicht entsprechend reagieren. Die Berichterstattung über die Auswirkungen des Flughafenbrandes auf die Lokalpolitik war daher fest in der Hand der Grünen und der Umweltorganisationen.

- Möglicherweise war es ein Fehler, daß die Kommunikation fast ausschließlich über die AgPU durchgeführt wurde. Mit Ausnahme der Hüls AG, war von den anderen PVC-Produzenten recht wenig zu hören. Einerseits sollte man sich darüber im klaren sein, daß Schweigen bei einer Krise oft als ein Schuldeingeständnis verstanden wird. Andererseits war die Meinungstendenz in den von Herstellern initiierten Beiträgen deutlich positiver, als in den von der AgPU ausgelösten Clippings. Kommunikationsmaßnahmen der PVC-Produzenten hätten möglicherweise einen positiven Einfluß auf die Medienberichterstattung gehabt.
- Zu Beginn der Krise hätte man den Andeutungen der Umweltgruppen, daß PVC den giftigen Rauch, die Todesopfer und die Dioxinverseuchung alleine verursacht hat, energischer widersprechen sollen. Statt „es sollten keine vorschnellen Schlüsse gezogen werden“, wäre „nach aktuellem Kenntnisstand ist bei einem Brand noch nie ein Mensch durch Dioxin oder Salzsäure ums Leben gekommen. Giftiger Rauch entsteht bei jeder Verbrennung“ evtl. besser gewesen. Die oben erwähnten Themen wurden nämlich auch nach Monaten immer wieder durch die Medien aufgegriffen.

8. Literatur

Apitz, Klaas (1987): Konflikte, Krisen, Katastrophen: Präventivmaßnahmen gegen Imageverlust. Wiesbaden – Frankfurt: Gabler; Verlagsgruppe Frankfurter Allgemeine.

Avenarius, Horst (1995): Public Relations: Die Grundform der gesellschaftlichen Kommunikation. Darmstadt: Wissenschaftliche Buchgesellschaft.

Baerns, Barbara (Hrsg.) (1995): PR-Erfolgskontrolle: Messen und Bewerten in der Öffentlichkeitsarbeit – Verfahren, Strategien, Beispiele. Frankfurt/Main: Institut für Medienentwicklung & Kommunikation GmbH in der Verlagsgruppe Frankfurter Allgemeine.

Beger, Rudolf; Hans-Dieter *Gärtner*; Rainer *Mathes* (1989): Unternehmenskommunikation: Grundlagen, Strategien, Instrumente. Wiesbaden – Frankfurt 1989: Gabler; Verlagsgruppe Frankfurter Allgemeine.

Behrent, Michael (1996): „Dialog" in der Krise? Konflikte zwischen Unternehmen und Öffentlichkeit. In: Public Relations Forum 1/96, S. 19 – 22.

Bogner, Franz M. (1990): Das neue PR-Denken: Strategien – Konzepte – Maßnahmen – Fallbeispiele effizienter Öffentlichkeitsarbeit. Wien 1990: Verlag Ueberreuter.

Femers, Susanne; Joachim *Klewes* (1995): Medienresonanzanalysen als Evaluationsinstrument der Öffentlichkeitsarbeit. In: *Baerns*, Barbara (Hrsg.) (1995): PR-Erfolgskontrolle: Messen und Bewerten in der Öffentlichkeitsarbeit - Verfahren, Strategien, Beispiele. Frankfurt/Main: Institut für Medienentwicklung & Kommunikation GmbH in der Verlagsgruppe Frankfurter Allgemeine.

GPRA (Hrsg.) (1994): Medienresonanzanalysen – Wer bewirkt was, wann, wodurch und andere Antworten auf die Frage zum Erfolg in der Medienarbeit. Frankfurt.

Hauser, Thomas (1994): Krisen-PR von Unternehmen - Analyse von Kommunikationsstrategien anhand ausgewählter Krisenfälle. München:.

Hilger, Angelika; Andreas *Kaapke* (1995): PR-Erfolgskontrolle: Ansätze und Instrumente zur Evaluierung markt- und gesellschaftsorientierter Unternehmenskommunikation. In: PR-Magazin 8/95, S. 33 – 40.

Kepplinger, Mathias (1994): Publizistische Konflikte – Begriffe, Ansätze, Ergebnisse. In: *Friedrichs*, Jürgen; M. Rainer *Lepsius*; Friedhelm *Neidhardt*, (Hrsg.) (1994): Öffentlichkeit, öffentliche Meinung, soziale

Bewegungen. Kölner Zeitschrift für Soziologie und Sozialpsychologie, Sonderheft 34/1994, S. 214 – 233.

Klenk, Volker (1989): Krisen-PR mit Hilfe von Krisenmodellen. In: PR-Magazin 2/89, S. 29 – 36.

Kunczik, Michael; Alexander *Heintzel*; Astrid *Zipfel* (1995): Krisen-PR: Unternehmensstrategie im umweltsensiblen Bereich. Köln: Verlag Böhlau.

Lambeck, Alfred (1992): Die Krise bewältigen: Management und Öffentlichkeitsarbeit im Ernstfall; ein praxisorientiertes Handbuch. Frankfurt am Main: Institut für Medienentwicklung & Kommunikation GmbH in der Verlagsgruppe Frankfurter Allgemeine.

Lindenmann, Walter K. (1993): An „Effectiveness Yardstick" to Measure Public Relations Success. In: Public Relations Quarterly, Heft-Nr. 1/1993, S. 7 ff.

Mathes, Rainer; Hans-Dieter *Gärtner*; Andreas *Czaplicki* (1991): Kommunikation in der Krise: Autopsie eines Medienereignisses; das Grubenunglück in Borken. Frankfurt am Main: Institut für Medienentwicklung & Kommunikation GmbH in der Verlagsgruppe Frankfurter Allgemeine.

Oeckl, Albert (1988): Glaubwürdigkeit contra Angst-Kursbestimmung der Öffentlichkeitsarbeit. In: *Schulze-Fürstenow*, G. (Hrsg.) (1988): PR-Perspektiven. Beiträge zum Selbstverständnis gesellschaftlich orientierter Öffentlichkeitsarbeit. Neuwied: Verlag Luchterhand.

Rolke, Lothar (1992): Messen und Bewerten – Die Wirkung von PR. In: PR-Magazin 8/92, S. 35 – 42.

Rolke, Lothar (1995): Kennziffern für erfolgreiche Medienarbeit – Zum Messen und Bewerten von PR-Wirkungen. In: Baerns, Barbara (Hrsg.) (1995): PR-Erfolgskontrolle: Messen und Bewerten in der Öffentlichkeitsarbeit – Verfahren, Strategien, Beispiele. Frankfurt/Main: Institut für Medienentwicklung & Kommunikation GmbH in der Verlagsgruppe Frankfurter Allgemeine.

Schöhl, Wolfgang; Katharina *Vocke-Schöhl* (1997): Medienauswertung, Resonanzanalyse und Krisenmanagement unter Einsatz von umfassenden Datenbanksystemen. In: PR-Magazin 3/97, S. 45 – 52.

Schulze-Fürstenow, G. (Hrsg.) (1988): PR-Perspektiven. Beiträge zum Selbstverständnis gesellschaftlich orientierter Öffentlichkeitsarbeit. Neuwied: Verlag Luchterhand.

DIE AUTOREN UND HERAUSGEBER

Prof. Dr. Günter Bentele, geboren 1948, seit 1994 Inhaber des Lehrstuhls für Öffentlichkeitsarbeit/PR an der Universität Leipzig. Studium in München und Berlin. Promotion 1984, Habilitation 1989 an der FU Berlin. 1989 bis 1994 Professor für Kommunikationswissenschaft/Schwerpunkt Journalistik an der Universität Bamberg. Seit 1995 Erster Vorsitzender der DGPuK. *Hauptarbeitsgebiete:* PR-Forschung Kommunikatorforschung; Ethik von Kommunikationsberufen, Kommunikationsraumforschung. *Publikationen:* Über 20 Buchpublikationen, darunter: PR-Ausbildung in Deutschland (1995), Hrsg. mit Peter Szyszka; Dialogorientierte Unternehmenskommunikation (1996), Hrsg. zus. mit Horst Steinmann und Ansgar Zerfaß; Aktuelle Entstehung von Öffentlichkeit, Akteure – Strukturen – Veränderungen (1997), Hrsg. mit Michael Haller; zahlreiche Aufsatzpublikationen.

Dirk Furchert, Dipl.-Journ., geboren 1969, Studium der Journalistik an der Universität Leipzig, Zwischen 1989 und 1992 Volontariat und anschließend Redakteur bei der Nachrichtenagentur ddp/ ADN, bis 1994 Korrespondent der überregionalen Tageszeitungen „Neue Zeit" aus der FAZ-Verlagsgruppe für Sachsen-Anhalt. Seit 1994 Amtsleiter des Presse- und Werbeamtes und Pressesprecher der Stadt Halle (Saale) sowie Mitglied des Presseausschusses des Deutschen Städtetages. Seit 1997 Lehrbeauftragter der Universität Leipzig und der Verwaltungs- und Wirtschaftsakademie Halle. *Publikationen:* zum Konfliktmanagement und zum Einsatz interaktiver Medien in der kommunalen PR.

Monika Haller, M.A., Dipl. PR-Fachwirtin BAW, promoviert derzeit bei Prof. Dr. Gangolf Hübinger, Lehrstuhl für Kulturwissenschaften, Europa-Universität Viadrina, Frankfurt/Oder über ein Thema aus dem Nationalsozialismus. Seit 1998 freiberufliche Beraterin und Redakteurin bei einer Schweizer Agentur für Kommunikation und Public Relations. Von 1984 bis 1991 Studium der Geschichte und Germanistik an der Albert-Ludwigs-Universität in Freiburg, Brsg., mit Abschluß zum M.A. 1987 bis 1991 wissenschaftliche Hilfskraft in einem DFG-Projekt, fünfjährige journalistische Praxis bei den BADISCHEN NEUSTEN NACHRICHTEN. Von 1991 bis 1998 Referentin für Presse- und Öffentlichkeitsarbeit, u.a. Projektleiterin für den ersten hessischen Bürgerentscheid in Wiesbaden sowie Pressereferentin bei der Messe München GmbH. 1994 berufsbegleitendes Fachstudium „Public Relations“ an der Bayrischen Akademie für Werbung, München. Diplomarbeit über „Reden wie darüber“? Die Kommunikationspolitik im Fall Schneider zwischen Anspruch und Wirklichkeit – Erkenntnisse und Lehren.

Michael Huber, Diplom-Betriebswirt (FH), geboren 1970, studiert zur Zeit Wirtschaftspädagogik an der Johannes-Gutenberg-Universität in Mainz und arbeitet nebenher bei IBM Deutschland. Nach kaufmännischer Ausbildung zwischen 1992 und 1997 Studium der Betriebswirtschaft (Schwerpunkte: Öffentlichkeitsarbeit und Medienökonomie) in Trier und Mainz. Diplomarbeit: Medienresonanzanalyse zur Berichterstattung über die PVC-Diskussion nach dem Düsseldorfer Flughafenbrand.

Lambert Müller, Dr. phil., geboren 1957. Nach Studium der Rechts- und Wirtschaftswissenschaften in Hannover, der Sozialwissenschaften in Göttingen Abschluß als Diplom-Sozialwirt. 1993 Promotion in Publizistik an der Universität Salzburg mit einer Arbeit zur Krisen-PR von Energie-Versorgern. Seit 1987 als Ressortleiter (Markt Intern Verlag, Düsseldorf), Assistent der Geschäftsführung (Energie Verlag, Düsseldorf), Leiter Öffentlichkeitsarbeit (Main Kraftwerke, Frankfurt/Main und Deutsche Gesellschaft zum Bau und Betrieb von Endlagern für Abfallstoffe) tätig, seit 1997 als Freier Berater, insbesondere für Krisenkommunikation tätig. Seit 1995/96 Lehrauftrag an der Universität Göttingen.

Prof. Dr. Lothar Rolke, geboren 1954, lehrt Betriebswirtschaftslehre und Unternehmenskommunikation an der Fachhochschule Mainz und ist Chefberater bei der Reporter PR GmbH in Frankfurt/Main. Außerdem: Stiftsratsmitglied der Bonner Stiftung MITARBEIT. Zahlreiche Veröffentlichungen in Fachzeitschriften und Büchern. Zuvor: Geschäftsführender Gesellschafter der Reporter Gruppe, während dieser Zeit für zwei Jahre Präsidiumsmitglied der GPRA. Seit über zwölf Jahren Beratung von namhaften Unternehmen und Verbänden in Bereich Public Relations und Kommunikationsmanagement. Studium der Soziologie, Politische Ökonomie, Psychologie und Germanistik. Promotion. Danach freier Mitarbeiter beim Hessischen Rundfunk und Personaltrainer. Managementausbildung bei unterschiedlichen Führungskräfte-Akademien.

'Er-lesene' Kompetenz

Serie ÖA/PR

Öffentlichkeitsarbeit/Public Relations als Berufsfeld expandiert und wird als Typ öffentlicher Kommunikation für die Gesellschaft immer wichtiger. Das Bild der Branche wandelt sich: Die Frühstücksdirektoren, Hofnarren und Schönredner der fünfziger und sechziger Jahre sind nahezu ausgestorben. Kommunikationsmanagement ist zu einer zentralen Aufgabe für Unternehmen, Verbände und Vereine, Parteien, Behörden, Kirchen und Gewerkschaften geworden. Das Berufsfeld findet zunehmend Anerkennung und Interesse. An den Hochschulen entwickeln sich – vor allem innerhalb der Kommunikationswissenschaft – Ausbildungsmodelle und es wächst das wissenschaftliche Interesse an Funktionen, Methoden, Tätigkeitsmerkmalen und den Auswirkungen von Public Relations.

Am Lehrstuhl für Öffentlichkeitsarbeit/PR der Universität Leipzig wurde deshalb die Buchreihe SERIE ÖFFENTLICHKEITSARBEIT/PUBLIC RELATIONS UND KOMMUNIKATIONSMANAGEMENT (Serie ÖA/PR) konzipiert.

Die Ziele der Buchreihe:

- Vorstellung neuer Ergebnisse der sich in Deutschland erst entwickelnden PR-Forschung. Die Grundlagenforschung und die unmittelbar berufsrelevante, angewandte Forschung ist im Spektrum der Reihe ebenso vorhanden, wie herausragende Abschlußarbeiten und Forschungsberichte.
- Dokumentation interdisziplinärer Anstrengungen im gemeinsamen Interessenbereich von Kommunikationswissenschaft, Wirtschafts- und Organisationswissenschaften. Analyse und Diskussion von Grundlagen, Problemen und Methoden.
- Bereitstellung von Lehrmaterialien für die PR-Lehre im Hochschulbereich.
- Die Praxis des Kommunikationsmanagements wird nicht nur reflektiert und kritisch begleitet, die Reihe gibt darüber hinaus nützliche Anstöße für den Professionalisierungsprozeß der Branche.

Die 'er-lesene' Kompetenz der Inhalte ist durch den Herausgeber Prof. Dr. Günter Bentele, Inhaber des ersten Lehrstuhls für Öffentlichkeitsarbeit/PR in Deutschland, gewährleistet.

Damit diese Kompetenz 'er-lesen' werden kann und bei weiten Kreisen bekannt und verbreitet ist, erscheint die Schriftenreihe 'Serie ÖA/PR' im Spezialverlag für Medienliteratur VISTAS.

Konflikte, Krisen und Kommunikationschancen in der Mediengesellschaft

Serie ÖA/PR-Band 7 hrsg. von Günter Bentele und Lothar Rolke
204 Seiten, 57 Abb., DIN A5, 1999
ISBN 3-89158-224-2
DM 34,– ÖS 248,– SFr 31,50

Die Arbeitsbeziehungen zwischen PR-Fachleuten und Journalisten sind kompliziert; sie sind bestimmt von intensiver Zusammenarbeit aber auch von Interessensgegensätzen.
Wie dieser latente Konflikt gestaltet und gelöst werden kann, beschreiben Journalisten und PR-Manager in diesem Buch mit den PR-Beispielen: Pressearbeit deutscher Großstädte, Deutsche Bank und der 'Fall Schneider', Daimler-Benz und der 'Elch-Test' und PVC-Industrie nach dem Flughafenbrand Düsseldorf.

Auf der Suche nach Identität
PR-Geschichte als Theoriebaustein

Serie ÖA/PR-Band 6 hrsg. von Peter Szyszka
340 Seiten, 12 Abb., DIN A5, 1997
ISBN 3-89158-193-9
DM 46,– ÖS 336,– SFr 42,50

Erstmal werden Grundlagen für eine wissenschaftlich fundierte PR-Geschichtsschreibung vermittelt. Der Herausgeber und 16 weitere Autoren hinterfragen das überlieferte Geschichtsbild, stellen Fallstudien aus der deutschen und europäischen PR-Geschichte vor, berichten aus der frühen PR-Ausbildung und entwickeln Modelle historischer Annäherung.

PR-Erfolgskontrolle durch Zeitreihenanalyse
Eine Methode zur Bewertung von Public Relations-Maßnahmen

Serie ÖA/PR-Band 5 von Silvia Knobloch
132 Seiten, DIN A5, 1997
ISBN 3-89158-192-0
DM 34,– ÖS 248,– SFr 31,50

In einer Art 'Mini-Lehrbuch' wird Zeitreihenanalyse ausführlich erklärt und beschrieben, welche Vorgehensweise jeweils angemessen ist.

Dialogorientierte Unternehmenskommunikation
Grundlagen – Praxiserfahrungen – Perspektiven

Serie ÖA/PR-Band 4 hrsg. von Günter Bentele, Horst Steinmann, Ansgar Zerfaß
480 Seiten, 37 Abb., DIN A5, 1996
ISBN 3-89158-166-1
DM 60,– ÖS 438,– SFr 54,50

In diesem ersten umfassenden Kompendium zur Dialogkommunikation informieren Wissenschaftler der Betriebswirtschaft und der Kommunikationswissenschaft. Praktiker zeigen in Fallstudien die Praxis der dialogorientierten Kommunikation bei Bayer, BMW, Hoechst, Hypo-Bank, der Mannheimer Versorgungs- und Verkehrsgesellschaft, Quelle, Ruhrgas, Vorwerk sowie dem Verband der Chemischen Industrie.
27 renommierte Autoren vermitteln Anregungen, Grundlagen und Perspektiven für erfolgreiche Öffentlichkeitsarbeit, Markt- und Mitarbeiterkommunikation.

Politische Kommunikation und Public Relations in der Rundfunkpolitik
Eine politikfeldbezogene Analyse

Serie ÖA/PR-Band 3 von Ulrich Wiek
280 Seiten, DIN A5, 1996
ISBN 3-89158–163-7
DM 44,– ÖS 321,– SFr 41,–

Welche Maßnahmen und PR-Instrumente werden – zur Durchsetzung der Interessen von Organisationen, Verbänden, Unternehmen und dem Staat – eingesetzt? Welche Folgen und Wirkungen sind für die 'Akteure' und für die Rundfunkpolitik erkennbar?
Der Autor analysiert die politischen Kommunikationsprozesse und schärft den Blick für Markt- und Interessenstrukturen sowie für die eingesetzten kommunikativen Maßnahmen.

Die Automobilindustrie in der Berichterstattung des Handelsblattes
Eine inhaltsanalytische Fallstudie

Serie ÖA/PR-Band 2 von Manuela Gramss-Wittko
164 Seiten, 12 Abb., DIN A5, 1996
ISBN 3-89158-162-9
DM 36,– ÖS 263,– SFr 37,–

Entwicklung, Aufgaben und Probleme der Unternehmensberichterstattung in den Medien und das Verhältnis zwischen Public Relations und Wirtschaftsjournalismus – am Beispiel des Handelsblattes – werden thematisiert.

Moral in der PR?
Eine empirische Studie zu ethischen Problemen im Berufsfeld Öffentlichkeitsarbeit

Serie ÖA/PR-Band 1 von Martina Becher
212 Seiten, 21 Abb., DIN A5, 1996
ISBN 3-89158-161-0
DM 40,– ÖS 292,– SFr 37,–

Diese Studie basiert auf einer Befragung aller Mitglieder der Deutschen Public Relations-Gesellschaft zur 'Moral in der PR'.
Die Ergebnisse geben Auskunft über berufliches Selbstverständnis, Einstellungen gegenüber moralischen Fragen, gleich ob sie das Verhältnis zu Journalisten, zum Arbeitgeber, die Beurteilung von Ethik-Kodizes oder die persönlichen und beruflichen Wertorientierungen betreffen.

VISTAS Verlag GmbH.Berlin
Gutshof Schloß Garz
D – 16845 Garz bei Berlin
e-mail: medienverlag@vistas.de

Tel.: 03 39 28 / 710 52
Fax: 03 39 28 / 710 54
Internet: www.vistas.de

VISTAS
Der Medienverlag